젠
가

* 이 도서의 국립중앙도서관 출판예정도서목록(CIP)은 서지정보유통지원시스템
홈페이지(http://seoji.nl.go.kr)와 국가자료공동목록시스템(http://www.nl.go.kr/kolisnet)에서
이용하실 수 있습니다. (CIP제어번호: CIP2020049823)

젠 가

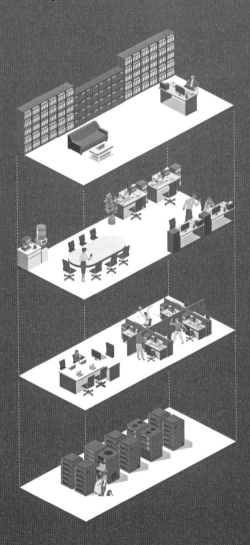

정진영
장편
소설

은행나무

차례

진앙

"영원폴리텍이 이번 오발주 건으로 회사에 손해배상청구소송을 제기하면 너만 고달파진다. 어렵겠지만 회사 오래 다니고 싶으면 조용히 개인 돈으로 막는 게 지금으로선 가장 현명한 일이야. 나머지는 내가 알아서 무마할 테니까 일 시끄럽게 만들지 마."

김호열 부장은 서희철 과장에게서 시선을 거두며 창밖을 바라봤다. 서희철은 자신에게 모든 책임을 지우면서 선심 쓰는 척하는 김호열의 태도에 치를 떨었다. 김호열은 서희철을 힐끗 쳐다보며 짜증 섞인 말투로 할말이 남았느냐고 물었다. 서희철은 목구멍까지 올라오는 욕을 겨우 참았다.

"이번 발주는 저번 회의에서 협의를 완료한 일이었습니다."

김호열의 표정이 굳어졌다. 서희철의 말대로 이번 오발주는 구매자재팀장인 김호열과 경영지원부문장인 조일동 상무가 회의에서 완료한 협의에 따라 이뤄진 일이었다. 서희철은 오발주의 책임 소재가 윗선에 있지 않느냐고 김호열에게 에둘러 묻고 있었다. 서희철의 속내를 간파한 김호열의 안색이 붉어졌다. 김호열은 목소리를 높이며 서희철을 힐난했다.

"서면 품의도 없이 영원폴리텍에 발주한 사람은 너야!"

서희철은 김호열의 지적에 눈을 질끈 감았다. 김호열이 코웃음을 쳤다. 서희철은 짧게 한숨을 쉬며 토하듯 목소리를 냈다.

"일이 급할 때 품의서 없이 발주를 넣은 게 이번뿐입니까?"

서희철은 자신의 오발주가 업무상 관행에 따른 일이라고 항변했다. 이번에는 김호열이 눈을 질끈 감았다.

"고작 몇 번 있었던 일을 관행이라고 말할 수 있나? 설사 관행이라고 치자. 그렇다고 관행이 원칙을 앞설 수는 없지."

"원칙요?"

서희철은 원칙이라는 단어를 듣고 눈을 부릅떴다. 일이 급할 때는 눈치껏 알아서 품의서 없이 발주를 넣어왔던 서희철을 센스 있다고 칭찬해줬던 사람이 김호열이기 때문이었다.

"부장님, 솔직히 우리가 언제부터 원칙 따져가며 일했습니까?"

"목소리 낮춰."

김호열이 서희철을 노려보며 낮은 목소리로 경고했다. 주위를 둘러보며 흥분을 가라앉힌 서희철은 김호열에게 하소연했다.

"2000만 원입니다. 2000만 원이 누구 애 이름입니까? 그걸 저 혼자 뒤집어쓰라고요? 말이 안 됩니다."

"발주를 넣기 전에 최소한 내게 한마디라도 보고했더라면 이런 일이 없었을 거 아냐. 뭐가 그렇게 억울해? 다시 한번 물어보자. 서 과장은 이번 오발주 건이 내 책임이라고 생각해? 아니면 조 상무님?"

"그건 아니고……."

서희철은 조 상무라는 말에 움찔하며 입을 다물었다. 김호열은 손가락으로 책상을 두드리며 서희철에게 따져 물었다.

"사실 관계부터 바르게 정리해야지, 안 그래? 회의에서 영원폴리텍에 케이블 컴파운드* 일부를 발주하기로 한 건 맞아. 하지만 기존 컴파운드 규격에 문제가 생겨 발주 업체가 갑자기 변경됐어. 그런데 너는 그 사실을 확인하지 않았고, 품의서도 올리지 않은 채 멋대로 영원폴리텍에 컴파운드를 발주했어. 맞지? 최소한의 확인과 보고만 있었어도 벌어지지 않았을 사고였어. 내 말 틀려?"

김호열은 창밖으로 시선을 돌리며 귀찮다는 듯 그에게 돌아가라고 손짓했다. 자신의 자리로 돌아온 서희철은 머리를 쥐어뜯으며 속으로 온갖 욕을 내뱉었다. 업무상 과실로 회사에 자신보다 더 큰 손해를 끼치고도 멀쩡히 자리를 지키고 있는 몇몇

---

* 전력케이블과 통신케이블의 절연 및 피복 용도로 사용되는 플라스틱 복합 재료.

선배들의 면면이 떠올랐다. 그에 비하면 자신의 실수는 실수도 아니라는 생각이 들어 몹시 억울했다. 일을 조금 더 잘해보려 했을 뿐인데, 내가 왜 이따위 취급을 받아야 하는 거지. 서희철은 자신의 실수를 감싸주기는커녕 오히려 궁지로 몰아넣는 김호열에게 큰 배신감을 느꼈다. 그는 슬쩍 고개를 들어 팀장 자리를 살폈다. 김호열과 시선이 마주쳤다. 서희철은 시선을 피하기 위해 고개를 숙이며 표정을 일그러뜨렸다. 김호열의 헛기침소리가 들렸다. 서희철은 담배 생각이 간절해져 자리에서 일어났다.

*

김호열은 자신의 시야에서 멀어지는 서희철의 뒷모습을 한심하다는 표정으로 바라보며 한숨을 깊게 쉬었다.

"저 새끼는 왜 하필 이런 때 쓸데없는 짓을……."

김호열은 자신의 관자놀이를 두드리며 얼마 남지 않은 차기 내일전선 임원 인사의 향방을 가늠했다. 현재 경영지원부문장인 조일동 상무는 이번 인사에서 옷을 벗을 가능성이 매우 크다는 게 사내 중론이었다. 조 상무는 내일전선에서 성골로 통하는 고진고와 고진대 출신이 아니기 때문이다.

내일전선 본사가 위치한 고진시의 순혈주의자로 통하는 고종석 대표이사가 10년 전 사장 자리에 오른 이후, 사내 주요 보직은 일명 '성골'로 채워지기 시작했다. 고진에서 태어나 고진에서 학업을 마친 사람이 조직에 충성할 확률이 높다는 게 고사장의 논리였다. 서울 소재 명문대 출신이란 타이틀은 내일전선에선 오히려 승진에 독이 됐다. 뿐만 아니라 고진에서 태어나 고진에서 학업을 마쳤어도 고진고와 고진대를 졸업하지 않았다면 승진에서 밀리기 일쑤였다. 차기 경영지원부문장으로 유력하게 떠오른 인사는 경영지원팀을 이끄는 윤현종 부장이었다. 김호열과 동기인 윤현종은 성골이었다. 반면 고진에서 태어나 고진대를 졸업했지만 고진고 출신은 아닌 김호열의 사내 신분은 진골 내지 6두품이었다. 이를 잘 아는 김호열은 차기 임원 인사에 별다른 기대를 걸지 않았다.

김호열의 불 꺼진 야망에 다시 불을 붙이는 사건이 벌어졌다. 윤현종의 부하 직원이 경영지원팀 회식 자리에서 신입 여직원을 성추행한 사실이 발각된 것이다. 사내 성폭력 문제가 첨예한 사회적 이슈로 떠오른 터라 이대로 사건을 뭉개고 지나갈 수 없다는 분위기가 폭넓게 조성됐다. 사측은 해당 직원에게 대기 발령 조치를 내렸고, 윤현종의 리더십에 문제가 있는 것 아니냐는 말이 돌았다. 이 과정에서 윤현종과 함께 조 상무 아래에 있던 김호열이 자연스럽게 차기 경영지원부문장 후보로 떠올랐다. 성골이 아닌 만큼 자리를 차지하기 전까지 떨어지는 낙엽도 조심해야 한다는 강박이 김호열을 사로잡았다. 이 같은 상황에서 벌어진 서희철의 오발주는 자칫 임원 인사 과정에서 책잡힐 수도 있는 사안이라는 게 김호열의 판단이었다. 한편, 김호열은 영원폴리텍이 주장하는 손해액 2000만 원을 모두 서희철이 부담하는 것 또한 무리라고 생각했다.

'서희철, 버리기에는 아까운 말이지.'

일머리가 있고 눈치도 빠른 서희철은 곁에 두고 수족으로 활용하기에 좋았다. 고진 출신도, 고진에서 학업을 마치지도 않은 서희철은 성골에게 밀리지 않기 위해 누구보다 열심히 일하는 모습을 보여줬다. 이번 오발주도 따지고 보면 일을 더 잘해보려다가 벌어진 실수였다. 김호열은 조금 전 흥분해 서희철을 지나치게 몰아붙인 건 아닌가 하며 후회했다. 쥐도 궁지에 몰리면 고양이를 무는 법이다. 큰일을 앞두고 가까운 사람을 굳이 적으로 만들 필요는 없지. 김호열은 업무추진비를 관리하는 개인 계좌의 잔액을 스마트폰으로 확인했다. 1000만 원 정도는 무리 없이 쓸 수 있을 만큼 잔액이 충분했다. 김호열은 서희철에게 자신이 2000만 원 중 절반을 부담할 테니 조용히 일을 해결하자고 말해야겠다고 결심했다. 이를 통해 서희철의 충성심도 더 깊어질 테니 장기적으로는 자신에게 더 이득이라는 계산도 섰다. 김호열은 자신의 금전적 희생과 나눔에 감동해 충성을 맹세하는 서희철의 모습을 상상하자 마음이 뿌듯해졌다. 이 정도면 나도 덕장이 아닌가. 김호열은 자화자찬하며 서희철이 자리로 돌아오기를 기다렸다. 하지만 한참 동안 기다려도 서희철은 돌아오지 않았다. 김호열은 전화를 걸어 서희철을 부르려다가 말았다.

*

　서희철은 옥상에서 줄담배를 피우며 손해배상 책임에서 벗어날 방법을 찾고자 머리를 굴렸다. 가장 깔끔한 해결 방법은 어떻게든 김원용 영원폴리텍 대표를 달래서 손해배상청구소송 제기를 막는 일이다. 하지만 서희철에겐 김원용을 달랠 만한 미끼도, 영원폴리텍이 오발주로 입은 손해를 보전해줄 대안도 없었다. 이 점을 잘 아는 김원용은 서희철의 연락을 무시하고 있었다. 서희철은 다시 김원용에게 전화를 걸어봤지만 소용이 없었다. 직접 만나서 이야기하자고 여러 차례에 걸쳐 문자메시지를 보내도 답장이 오지 않았다. 서희철은 입을 굳게 다물며 이를 갈았다.

　"씨발……. 직접 부딪히는 수밖에 없겠네. 되든 안 되든."

　서희철은 스마트폰으로 지도 앱을 열어 내일전선 본사에서 영원폴리텍이 위치한 덕암시까지 거리가 얼마나 되는지 확인했다. 차량으로 한 시간 남짓 달려야 하는 거리였다. 지금 당장 출발하면 직원들이 퇴근하기 전에 도착할 수 있을 듯했다. 서희철은 반쯤 피우다 남은 담배를 재떨이에 비벼 끈 뒤 주차장으로 향했다.

　퇴근 시간대를 피해 나왔는데도 덕암시로 이어지는 도로는 수시로 막혔다. 도로 곳곳에서 갑작스럽게 일어난 접촉사고가 정체의 원인이었다. 서희철은 나아갈 수도 없고 빠져나갈 수도 없는 도로 위에서 핸들에 머리를 기댄 채 자신의 인생이 어디서부터 꼬이기 시작했는지 반추했다.

　서울에서 태어나 학업을 마친 서희철은 대학을 졸업할 때까지 서울에서 벗어난 삶을 단 한 번도 상상해보지 못했다. 태어나고 자란 서울에서 괜찮은 직장을 얻고 괜찮은 여자를 만나 알콩달콩 연애하고 결혼해 자녀를 낳고 키우는 삶, 그것이 서희철이 막연하게 꿈꿨던 자신의 미래였다. 서희철은 그 미래가 얼마나 실현하기 어려운 것인지 취업전선에 뛰어든 뒤에야 비로소 깨달을 수 있었다. 어중간한 인서울 대학* 경제학과 출신이란 타이틀은 그다지 힘을 발휘하지 못했고, 특별히 내세울 만한 스펙도 없었다. 서희철은 대기업 공채 시즌에 치러진 수많은 서류전형에서 모두 탈락한 뒤에야 자신이 취업 시장에서 얼마나 매력 없는 존재인지 깨달을 수 있었다. 뒤늦게 눈높이를 낮춰 중견기업에도 문을 두드려봤지만, 결과는 마찬가지였다.

　서울에서 서너 시간 차를 몰아야 도착하는 고진시는 광역시라고 해도 서희철의 눈에는 깡촌이나 다름없는 도시였다. 지어진 지 30년은 넘어 보이는 오래된 저층 빌딩이 늘어선 고진역앞 구도심 풍경은 서희철에게 절망적으로 느껴졌다. 서희철에게는 선택의 여지가 없었다. 면접전형 기회를 처음으로 준 회사가 내일전선이었기 때문이다. 내일전선은 국내 굴지의 대기업

---

*　서울 소재 4년제 대학을 가리키는 은어.

인 미래전선의 계열사였다. 미래전선은 대졸 신입사원 공채에서 서희철을 떨어트린 곳이었다. 내일전선은 전선 업계에서 오랜 업력과 기술력을 인정받아 미래전선의 계열사로 편입된 건실한 회사였다. 서희철은 내일전선에 입사만 하면 취업을 준비하는 동안에 바닥으로 떨어진 자존감을 회복할 수 있을 거라고 여겼다. 내일전선에서 열심히 일해 경력을 쌓으면, 본사인 미래전선이나 다른 대기업으로 자리를 옮겨 서울로 돌아갈 기회가 있을지도 모른다는 막연한 기대도 있었다. 서희철은 내일전선이 자신의 인생에 있어서 더 나은 곳으로 향하는 징검다리로 이용하기에 나쁘지 않은 곳이라고 자위하며 면접전형에 임했고 합격 통보를 받았다. 취업전선에 뛰어든 이후 받아든 첫 합격 통보였다. 27살 서희철은 징검다리 위에 서서 설레는 마음으로 먼 곳을 바라봤다. 하지만 자신이 그 징검다리 위에서 13년이나 머무르게 될 줄은 당시에는 꿈에도 몰랐다.

기대했던 미래전선과의 인사교류는 없었다. 미래전선 내부의 파벌 싸움에서 밀려난 인사가 좌천돼 낙하산을 타고 대표이사, 부사장 등 고위 임원으로 내려오는 게 전부였다. 내일전선 직원이 경력직 지원이 아닌 인사교류를 통해 본사로 자리를 옮긴 사례는 창사 이래 단 한 차례도 없었다. 계열사는 어디까지나 서자에 불과했다. 내일전선 공채 출신인 고종석 대표이사가 사장으로 취임했을 때, 이제야 미래전선의 식민지 신세에서 벗어났다며 직원들이 환호할 정도였다.

남은 희망은 경력직 이동이었지만, 그 또한 쉽지 않았다. 서희철은 입사 후 국내 영업을 시작으로 품질 보증, 제품 관리 등 다양한 업무를 경험했다. 인사 때마다 업무 평가는 좋았지만, 자주 부서를 옮겨다니다 보니 한 우물을 제대로 팔 기회가 없었다. 경력은 매년 쌓였는데, 헤드헌터가 탐낼 만한 경력을 쌓지는 못했다. 경영지원팀, 플랜트영업팀 등 사내 중요 부서는 성골의 차지였다. 처음에 서희철은 학창 시절 대학생 취급도 하지 않았던 지방대 출신들과 동기로 묶여 같은 취급을 받는다는 게 불쾌했다. 똥개도 자기 집에서는 반은 먹고 들어간다고 했던가. 서희철은 인사 때마다 자신이 무시했던 동기들에게 밀렸다. 그 중에서도 특히 성골은 인사 때마다 노골적으로 우대를 받아 핵심부서로 이동했다. 회사 돌아가는 꼴이 더럽고 아니꼬웠지만 그렇다고 재취업을 준비하는 일은 현실적으로 무리였다. 우선 재취업에 성공한다는 보장이 없었다. 또한 내일전선의 연봉이 동종업계에서 상당히 높은 편이어서 포기하기가 쉽지 않았다. 서희철은 다달이 통장에 쌓이는 월급을 위안으로 삼으며 분을 삭였다.

아무런 연고도 없는 지방도시에서 보내는 일상은 삭막하고 외로웠다. 날마다 여자 생각이 간절했지만, 자신의 눈에 차는 여자는 보이지 않았다. 소개받을 만한 교사나 공무원, 은행원이 있나 살펴봤지만 이미 고진시에 연고가 있는 경쟁자들이 다 채간 뒤였다. 서희철 같은 타지 출신에게는 좀처럼 그런 여자들과 인연을 맺을 기회가 오지 않았다. 나이 서른을 넘기자 동기 대부분이 결혼해 가정을 꾸렸다. 조바심이 든 서희철은 조건을 따지지 않고 닥치는 대로 여자를 소개받았다. 그렇게 소개받은 여자 중 가장 외모가 괜찮았던 여자와 1년간 연애했고 마침내 결혼 이야기까지 오갔다. 고진시에서도 상당히 먼 군 단위 지역 소재 전문대 출신으로, 내일전선 협력업체에서 경리로 일하던 여자였다. 여자는 결혼 후 전업주부를 하겠다고 선언했다. 처음에는 당황스러웠지만, 그동안 모은 돈이 적지 않고 지방이어서 집값도 싸니까 외벌이로도 충분히 살 수 있겠다는 생각이 들었다. 협력업체 관계자와 밤늦게까지 자리를 옮겨 술을 마신 후 들른 노래방에서 거의 헐벗다시피 한 그녀를 도우미로 마주치기 전까지는 말이다.

대규모 산업단지를 품은 고진시는 도시의 규모보다 훨씬 많은 돈이 도는 곳이었다. 남아도는 돈은 쾌락을 즐기는 쪽으로 흘러가기 마련이다. 고진시의 유흥가 밀집도는 전국에서 가장 높은 수준이었다. 결혼 이야기까지 오갔던 여자와 험악하게 헤어진 후, 서희철은 여자를 소개받거나 소개해달라고 부탁하는 일을 그만뒀다. 업무시간에는 최선을 다해 일했고, 나머지 시간에는 최선을 다해 유흥을 즐겼다. 소개를 통해서는 좀처럼 만날 수 없었던 수준의 미녀들이 유흥가에는 즐비했다. 러시아, 우즈베키스탄, 필리핀, 태국 등 국적과 인종도 다채로웠다. 휴가철에는 유흥가에서 맺은 인연으로 형, 동생 하는 사이가 된 비슷한 처지의 남자들과 모여 필리핀 앙헬레스, 태국 방콕 등지로 원정 성매매를 떠나 며칠 동안 질펀하게 즐기기도 했다. 서희철은 별볼 일 없는 여자에게 매달려 돈을 쓰고 대접받지 못할 바에는 차라리 그 돈으로 하룻밤을 확실하게 즐기는 게 이득이라고 생각했다. 통장에 부지런히 쌓였던 월급은 빠른 속도로 흩어졌다. 연봉은 매년 올랐지만, 월급은 통장에 출석만 찍고 사라질 뿐이었다. 연체된 카드 대금도 적지 않은 상황이다 보니 영원폴리텍이 요구하는 손해배상액 2000만 원을 혼자 책임지는 건 불가능했다.

내 인생이 어디서부터 꼬이기 시작한 걸까. 학창 시절에 조금 더 열심히 공부해 더 좋은 대학에 들어갔더라면 인생이 잘 풀렸을까. 대학 졸업 후 1년만 더 스펙을 쌓고 취업을 준비해 더 좋은 직장에 들어갈걸 그랬나. 부모님 말씀대로 그냥 처음부터 공무원 시험을 준비하는 게 옳았나. 결혼 상대였다가 노래방 도우미로 마주친 그 망할 년 때문인가. 자신에게 이런저런 하나 마나 한 질문을 던지던 서희철은 문득 김호열의 얼굴을 떠올라 쌍욕을 퍼부으며 이마를 핸들에 들이받았다. 자동차 경적이 여러 차례 짧게 울렸다. 도로 정체는 좀처럼 풀리지 않았다.

*

김원용은 자신 앞에서 무릎을 꿇고 애원하는 서희철을 내려다보며 난감한 표정을 지었다. 서희철은 김원용의 바짓가랑이를 붙잡고 통사정했다.

"대표님! 아니 형님! 앞으로 내일전선과 거래 안 하실 겁니까? 형님이 우리 회사에 손해배상을 청구하시면 저만 죽습니다! 정말 저 죽는 꼴 보려고 이러시는 겁니까!"

"오발주는 내일전선이 책임질 일인데 왜 서 과장이 죽어? 말도 안 되는 소리 하지 말고 돌아가. 내일전선이 언제 우리 사정 봐준 적 있어? 만날 단가만 후려쳤지. 물건은 만들었는데 돈을 못 받으면 당장 우리가 죽어. 주문 규격에 맞춰 만든 물건이어서 다른 곳에 팔지도 못해. 누가 누구의 사정을 봐줄 상황이 아니라니까."

김원용은 발걸음을 사무실 쪽으로 돌리며 서희철의 손을 뿌리쳤다. 서희철은 김원용을 뒤쫓아 달려와 다시 무릎을 꿇으며 그의 바짓가랑이를 붙잡았다. 김원용은 깊은 한숨을 쉬며 서희철에게 사무실로 들어오라고 손짓했다. 서희철의 얼굴에 희미하게 화색이 돌았다.

김원용은 서희철에게 믹스커피 한 잔을 건넸다. 서희철은 사무실 내부를 살피며 커피를 홀짝였다. 서희철이 영원폴리텍 공장에 도착해 문을 두드린 시각은 오후 7시 30분께였다. 그때 김원용은 직원이 모두 퇴근한 공장 내 사무실에서 홀로 장부를 확인하던 중이었다. 당장 다음달에 지급해야 할 직원 임금과 회사 운영자금이 모자랐다. 이런 가운데 벌어진 내일전선의 갑작스러운 발주 취소는 영원폴리텍에 막대한 타격이었다. 서희철은 전화와 문자로 숱하게 연락해 다음 기회에 어떻게든 이번 발주보다 훨씬 많은 물량을 영원폴리텍에 발주하겠다고 약속했다. 하지만 그 기회가 오기 전까지 회사가 살아남아있을지 의문이었다. 설사 살아남는다고 해도 내일전선이 약속을 지킨다는 보장도 없었다. 정식으로 공문까지 보낸 발주를 물건이 다 만들어진 후에 갑자기 취소하는 곳을 어떻게 신뢰한다는 말인가. 서희철은 비굴한 눈빛을 보이며 김원용에게 억지 미소를 지었다. 김원용은 그 눈빛을 외면하며 서희철과 마주앉았다.

"우리가 내일전선에 손해배상을 청구하면 왜 서 과장이 죽는지 그 이유나 한번 들어봅시다."

서희철은 오발주를 두고 벌어진 상황을 김원용에게 상세하게 설명했다. 이야기를 귀기울여 듣던 그가 서희철의 말을 끊고 의문을 제기했다.

"의도적으로 회사에 손해를 끼친 것도 아닌데 왜 직원 개인이 책임져? 그러면 누가 회사를 믿고 일해. 우리같이 작은 회사도 그렇게는 안 한다. 내일전선에서는 그런 경우가 자주 있나보지?"

"아뇨. 저보다 훨씬 큰 실수를 하고도 멀쩡히 회사에 붙어 있는 사람들도 많습니다."

"그런데 김 부장님은 왜 서 과장에게 책임을 지라고 하는 거야? 혹시 밉보인 거라도 있어?"

서희철은 미간을 찡그리며 갈라지는 목소리를 냈다.

"글쎄요……. 평소에 제 업무 스타일을 많이 칭찬해주셨습니다. 사석에선 눈여겨보고 있으니 더 열심히 해보라고 격려까지 해주셨던 분입니다. 그래서 더 당황스럽네요."

김원용은 김호열에게 뭔가 있다고 느꼈다. 동시에 서희철이 김호열에게 별로 중요하지 않은 존재라는 사실도 간파했다.

"서 과장, 혹시 영화 〈넘버3〉 본 적 있어?"

"그 송강호와 한석규, 최민식이 나오는 영화 말이죠? 저도 재미있게 봤습니다."

김원용은 식어버린 커피를 한 모금 삼키며 창밖을 바라봤다.

"그 영화를 보면 말이야, 최민식이 이런 말을 해. 조직은 키워줄 놈한테 절대로 피를 묻히게 하지 않아."

서희철의 표정이 굳어졌다.

"선을 넘는 말처럼 들릴지도 모르겠는데, 김 부장님이 서 과장을 그리 중요하게 생각하고 있지 않다는 건 확실히 알겠다. 이렇게까지 몰아붙일 일은 아닌데 몰아붙인다면, 그 이유는 분명히 김 부장님에게 있을 거야."

"대표님은 그 이유가 무엇이라고 생각하시죠?"

"그 이유를 찾는 건 서 과장의 몫이지. 어쩌면 그 이유가 해결의 실마리가 될지도 모르겠다는 생각이 드네. 이젠 우리가 내일 전선에 손해배상을 청구할 수밖에 없는 이유를 설명할게."

김원용은 서희철에게 모니터로 장부를 보여주며 영원폴리텍의 자금 상황을 설명했다. 김원용의 말대로 영원폴리텍은 벼랑 끝에 서 있었다. 예상보다 훨씬 심각한 자금 상황을 눈으로 접한 서희철은 고개를 푹 숙이며 깊은 한숨을 내쉬었다.

"이것 참……. 여기까지 찾아온 제가 민망하네요."

"곪아터진 속사정을 모두 까발린 나도 마음이 편하지 않기는 마찬가지야."

"나름대로 열심히 살아왔다고 생각했는데, 인생이 참 더럽게 꼬입니다."

서희철의 시선이 테이블 위에 놓인 재떨이에서 멈췄다. 김원용이 물었다.

"담배 태우지?"

서희철은 고개를 끄덕였다. 김원용이 앞주머니에서 담배 한 개비를 꺼내 서희철에게 건네며 불을 붙여줬다.

"서 과장보다 조금 더 살아보고 깨달은 건데 말이야. 인생은 절대 한 방에 꼬이지 않아요. 서서히 잔잔하게 꼬여가지. 살아남기 위해 눈을 가리고 앞으로만 달리다 보면 나도 모르는 사이에 꼬여 있는 게 인생이야. 나도 그러다가 인생이 꼬였잖아."

서희철은 힘없이 자리에서 일어났다. 김원용은 서희철의 어깨를 두드렸다.

"당장이라도 내 꼬인 인생을 풀고 자유로워지고 싶은데, 직원들 인생까지 나 몰라라 할 수는 없는 노릇 아니냐. 나는 내 나름대로 최선을 다해서 살아남기 위해 싸울 테니까, 서 과장도 최선을 다해 버텨봐."

서희철은 김원용에게 묵례를 하고 사무실에서 빠져나왔다. 김호열이 자신을 몰아붙이는 이유는 김호열에게 있을 것이다. 차를 몰고 집으로 돌아가는 동안 서희철은 김원용의 말을 곱씹었다. 김 부장이 오발주 책임을 모두 자신에게 미루고 조용히 해결하려는 이유는 무엇일까. 조용히 해결하지 않으면 안 될 이유가 있는 게 아닐까. 반대 차선에서 트럭 한 대가 상향등을 켠 채 달려오고 있었다. 서희철은 시야를 방해하는 빛을 마주 보다가 문득 머리가 맑아지는 듯한 기분을 느꼈다.

갓길에 비상등을 켜고 차를 세운 서희철은 곧 인사철이라는 사실을 상기했다. 부하 직원의 성추행 건으로 곤욕을 겪고 있는 윤현종 부장 대신 김호열 부장이 조일동 상무의 후임으로 유력하다는 소문이 사내에 파다했다. 서희철은 김호열이 인사철을 앞두고 시끄러운 일을 만들고 싶지 않아 자신을 쪼았을 가능성이 크다는 결론에 다다랐다.

"정말 그 이유 때문인 거야? 정말로?"

서희철은 주먹으로 핸들을 내리치며 욕을 쏟아내고 소리를 질렀다. 김호열이 나를 버리기로 결정했다면, 앞으로 내가 직장 생활을 편하게 하기는 어려울지도 모른다. 그렇다면 나도 바보처럼 김호열의 출세를 도와줄 이유는 없겠지. 서희철은 전속력으로 차를 몰아 집으로 내달렸다. 집에 도착한 서희철은 인터넷으로 직장 내 괴롭힘 관련 법률과 다양한 사례를 찾아 정독했다. 자신의 경우와 일치하는 사례는 눈에 띄지 않았다. 하지만 회의에서 협의로 결정한 발주였고, 서면 품의 없이 자재를 발주하는 경우가 종종 있었던 만큼 김호열의 압박이 부당한 처사라고 보일 여지도 많다는 게 서희철의 판단이었다. 서희철은 사내 노동조합 홈페이지에 접속했다. 그러고는 익명 게시판에 '이런 경우에도 직원에게 모든 책임을 묻는 게 가능합니까?'라는 제목으로 제보를 작성하기 시작했다.

균열

　이형규는 며칠째 회사 대신 집에서 멀리 떨어진 피시방에 출근 도장을 찍고 있었다. 피시방 아르바이트생은 오늘도 정장 차림으로 들어온 이형규를 먼저 알아보고 인사를 건넸다. 이형규는 쓸쓸하게 웃으며 아르바이트생의 인사를 건성으로 받았다. 입구에서 가장 멀리 떨어진 좌석에 자리를 잡은 이형규는 내일부터 다른 피시방으로 장소를 옮겨야겠다고 생각하며 컴퓨터 전원 버튼을 눌렀다. 인터넷 포털사이트에 올라온 새로운 뉴스를 찾아 읽던 이형규는 직장 내 성추행 사건을 다룬 뉴스에서 시선을 멈췄다. 그는 웹페이지를 뒤로 넘기기 위해 신경질적으로 마우스 버튼을 누르며 한 달 전 경영지원팀 회식 자리에서 벌어진 일을 떠올렸다.

　그날 회식은 3개월간의 수습 기간을 마치고 경영지원팀에 정사원으로 발령받은 이나라를 환영하기 위한 자리였다. 윤현종 부장 이하 팀 내 모든 직원이 퇴근 후 회식 장소로 모여들었다. 회식 장소는 고진시에서 맛집으로 소문난 일식집이었다. 윤현종의 술버릇은 많은 양의 술을 빠르게 마시고 빠르게 취하기였다. 이를 잘 아는 팀원들은 1차에서 윤현종을 쓰러트려 집으로 보낸 후 2차부터 본격적인 술자리를 따로 가질 계획이었다. 이미 윤현종에게서 법인카드도 받아 챙겨놓은 터라 주머니 걱정을 할 필요가 없었다.

"신입사원 이나라입니다. 아직 많이 부족하지만 앞으로 더 발전해 한 사람 몫은 하는 사람이 되겠습니다. 그런 의미로 제가 미생에서라고 외치면, 선배님들은 완생으로라고 외쳐주십시오. 미생에서!"

"완생으로!"

이나라는 윤현종의 건배사 권유에 망설이는 태도를 보이지 않았다. 팀원들은 이나라의 당찬 모습에 환호하며 박수로 화답했다. 회식 분위기는 그 어느 때보다 화기애애했다. 이나라는 자신에게 돌아오는 술잔을 마다하지 않으며 분위기를 살렸다. 이형규는 그런 이나라의 모습을 지켜보며 흐뭇한 미소와 함께 술잔을 기울였다.

처음부터 이나라를 눈여겨보는 이는 아무도 없었다. 내일전선은 창사 이래 대놓고 남성 직원을 우대해온 조직이었다. 여성 직원은 채용해봤자 결혼하고 임신하면 떠나버릴 존재라는 인식이 사내에 팽배했다. 하지만 본사인 미래전선이 변화한 사회 분위기에 따라 적극적으로 여성 직원 채용에 나서자, 계열사인 내일전선도 본사의 눈치를 볼 수밖에 없는 처지가 됐다. 이나라는 그런 분위기 속에서 채용된 여성 직원이었다.

이나라는 서울 소재 명문대인 윤성대를 졸업했지만, 고진시에서 태어나 고진시에서 초·중·고등학교를 졸업했기 때문에 성골인 선배들과 통하는 점이 많았다. 게다가 남자 동기들보다 훨씬 뛰어난 친화력을 보여줬다. 이를 바탕으로 이나라는 쉽게 선배들의 마음을 열 수 있었다. 수습 기간이 끝날 때쯤 이나라는 사내 모든 부서가 탐내는 예쁜 후배가 돼 있었고, 모두의 예상대로 핵심 부서로 꼽히는 경영지원부문 경영지원팀으로 발령을 받았다.

술에 취한 윤현종이 잠시 화장실에 다녀오겠다며 자리에서 일어났다. 이나라가 발 빠르게 일어나 비틀거리는 윤현종을 부축했다. 그 모습을 본 팀원들은 요즘 젊은 여자답지 않게 기특하다며 이나라를 칭찬했다. 마침 소변이 급했던 이형규도 윤현종과 이나라의 뒤를 따라나섰다. 윤현종이 남자 화장실로 들어가고, 이나라가 화장실과 가까운 곳에서 대기하고 있는 모습이 보였다. 이형규는 화장실에서 조금 떨어진 곳에 서서 윤현종이 나오기를 기다렸다.

잠시 후 예상치 못한 일이 벌어졌다. 화장실에서 나온 윤현종은 지갑에서 5만 원권 지폐 한 장을 꺼낸 뒤 이나라에게 어깨동 무릎 했다. 이나라는 놀란 표정을 숨기지 못했다. 윤현종은 5만 원권 지폐를 이나라의 바지 주머니에 깊숙하게 찔러넣고, 손으로 그녀의 엉덩이를 몇 차례 두드렸다. 이나라의 얼굴이 새하얗게 질렸다. 이나라는 몸을 벌벌 떨며 자리로 돌아가는 윤현종의 뒷모습을 바라보다가 도망치듯 일식집 밖으로 빠져나갔다. 이형규는 급히 소변을 해결한 뒤 그녀의 뒤를 쫓았다.

이나라는 일식집 옆 가로등 불빛을 피해 어둠 속에 몸을 숨겼다. 이형규는 어둠 속에서 이나라가 어깨를 들썩이는 모습을 지켜봤다. 이어서 작게 흐느끼는 소리가 들렸다. 이형규는 이나라에게 조심스럽게 다가갔다. 인기척을 느낀 이나라가 놀라 눈물을 훔치며 뒤돌아봤다.

"이 차장님…… 혹시 보셨어요?"

이형규는 아무 말도 하지 않았다. 이나라는 그 자리에 쭈그려 앉아 얼굴을 두 손으로 감싸며 오열하기 시작했다. 난감해진 이형규는 이러지도 저러지도 못한 채 이나라의 옆에 서서 한숨만 쉬었다. 이나라가 울음을 멈추고 일어나자 이형규는 주머니에서 손수건을 꺼냈다. 이나라는 이형규가 건네준 손수건으로 눈물을 닦았다.

"고마워요, 이 차장님."

"조금 전에 무슨 일이야?"

이나라는 괴로운 표정으로 주머니에서 구겨진 5만 원권 지폐를 꺼냈다. 술에 잔뜩 취한 윤현종이 이나라에게 집으로 돌아갈 때 택시비로 쓰라고 5만 원권 지폐를 주머니에 찔러준 모양이었다. 그 과정에서 무심코 이나라의 엉덩이를 두드린 듯했다.

"속상한 건 아는데, 괜히 부장님을 오해하지는 마. 같이 일해봤으니까 잘 알잖아. 절대 일부러 그러실 분은 아니다. 택시비 챙겨주신 것도 다 너를 걱정해서 그런 거잖아."

"그렇겠죠?"

이나라가 고개를 들어 이형규를 바라보며 손수건을 돌려줬다. 이나라의 눈과 입술이 가로등 불빛을 받아 반짝였다. 이 아이가 이렇게 예뻤나. 이형규는 갑자기 등골이 찌릿해지는 흥분을 느꼈다. 이나라가 자리로 돌아가기 위해 묵례를 하며 이형규의 곁을 스쳐지나갔다. 이형규는 이나라의 손목을 붙잡았다. 이나라는 당황하며 붙들린 손목과 그의 얼굴을 번갈아 바라봤다. 이 아이가 나를 거부하지는 않는구나. 결혼 전뿐만 아니라 결혼 후에도 여러 여자를 경험해봤던 이형규는 직감했다. 그는 이나라의 입술에 자신의 입술을 포갰다. 그와 동시에 이형규의 뒤에서 카메라 셔터음이 울렸고, 이나라는 두 손으로 힘껏 이형규를 밀어냈다. 흥분을 가라앉히지 못한 이형규는 카메라 셔터음이 울린 곳을 확인했다. 그곳에 같은 팀에서 일하는 강영초 대리가 스마트폰을 들고 서 있었다. 강영초는 경멸 어린 표정으로 이형규를 노려보며 스마트폰을 좌우로 흔들었다.

"제 버릇 개 못 준다는 옛말에 틀린 게 없네. 대단하시네요, 이형규 차장님."

강영초는 남은 업무를 처리하느라 뒤늦게 회식 장소로 향했다. 택시 안에서 강영초는 회식 자리에서 가능한 한 이형규와 멀리 떨어진 곳에 앉을 방법을 고민했다. 1년 전 전력사업부문 플랜트영업팀에서 일하던 이형규가 경영지원팀으로 온 이후, 강영초의 하루하루는 이물감으로 불편했다. 강영초는 7년 전 내일전선에 입사했을 때 이형규를 사수로 처음 만났다. 사내에는 성골에 훤칠한 외모를 가진데다 업무 능력까지 뛰어난 이형규에게 호감을 느끼는 여직원들이 많았다. 강영초 또한 그중 한 명이었다. 고진시에 아무런 연고가 없는 강영초는 이형규에게 많이 의지했다. 강영초와 이형규는 사수와 신입사원으로 만난 만큼 서로에게 빨리 정이 들었다. 이형규가 먼저 강영초에게 호감을 표현했고, 강영초도 이를 받아들여 사내연애가 시작됐다.

사내연애의 짜릿함과 달콤함은 그리 오래가지 못했다. 이형규는 좀처럼 한 여자에게 집중하지 못했다. 이형규는 강영초와 사내연애를 하기 전부터 이미 많은 협력업체 소속 여직원들과 관계를 맺었던 남자였다. 뿐만 아니라 내일전선의 여직원 몇몇이 이형규와 사내연애를 하다가 같은 이유로 헤어져 마음에 상처를 입고 퇴사했다는 소문도 다른 경로를 통해 들려왔다. 이형규는 자신의 부적절한 애정 행각이 드러날 때마다 강영초에게 용서를 빌었고, 강영초는 그런 그를 모질게 내치지 못했다.

아슬아슬했던 강영초와 이형규의 관계는 1년 만에 파국을 맞았다. 이형규가 강영초와 관계를 유지하는 동안 다른 여자와 선을 보고 결혼 준비까지 했다는 사실이 밝혀졌기 때문이다. 이형규가 선을 본 여자는 고진시의 한 초등학교 교사였다. 강영초는 이형규에게 자신과 그 여자 중 하나를 선택하라고 통보했다. 이형규는 강영초를 버렸다. 이형규의 결혼식은 그로부터 넉 달 후에 고진시의 가장 큰 예식장에서 성대하게 열렸다. 강영초는 예식장에서 이형규에 관한 모든 것을 폭로해 복수하고 싶은 마음을 겨우 억눌렀다. 대신 내일전선에서 끝까지 버티기로 했다. 이형규와 가까운 곳에서 잘 먹고 잘 사는 모습을 보여주는 게 가장 세련된 복수라고 생각했다. 이형규 때문에 퇴사했던 다른 여직원들과 같은 길을 가지는 않겠다고 다짐하면서.

세련된 복수는 쉽지 않았다. 업무 능력이 뛰어난 성골인 이형규는 회사에서 탄탄대로를 걸었지만, 강영초는 아무리 노력해도 인사 때마다 한직으로 밀리기 일쑤였다. 이형규 때문에 입은 마음의 상처가 깊었기 때문인지 연애사업도 잘 풀리지 않았다. 그사이 이형규는 예쁜 딸까지 낳으며 주위의 부러움을 샀다. 강영초는 허탈한 감정에서 벗어나고자 일에 더 매진했다. 그 결과 2년 전 경영지원팀으로 발령받을 수 있었다. 기쁨과 보람은 그리 오래가지 못했다. 그로부터 1년 후, 이형규도 같은 팀으로 왔기 때문이다.

이형규의 인사이동은 플랜트영업팀 서상범 부장의 배려에 따른 결과였다. 서상범은 고종석 사장, 전력사업부문장인 신상윤 상무로 이어지는 성골 라인의 직계에 속한 인물로, 사내에서 로열패밀리로 통했다. 이형규는 로열패밀리의 끝자락에 닿아 있었다. 서상범은 이형규에게 경영지원팀 업무를 경험해봐야 시야를 넓힐 수 있다며 부서 이동을 권유했다. 윤현종은 서상범과 같은 성골이자 입사 동기로 우호적인 관계였다. 윤현종으로선 업무 능력도 뛰어난데다 성골인 이형규를 마다할 이유가 없었다.

이형규는 경영지원팀으로 온 이후 강영초를 아무렇지도 않게 편안히 대했다. 강영초가 자신과 사내연애를 했던 관계라는 사실을 완전히 잊은 사람처럼. 이형규가 조금이라도 자신을 불편하게 여기길 바랐던 강영초는 분노했다. 이별의 그림자에서 벗어나지 못해 괴로워하는 사람은 자신뿐이라는 사실이 강영초를 더 괴롭게 만들었다. 조금 전 이형규가 이나라에게 키스하는 모습을 목격하기 전까지는 말이다.

이형규는 강영초가 손에 든 스마트폰을 빼앗으려고 달려들었다. 강영초의 표정은 태연했다. 이형규는 강영초의 스마트폰을 길바닥에 던지며 소리쳤다.

"야! 강영초! 너 뭐 하는 짓이야! 미쳤어!"

강영초는 부서져 길바닥에 흩어진 자신의 스마트폰을 바라보며 이형규에게 빈정거렸다.

"용기가 정말 대단하세요. 딸까지 둔 유부남인 주제에 겁도 없이 앞날이 창창한 신입사원을 성추행하시고."

"성추행은 무슨 성추행! 나라야! 너도 말 좀 해봐!"

이나라는 새하얗게 질린 얼굴로 자신의 스마트폰과 이형규의 얼굴을 번갈아 바라봤다. 심상치 않은 기운을 느낀 이형규도 주머니에서 스마트폰을 꺼내 확인했다. 경영지원팀원이 모두 모인 단체 카카오톡 방에 조금 전 강영초가 촬영한 사진들이 모두 올라와 있었다. 이형규는 한숨을 깊게 내쉬며 고개를 숙였다.

"오해야, 오해라고! 너 빨리 그 사진 지워! 빨리!"

강영초는 길바닥을 가리키며 어깨를 으쓱거렸다.

"제 폰이 저렇게 박살났는데 무슨 수로 단톡방에 올린 사진을 지워요. 오해요? 저분들이 그렇게 생각할까요?"

윤현종을 택시에 태워 보내고 회식 장소로 돌아오던 팀원들이 이형규와 이나라를 보고 걸음을 멈췄다. 이나라는 바닥에 주저앉아 오열하기 시작했다. 이형규는 팀원들에게 모든 게 오해라고 소리쳤지만, 팀원들의 눈빛은 싸늘했다.

이나라는 정사원으로 출근한 첫날부터 벌어진 일련의 사건이 기가 막히고 억울할 따름이었다. 모두 자신의 의지와 상관없이 벌어진 사건이었다. 짙은 술냄새를 풍기며 다가와 자신을 챙기며 걱정해주는 선배들의 모습은 이나라에게 아무런 위로가 되지 않았다. 이나라는 윤현종과 이형규도 미웠지만, 일을 시끄럽게 만들어 키워버린 강영초가 더 미웠다. 도대체 어디서부터 꼬여버린 걸까. 이나라는 집으로 돌아가는 택시 안에서 욕지기를 참아내려 애썼다.

이나라는 어린 시절 어떻게든 벗어나고 싶었던 고진으로 다시 돌아오게 될 줄은 꿈에도 몰랐다. 이나라는 은희경, 신경숙 같은 유명한 소설가를 꿈꿨다. 소설가를 꿈꿀 만한 재능도 충분했다. 학창 시절부터 여러 백일장과 문예 공모를 휩쓸었던 이나라는 고진시에서 학생문사로 이름을 날렸다. 우수한 수상 실적 덕분에 원하던 대학인 윤성대 국어국문학과에 문학특기생으로 무난히 합격할 수 있었다. 당당하게 고진에서 벗어나 서울로 올라온 이나라는 자신만만했다. 1학년 말에 쓴 단편소설이 이듬해 중앙일간지 신춘문예 본심에 오르며 호평을 받자 자신감은 더 커졌다. 문제는 딱 여기까지가 화려한 학생문사 커리어의 끝이었다는 점이다.

이나라는 학과 공부를 뒷전으로 두고 일간지 신춘문예와 문예지 신인 공모에 매달렸다. 1학년 말에 신춘문예 본심에 올랐으니 졸업 전에 충분히 등단할 수 있으리라는 게 이나라의 기대였다. 기대가 대개 그러하듯, 이나라의 기대도 기대로만 끝나고 말았다.

등단 후에도 미래가 불투명하다는 점이 이나라를 고민에 빠트렸다. 수백 대 일의 경쟁률을 뚫고 일간지 신춘문예와 문예지 신인 공모를 통해 화려하게 등단한 같은 학과 선배들의 삶은 결코 행복해 보이지 않았다. 등단 후 몇 년이 흘렀는데도 단행본 한 권 출간하지 못한 채 사라진 선배들이 부지기수였다. 어렵게 단행본을 출간하더라도 대부분 주목받지 못한 채 묻혔다.

이나라는 대학 졸업 후 한동안 창작에 매달리면서도 보이지 않는 미래 때문에 창작에 집중하지 못해 방황하는 시간을 보냈다. 이미 등단해 꾸준히 작품을 발표하며 평단에서 호평을 받아온 같은 학과 선배가 그런 이나라에게 먹고살기 위해 반드시 플랜B를 염두에 둬야 한다고 조언했다. 그는 이나라가 아는 가장 잘나가는 선배였다. 선배의 진심 어린 조언은 이나라가 소설가라는 꿈을 내려놓는 데 결정적인 역할을 했다. 이나라의 눈에도 선배의 삶은 몹시 팍팍해 보였기 때문이다.

이후 이나라는 언론사 입사로 진로를 변경했다. 소설가라는 꿈은 접었지만, 글을 쓰며 먹고살고 싶다는 희망까지 버리지는 못했기 때문이다. 남들보다 글을 오래 써왔으니 언론사에 입사하는 일이 어렵지는 않을 것 같았다. 기자로 일하며 글을 쓰다 보면 언젠가 다시 소설을 쓸 기회가 올지도 모른다는 막연한 기대감도 있었다. 이나라의 기대는 오산이었다. 품위 있게 먹고살만큼 월급을 주는 유명 언론사의 입사 경쟁률은 일간지 신춘문예와 문예지 신인 공모의 경쟁률 이상이었다. 언론사가 원하는 작문은 소설과는 다른 형태의 기술적인 작문이었기 때문에 이나라에게 특별히 유리할 게 없었다. 입사가 상대적으로 수월한 마이너 언론사나 인터넷 언론사의 월급은 최저임금보다 조금 높아 저축은커녕 월세를 감당하기도 어려운 수준이었다. 이나라는 뒤늦게 각종 기업 공채에 기웃거렸지만, 자신의 전공과 스펙으로 서류전형을 통과할 수 있는 곳은 아무 데도 없었다. 그

사이 이나라의 나이는 서른에 가까워졌다.

지푸라기라도 잡고 싶은 심정으로 고향에서 유명한 기업인 내일전선에 입사지원서를 냈다. 이나라는 무난히 서류전형과 면접전형을 통과해 합격 통보를 받았다. 취업전선에 뛰어든 이후 받아든 첫 합격 통보였다. 누구보다도 부모님이 합격을 반겼다. 부모님이 기뻐하는 모습을 본 이나라는 소설 쓰기에 대한 미련을 내려놓고 조직에 스며들기 위해 최선을 다했다. 그 노력의 결과로 동기 중에서 유일하게 핵심 부서인 경영지원팀으로 발령받았다. 이나라는 환영 회식 자리에서 호기롭게 건배사를 외치며 이제야 겨우 안정 궤도에 오른 자신의 인생에 안도했다. 그로부터 불과 두 시간도 안 돼 인생이 갑작스러운 사고로 탈선 위기에 놓일 줄은 상상도 하지 못했다.

택시가 이나라의 집이 있는 아파트 단지 앞에 도착했다. 이나라는 윤현종이 주머니에 찔러넣어준 구겨진 5만 원권 지폐를 기사에게 건넸다. 기사는 거스름돈을 세며 뒤를 돌아보더니 이나라를 위아래로 훑어보며 씨익 웃었다. 이나라는 기사의 눈빛이 자신에게 닿을 때마다 징그러운 벌레가 기어다니는 듯한 혐오감을 느꼈다. 이나라는 거스름돈을 받지 않고 택시에서 내렸다. 기사가 조수석 창문을 열고 거스름돈을 받아가라고 외쳤지만, 이나라는 무시한 채 아파트 단지 안으로 빠르게 발걸음을 옮겼다.

아파트 공동현관으로 들어온 이나라는 신경질적으로 승강기 버튼을 몇 차례 눌렀다. 승강기 문이 열리자 마주 보이는 거울에 이나라의 모습이 비쳤다. 자신의 어깨를 끌어안고 바지 주머니에 5만 원권 지폐를 찔러넣던 윤현종의 손길, 갑자기 자신의 손목을 붙잡고 키스를 시도하던 이형규의 입술이 다시금 생생하게 느껴졌다. 승강기 문이 닫히자 이나라는 두 손으로 머리를 감싸며 날카롭게 소리를 질렀다.

*

다음날 강영초는 감사팀에 이형규가 이나라를 성추행했다고 진정을 넣으며 자신이 촬영한 사진을 증거로 제출했다. 곧바로 이형규를 대상으로 한 감사팀의 징계 조사가 시작됐다. 조사 담당자는 공교롭게도 이형규와 입사 동기인 한선우였다. 성골이 아닌 한선우는 인사 때마다 한직을 전전했고, 진급에서도 밀려 여전히 과장 직급에 머물러 있었다. 이 때문에 한선우와 이형규의 사이는 다소 불편한 편이었다. 감사팀은 일반적으로 조직에서 막강한 권한을 가지고 있지만, 내일전선에서는 한직으로 통했다. 성골은 부정이 적발돼도 미지근한 처벌을 받기 일쑤여서 감사팀에 좀처럼 힘이 실리지 않았다. 감사팀 출신 직원은 주요 부서로 이동하는 경우가 드물다는 점도 직원들의 감사팀 기피 현상을 부추겼다.

하지만 강영초의 진정은 확실한 증거를 갖춘데다 사건의 심각성을 인지한 직원도 많은 터라, 이형규가 제아무리 성골이라고 해도 뭉개고 지나갈 수 없는 사안이었다. 한선우는 이번 징계 조사가 감사팀과 자신의 존재감을 동시에 보여줄 절호의 기회라고 여기며 이형규를 추궁했다.

"이 차장, 지난 경영지원팀 회식 자리에서 이나라 사원의 손목을 붙잡고 강제로 키스한 사실을 인정하시죠?"

이형규는 한선우에게 어색하게 친한 척을 했다.

"선우야, 이 차장이 뭐냐. 동기끼리 왜 그래. 섭섭하게."

"이 차장, 지금 여기 이나라 사원 성추행 건으로 징계 조사를 하는 자리입니다."

이형규는 끝까지 존댓말을 쓰며 자신과 거리를 두는 한선우의 태도에 부아가 치밀어올랐다. 한선우는 재차 고압적인 말투로 이형규에게 물었다.

"사실을 인정하십니까?"

"이나라 사원에게 키스한 것은 맞습니다. 하지만 강제는 아닙니다."

"증거가 있나요?"

이형규는 잠시 망설이다가 한숨을 쉬며 입을 열었다.

"한 과장도 남자니까 잘 알겠지만, 직감이란 게 있지 않습니까. 이런 말이 어떻게 들릴지 모르겠는데, 이나라 씨는 저를 거부하지 않았습니다."

"네? 뭐라고요?"

이 새끼가 미쳤나. 한선우는 황당하다는 표정을 지으며 헛웃음을 터트렸다.

"그게 자신의 결백을 증명할 증거가 된다고 생각하세요? 뭐 그건 그렇다고 칩시다. 집에 멀쩡히 아내와 딸이 있는 분이 할 적절한 행동은 아니죠, 그렇죠?"

이형규와 한선우 사이에 침묵이 흘렀다. 이형규는 고민 끝에 자신이 이나라에게 키스하기 전에 벌어진 일들을 설명했다. 한선우의 표정이 심각해졌다.

"그러니까 이 차장의 말씀은 윤현종 부장님께서 먼저 이나라 사원을 성추행했고, 본인은 이나라 사원을 달래기 위해 일식집 밖으로 따라 나갔다, 그런 의미인가요?"

이형규는 한선우의 입에서 성추행이란 표현이 나오자 화들짝 놀랐다.

"성추행이라니 무슨! 윤 부장님은 그저 이나라 씨의 늦은 귀가를 걱정해 택시비를 챙겨주신 것뿐이라니까. 이번 일이 더 시끄러워지면 부하 직원에게 호의를 베푼 윤 부장님만 괜한 오해를 받아 곤란해져! 곧 임원 자리로 가실 분인데."

이형규의 표정에서 조금 전에는 없었던 자신감이 엿보였다. 약아빠진 놈. 감사팀이 건드리기 힘든 로열패밀리를 앞세워 진흙탕에서 빠져나갈 생각이로구나. 한선우는 다 잡은 물고기를 놓아줄 생각이 없었다. 그는 패씸한 마음을 억누르며 담담하게 말했다.

"알겠습니다, 이 차장. 더 필요한 조사가 있으면 다시 부르겠습니다."

이 정도로 말했으면 무슨 의미인지 알아들었겠지. 이형규는 감사팀 사무실에서 빠져나오며 회심의 미소를 지었다. 감사팀이 로열패밀리의 눈치를 보고 알아서 긴다는 사실을 모르는 직원은 없었다. 가슴을 쓸어내리며 경영지원팀으로 발걸음을 옮기던 이형규는 복도에서 윤현종과 마주쳤다. 윤현종은 이형규의 묵례를 무시하고 빠른 발걸음으로 스쳐지나갔다. 이형규는 뒤돌아서서 눈으로 윤현종의 뒷모습을 쫓았다. 윤현종의 발걸음은 복도 끝 감사팀 사무실 앞에서 멈췄다. 불길한 예감이 이형규를 엄습했다.

무거운 공기가 경영지원팀 내부에 흐르고 있었다. 도착한 팩스를 챙기던 이나라가 이형규를 보고 흠칫 놀라며 바닥에 팩스를 떨어트렸다. 이형규는 이나라에게 무언가 말을 하려다가 조용히 자리에 앉았다. 이형규는 대각선 건너편에 앉아 있는 강영초를 노려봤다. 강영초는 이형규의 시선을 피하지 않았다. 무거운 공기에 눌린 이형규는 시선을 자신의 모니터로 돌리며 입술을 씰룩거렸다.

약 20여 분이 흐른 후 윤현종이 자리로 돌아왔다. 그와 동시에 이나라의 내선 전화가 울렸다. 전화를 받은 이나라는 윤현종에게 잠시 감사팀에 다녀오겠다고 보고하며 사무실에서 빠져나갔다. 윤현종이 굳은 표정을 지으며 노기를 담은 목소리로 이형규를 불렀다.

"이 차장, 잠깐 회의실에서 이야기 좀 하지."

처음에 윤현종은 분노의 화살을 이형규가 아닌 강영초에게 돌렸다. 임원 인사를 앞두고 벌어진 강영초의 성추행 사건 폭로와 감사팀 진정이 자신의 인사 평가에 좋은 영향을 미칠 리 없기 때문이었다. 사건이 벌어진 지 불과 하루 만에 김호열이 차기 경영지원부문장 자리에 오르는 것 아니냐는 뒷말이 돌기 시작했다. 사건의 파장이 예상보다 컸고 조직에서 보는 눈도 많아진 만큼 충분히 가능한 시나리오였다. 평소 조직의 화합을 강조해온 윤현종에게 강영초는 눈엣가시 같은 존재가 됐다. 하지만 감사팀 사무실에서 한선우와 만나 대화를 나누는 동안, 자신이 지금 강영초에게 신경 쓸 때가 아니란 사실을 깨달았다.

"한 과장, 이 차장이 정말 그렇게 진술했다는 거지?"

한선우는 스마트폰 녹음기 앱을 실행해 조금 전 이형규의 진술 내용을 윤현종에게 들려줬다. 윤현종은 입술을 굳게 다물었다. 한선우는 일시정지 버튼을 누르고 윤현종에게 녹차 한 잔을 건넸다.

"제가 평소에 들은 윤 부장님은 누구보다 팀워크를 중시하시고 부하 직원을 아끼시는 분입니다. 늦게 귀가하는 여자 신입사원에게 조심해서 들어가라고 택시비까지 넉넉하게 챙겨주시는 분은 흔치 않죠."

윤현종은 녹차를 한 모금 마시며 난감한 표정을 지었다.

"솔직히 나는 그때 너무 술에 취해서 무슨 일이 있었는지 전혀 기억이 나지 않아."

"이나라 사원도 윤 부장님의 의도를 오해하고 있진 않을 겁니다. 제가 부장님을 감히 여기로 부른 이유는 이 차장이 부장님을 방패 삼아 책임을 회피하려는 모습이 적절하지 않아 보였기 때문입니다. 그런 이 차장의 행동은 부장님의 업무 철학과도 어긋나지 않습니까."

"그렇게 말해주니 고마워, 한 과장."

"이나라 사원을 불러 조사할 때에도 부장님에게 곤란한 일이 생기지 않도록 신경을 쓰겠습니다. 저도 기회가 닿으면 부장님처럼 부하 직원을 아껴주시는 분과 함께 일해보고 싶은데, 감사팀과 부장님 사이의 거리가 너무 멀어서 아쉽습니다."

이 자식 봐라. 기회를 잡으면 자신에게 유리하게 판을 깔 줄 아는 놈이네. 윤현종은 한선우가 자신을 감사팀으로 부른 의도를 눈치챘다. 윤현종은 남은 녹차를 비우며 한선우에게 미소를 지어 보였다.

"머지않아 그런 날이 오지 않을까 싶은데. 나도 한 과장이 이렇게 대화가 잘 통하는 사람인 줄 미처 몰랐어."

"그런 날이 오면 영광이죠."

윤현종은 한선우와 악수하고 감사팀 사무실에서 빠져나왔다. 한선우는 사무실 출입문이 닫힐 때까지 윤현종에게 고개 숙여 인사했다. 이형규, 이 개자식. 감히 내 뒤통수를 쳐? 주먹을 굳게 쥔 윤현종의 팔뚝 위로 푸른 핏줄과 힘줄이 선명하게 돋아났다.

한선우는 이나라에게 윤현종 부장에 관한 언급을 뺀 이형규의 진술 녹취 파일을 들려줬다. 낯빛이 새하얗게 질린 이나라가 손을 부들부들 떨었다.

"들으신 바대로 이형규 차장은 이나라 씨가 자신을 거부하지 않았다고 진술했습니다. 사실인가요?"

이나라는 고개를 숙이며 테이블에 눈물을 떨어뜨렸다. 한선우는 크리넥스 티슈 상자를 이나라에게 들이밀었다. 이나라는 티슈를 몇 장 뽑아 눈물을 닦으며 흐느꼈다. 한선우는 이나라에게 대답을 재촉했다. 이나라의 흐느낌이 더 커졌다.

이나라가 수습 기간에 경험한 이형규는 한마디로 센스 있는 남자였다. 말투와 행동에서 언제나 여유와 자신감이 묻어났고, 자기관리도 철저해 실제 나이보다 너덧 살은 젊어 보이는 외모와 패션을 유지했다. 이형규가 이미 결혼해 딸까지 두고 있다는 말을 들었을 때 살짝 아쉬움을 느꼈을 정도였다. 이나라는 회식 자리에서 자신을 뒤따라 나와 위로해준 이형규가 진심으로 고마웠다. 하지만 윤현종의 돌발 행동에 놀랐던 이나라는 느닷없는 이형규의 키스 시도에 더 놀라며 몸이 얼어붙었다.

이형규의 등 너머 몇 걸음 뒤에 스마트폰을 들고 서 있는 강영초의 모습이 눈에 들어왔다. 이나라의 입술에 이형규의 입술이 닿는 순간 카메라 셔터음이 울렸다. 놀란 이나라는 이형규를 두 손으로 힘껏 밀어낸 뒤 그 자리에 주저앉아 오열했다. 이나라는 당시 상황을 떠올리며 입술을 깨물었다.

이형규의 진술을 들은 이나라는 윤현종을 향한 미움뿐만 아니라 자신과 한마디 상의도 없이 감사팀에 진정을 넣은 강영초를 향한 원망도 잠시 접었다. 이나라가 떨리는 목소리로 말했다.

"이 차장님의 진술은 사실이 아닙니다. 목격자도 많고요. 강영초 대리께서 촬영한 사진도 증거로 남아 있지 않습니까."

한선우는 한 손으로 안경을 벗으며 눈빛을 반짝였다.

"그렇다면 이 차장의 발언은 명백한 2차 가해라고 볼 수 있겠네요?"

이나라는 크리넥스 티슈로 눈가에 고인 눈물을 닦으며 목소리에 힘을 줬다.

"네."

*

징계 조사 후 이형규는 자신이 맡고 있던 홍보 업무에서 배제됐다. 윤현종은 이형규를 회의실로 불러 업무를 다른 사람에게 맡길 테니 보도자료 작성 매뉴얼과 기자 이메일 주소 및 연락처 목록을 자신에게 넘기라고 지시했다.

"부장님, 갑자기 그게 무슨 말씀입니까."

"지난 1년 동안 광고비 달라고 떼쓰는 똥파리 같은 기자 놈들 상대하느라 고생 많았잖아. 이번 기회에 그동안 쓰지 못한 연차나 써. 그게 지금 이나라 씨에게도 이 차장에게도 서로 좋지 않을까 싶은데, 안 그래? 이나라 씨와 얼굴 마주쳐서 좋을 것 없잖아."

이형규는 한선우가 자신이 감사팀에서 진술한 내용을 윤현종에게 알렸음을 직감했다. 이형규는 다급히 바닥에 무릎을 꿇으며 외쳤다.

"부장님! 죄송합니다!"

"죄송? 이 차장이 내게 죄송할 일이 뭐가 있는데? 죄송은 이나라 씨에게 해야 할 일이 아닌가?"

회의실 바닥은 무릎을 꿇고 오래 버티기엔 지나치게 딱딱했다. 얼마 지나지 않아 이형규의 입에서 신음이 흘러나왔다. 윤현종은 그 모습을 말없이 내려다봤다. 이형규는 얼굴이 붉어질 때까지 버티다가 옆으로 쓰러졌다.

"이따가 휴가 신청서 제출해. 일주일 정도 잘 쉬다가 와."

윤현종은 비웃음을 흘리며 회의실 밖으로 빠져나갔다. 이형규는 바닥에서 일어나 무릎을 문지르며 한선우에게 전화를 걸었다.

"옥상에서 잠깐 나 좀 보자. 지금 당장."

한선우는 이형규가 옥상으로 올라온 지 15분가량 흐른 뒤에야 모습을 드러냈다. 이형규의 표정이 썩어들어갔다. 한선우는 귀찮다는 표정으로 이형규에게 빈정거렸다.

"이 차장 성추행 건 때문에 조사할 일이 너무 많아요. 할말 있으면 짧게 하세요."

이형규는 기가 막힌다는 듯 하늘을 보며 한숨을 내쉬었다.

"윤 부장님에게 내가 진술한 내용을 모두 말한 거야?"

"나는 말한 일이 없는데? 이 차장이 말한 거죠."

한선우는 주머니에서 스마트폰을 꺼내 녹취 파일을 재생했다. 이형규가 감사팀에서 진술한 내용이 스피커로 흘러나왔다. 이형규는 옥상 전체가 울리도록 악 소리를 질렀다.

"야! 아까 내가 말했지! 이번 일이 시끄러워지면 윤 부장님이 곤란해질 거라고! 너 병신이냐? 왜 말귀를 못 알아들어!"

한선우는 스마트폰을 주머니에 도로 집어넣으며 피식 웃었다.

"이 차장, 입은 삐뚤어져도 말은 똑바로 합시다. 곤란해질 사람은 이 차장이죠. 솔직히 말해봐요. 윤 부장님을 앞세워 적당히 빠져나가려던 속셈 아니었어요?"

이형규는 한선우의 말에 대꾸하지 못하고 표정만 일그러뜨렸다.

"이나라 씨도 이 차장이 강제로 손목을 붙잡고 키스했다고 진술했지 윤 부장님에 대해선 단 한마디도 하지 않았어요. 이나라 씨가 이 차장을 거부하지 않았다고요? 이 차장의 발언을 듣고 이나라 씨가 감사팀에서 얼마나 많이 눈물을 쏟아냈는지 모르죠? 그건 이나라 씨에 대한 명백한 2차 가해예요. 알아요? 이 분이 아직도 정신을 못 차리시네. 더 하실 말씀 없으면 저는 내려갑니다."

멀어지는 한선우의 뒷모습을 초조한 마음으로 바라보던 이형규는 주머니에서 스마트폰을 꺼내 서상범의 전화번호를 찾았다. 지금 당장 이형규가 기댈 언덕은 직전 부서에서 부장으로 모신 서상범뿐이었다. 이형규는 서상범에게 통화하기 편한 시간을 일러주면 그때 맞춰 전화를 드리겠다고 문자메시지를 보냈다. 10분 이상 기다려도 답 문자가 오지 않았다. 이형규는 초조한 마음에 재차 서상범에게 문자메시지를 보냈지만, 답 문자가 오지 않기는 마찬가지였다. 고민 끝에 이형규는 서상범에게 직접 전화를 걸었다. 서상범은 전화를 받지 않았다. 라인에서 내쳐졌구나. 이제까지 느껴보지 못한 큰 절망감이 이형규의 몸을 감쌌다.

윤현종의 지시에 따라 억지로 휴가를 받은 지 5일째 되던 날, 이형규는 피시방에서 컵라면을 먹다가 징계위원회에 참석하라는 사측의 문자메시지를 받았다. 징계위원회는 이틀 후에 열릴 예정이었다. 다음날 이형규는 피시방 대신 미용실로 가서 머리카락을 다듬은 뒤 목욕탕으로 가서 세신사를 불렀다. 이틀 후 징계위원회에 참석한 이형규는 참석자의 면면을 보고 일말의 기대마저 접었다. 사장, 인사총무팀장, 여직원 두 명, 그리고 그 어떤 연락도 닿지 않았던 서상범 플랜트영업팀 부장. 이날 징계위원회는 이형규에게 자택대기발령 징계처분을 내렸다.

더 큰 징계처분이 집에서 이형규를 기다리고 있었다. 이형규가 집 안으로 들어왔을 때 가장 먼저 눈에 띈 것은 현관 복도 가운데에 놓인 대형 여행 가방이었다. 식탁에 앉아 있던 아내 서지혜는 이형규에게 눈길조차 주지 않았다. 지혜도 알게 됐구나. 이형규는 고개를 푹 숙였다. 서지혜가 이형규의 징계처분 사실을 알아도 이상할 게 전혀 없었다. 서지혜가 일하는 초등학교에 내일전선 직원을 배우자로 둔 동료 교사들이 몇 명 있었기 때문이다. 서지혜가 먼저 침묵을 깼다.

"사실이야?"

"무슨 말이야."

"오빠가 회사에 새로 들어온 여직원을 성추행했다는 게 사실이냐고!"

서지혜가 목소리를 높였다. 이형규는 깊은 한숨을 내쉬며 서지혜의 맞은편에 앉았다.

"미안해. 실수였어."

이형규는 서지혜의 손을 잡았다. 서지혜는 이형규의 손을 떨쳐내며 눈물을 흘렸다.

"손 치워! 실수라고? 예림이 생각은 전혀 안 들었어? 예림이가 나중에 커서 그런 일을 겪어도 괜찮다는 거야? 그런 거야?"

"예림이 깨서 듣겠다. 목소리 낮춰."

"부끄러운 줄은 아는 거야?"

"미안하다. 할말이 없다."

"나는 오빠가 거짓말이라도 하면 믿는 척이라도 하려고 했어. 왜 내게 그런 거짓말도 못해? 왜 사람을 이렇게 비참하게 만들어!"

이형규는 고개를 깊이 숙인 채 침묵했다. 서지혜는 손등으로 눈물을 훔치며 낮은 목소리로 말했다.

"선택해. 내가 예림이 데리고 나갈까, 아니면 오빠가 나갈래?"

서지혜의 태도는 단호했다. 맺고 끊는 게 분명한 서지혜의 성격을 잘 아는 이형규가 먼저 자리를 피했다. 이형규는 현관 복도에 놓인 여행 가방을 들고 아파트 지하주차장으로 내려와 자동차 트렁크에 실었다. 숙박 어플로 급히 예약한 모텔방에 들어선 이형규는 여행 가방을 확인하면서 괴로운 표정을 지었다. 가방 안에는 세면도구와 옷가지가 매우 정성스럽게 정리돼 있었다. 지혜는 가방을 싸면서 어떤 심정이었을까. 이형규는 가슴 한구석이 저릿해지는 아픔을 느꼈다. 모텔방 작은 창문은 외부에서 들어오는 빛과 소리를 차단했다. 리모컨으로 전체 조명을 끄자 방 안은 완전히 어둠에 잠겼다.

이형규는 지난 며칠 사이에 벌어진 모든 일이 꿈만 같았다. 그는 자신이 한때 꿈꿨던 미래를 되새겨봤다. 서상범이 임원 자리에 오르면 차기 혹은 차차기 플랜트영업팀을 이끄는 자리는 자신의 몫으로 돌아올 것이었다. 그 자리에서 몇 년 더 일하면 로열패밀리를 따라 자연스럽게 임원을 달고, 운이 좋으면 사장까지 해먹을지도 모를 일이었다. 이형규는 이 모든 미래가 불과 단 며칠 만에 사라지고 나락으로 떨어지게 된 자신의 현실이 믿기지 않았다.

"도대체 어디서부터 잘못된 거지?"

피아

제목 : 이런 경우에도 직원에게 모든 책임을 묻는 게 가능합니까?

궁금한 점이 생겨 노조에 질문 하나를 드립니다.

최근에 제가 실수로 협력업체에 오발주를 넣었습니다.

처음에는 부서 회의에서 협의에 따라 결정된 정상적인 발주였습니다. 하지만 제품 규격에 문제가 발생했다는 이유로 갑자기 발주가 취소됐습니다. 그 사실을 미처 확인하지 못한 저는 부서장에게 품의서를 올리지 않은 채 임의로 기존 협력업체에 발주를 넣는 실수를 저질렀습니다. 제품 생산을 마친 후 납품을 앞두고 있던 협력업체는 내일전선에 손해배상 청구소송을 제기하겠다며 강경한 태도를 보이고 있습니다.

저의 실수가 분명한 사안이지만, 제가 오발주를 넣은 나름의 이유가 있습니다. 품의서 없이 협력업체에 발주를 넣은 일이 이번이 처음이 아니기 때문입니다. 일이 급할 때 이미 회의에서 결정된 발주를 품의서 없이 진행한 사례가 이전에도 여러 차례 있었습니다. 부서장 또한 이 같은 업무 수행 방식에 관해 문제를 제기하기는커녕 오히려 칭찬하는 경우가 많았습니다. 이번 오발주도 그간의 업무상 관행에 따라 이뤄진 일이라고 할 수 있습니다.

그런데 부서장은 협력업체가 주장하는 손해액 전액을 제가 부담해야 한다고 압박하고 있습니다. 품의서를 올리지 않고 임의로 발주를 넣는 것은 원칙에 어긋난 일이며 업무상 관행이라고도 볼 수 없다는 게 이유입니다.

오발주가 저의 실수임을 다시 한번 분명하게 인정합니다. 하지만 부서장의 말대로 원칙에 어긋난 일이라면, 부서장은 그동안 왜 제 업무 방식에 제동을 걸지 않았는지 저로서는 이해할 수 없습니다. 협력업체가 주장하는 손해액은 2000만 원입니다. 저 같은 월급쟁이가 감당하기에는 가혹한 금액입니다. 고의로 회사에 손해를 끼칠 의도도 없었고, 그저 일을 잘해보려다가 벌어진 일인데 저 금액을 직원 혼자 부담하는 게 과연 옳은가요? 직원이 언제나 자신의 실수에 따른 손해를 부담해야 한다면, 누가 회사를 믿고 일을 적극적으로 추진할 수 있겠습니까?

서희철이 노조 홈페이지 익명 게시판에 올린 제보는 서서히 사내에 퍼져나갔다. 제보를 올린 직원이 누구이며, 제보에 언급된 부서장이 누구인지에 관한 억측이 사내에 분분했다. 며칠 후 제보 내용을 접하고 자신이 제보 속 부서장이라는 사실을 눈치챈 김호열은 출근하자마자 회의실로 서희철을 불러 닦달했다.

"서희철! 너 도대체 뭐 하자는 거야! 미쳤어?"

"무슨 말씀이신지……."

블라인드로 회의실 내부를 가린 김호열은 목소리를 낮추며 서희철에게 손가락질을 했다.

"노조 익명 게시판에 제보 올린 사람, 너 맞지?"

올 것이 왔다는 듯 서희철의 표정과 목소리는 담담했다.

"부장님, 제가 없는 말을 만들어서 한 건 아니지 않습니까. 그리고 윗사람이 직원의 사소한 실수를 감싸주지 않으면 누가 회사를 믿고 일할 수 있겠습니까. 내일전선보다 작은 구멍가게 같은 회사도 이렇게는 안 합니다."

"뭐? 사소한 실수? 그게 사소한 실수야?"

서희철은 더 잃을 게 없다는 태도로 김호열에게 응수했다.

"게시판에 차마 언급하지 못한 이야기가 있는데 말입니다. 솔직히 임원 인사를 앞두고 시끄러운 일을 만들기 싫어서 모든 책임을 제게 뒤집어씌우신 거 아닙니까. 안 그래요?"

정곡을 찔린 김호열의 얼굴이 붉으락푸르락 변했다.

"이 새끼가 할말이 있고 못할 말이 있지, 어디서 뚫린 입이라고!"

"이 새끼 저 새끼 하지 마십쇼. 듣는 새끼 기분 더럽습니다."

서희철은 무언가 더 대꾸하려다가 못마땅한 표정을 지으며 김호열의 눈을 피했다. 김호열의 목소리가 거칠어졌다.

"서희철, 2000만 원 중 절반을 내가 사비로 책임지려고 했던 걸 너는 알기나 하냐?"

"그래요? 늦었지만 감동적입니다."

"그동안 대놓고 말은 안 했지만, 나는 너를 계속 데리고 갈 생각이었다. 그런데 감히 이렇게 내 뒤통수를 쳐? 당장 글 지워라."

서희철은 어깨를 으쓱거렸다.

"보는 사람도 거의 없는 익명 게시판에 올린 글인데 제가 쓴 줄 누가 알겠습니까? 그리고 이제 와서 글을 지운다고 뭐가 달라지나요? 지우든 지우지 않든 부장님에게 이미 저는 개새끼인데. 누군가가 제게 이런 말을 해주더라고요. 조직은 키워줄 놈한테 절대로 피를 묻히게 하지 않는다."

"뭐 인마?"

서희철은 기지개를 켜며 하품까지 했다.

"지금까지 뭐 하러 윗사람 눈치를 보며 아등바등 직장 생활을 했나 모르겠습니다. 이 조직에선 어차피 출세할 수도 없는 천민 신분인데. 포기하니까 마음이 정말 편안하네요. 부장님도 포기할 건 포기하세요. 세상이 편해질 테니까."

잃을 게 없는 놈과 있는 놈의 행동 양식은 매우 다르다. 인간이란 잃을 게 많은 순서대로 몸을 사리는 법이다. 책임질 가족도 없고, 출세욕도 사라진 서희철은 얼마든지 더 막 나갈 수 있는 놈이다. 더 말을 섞어봐야 내가 손해다. 전략을 바꿔야 한다. 김호열은 서희철에게 나가라고 손짓했다. 서희철은 김호열에게 건성으로 고개를 숙이며 회의실 밖으로 빠져나갔다. 격분한 김호열은 테이블 위에 있던 서류 뭉치를 집어들어 바닥에 던졌다.

김호열은 자신의 자리로 돌아와 업무추진비 관리 계좌를 다시 한번 확인했다. 영원폴리텍이 요구하는 손해배상액 전액을 감당하기에도 충분한 잔액이 있었지만 개인 계좌로 업무추진비를 관리해온 터라 얼마큼이 개인 돈이고 얼마큼이 업무추진비인지 가늠하기 어려웠다. 대충 따져보니 개인 돈을 헐지 않고서 손해배상액 전부를 채우기는 어려울 듯싶었다. 잠시 망설이던 김호열은 일단 급한 불을 끄는 게 먼저라고 마음을 굳혔다. 그는 협력업체 목록을 뒤져 영원폴리텍의 컨택포인트를 찾아 메모지에 적은 뒤 다시 회의실로 들어갔다.

*

"서 과장, 솔직히 별로 기대 안 했는데 애써줘서 고마워. 고생 많이 하셨어."

"네? 그게 무슨 말씀이세요?"

"내일전선에서 조금 전에 2000만 원이 들어왔어. 덕분에 우리도 숨통이 트이게 생겼다."

옥상에서 담배를 피우다가 김원용의 전화를 받은 서희철은 뜻밖의 이야기를 듣고 놀랐다.

"김 부장님이 직접 전화를 주셨어. 영원폴리텍이 내일전선의 오발주로 입은 손해를 전부 보전해주겠다고 말이야. 일처리가 급하니 회사 계좌번호부터 알려달라고 하시더라고. 문자메시지로 계좌번호를 보내드렸는데, 바로 입금이 됐어."

이렇게 빨리 처리할 수 있는 일인데 나를 궁지로 몰아넣었다는 말인가. 처음부터 부드럽게 이야기하고 설득했더라면 둘의 관계가 이렇게까지 파국으로 치닫지 않았을 텐데. 서희철은 김호열이 고맙기보다는 원망스러웠다. 그는 김원용에게 조금 전 회의실에서 벌어진 일을 털어놓았다.

"이야! 사고 크게 쳤네. 앞으로 회사 생활하기가 쉽지는 않을 텐데 괜찮겠어?"

"저와 김 부장 외에는 영원폴리텍이 우리 회사에 손해배상청구를 하려고 했다는 사실을 아는 사람이 아무도 없어요."

"없기는? 노조 홈페이지에 제보를 올려서 시끄러워졌다며?"

서희철은 홀가분한 목소리로 대수롭지 않다는 듯 말했다.

"익명 게시판에 올린 제보예요. 곧 지울 거예요. 김 부장 덕분에 출세하는 일은 절대로 없겠죠. 하지만 보는 눈이 많으니 김 부장도 저를 대놓고 쫓아내기는 어려울 거예요. 가능한 한 노조와 붙어다녀야죠. 어차피 김 부장으로부터 버려질 처지였는데,

제가 먼저 버린 겁니다. 이러나저러나 결과는 마찬가지였을 거예요."

"대놓고 찍어대면 안 넘어갈 수 없어. 어떤 이유를 만들어내서라도 마음에 안 드는 놈을 쫓아내는 게 조직이야. 나도 오래전에 당해봤으니 잘 알지. 아무튼! 조만간 자리 마련할 테니까 간만에 술이나 같이 한잔하자. 그때 이런저런 이야기 자세하게 들려줘. 나도 옛날이야기 해줄 테니까."

김원용과 통화를 마치자마자 문자메시지 수신을 알리는 소리가 들렸다. 김호열이 보낸 문자메시지였다. 문자메시지에는 영원폴리텍 계좌에 2000만 원을 사비로 입금했으니 노조 익명 게시판에 올린 제보를 당장 지우라는 내용이 담겨 있었다. 그 짠돌이가 순순히 자기 지갑을 열었을 리가 없는데, 임원 자리가 그 정도로 탐이 나는 자리인가. 서희철은 사비로 영원폴리텍의 손해배상청구를 막으며 벌벌 떨었을 김호열의 모습을 상상하니 우스웠다. 서희철은 스마트폰으로 노조 홈페이지에 접속해 익명 게시판에 올린 제보를 지웠다. 서희철은 김호열에게 간단히 감사하다고 문자메시지를 보낸 뒤 다시 담배를 꺼내 물었다.

기업 대부분이 업무추진비를 법인카드로 처리하는 데 반해, 내일전선은 영업부서를 제외한 나머지 부서에는 법인카드 대신 매월 일정 금액을 업무추진비로 지급했다. 업무추진비는 서너 차례 부서 회식을 가지면 사라지는 수준이어서 부서장들은 월말에 종종 자기 지갑을 열어야만 했다. 이 때문에 부서장들을 중심으로 업무추진비를 법인카드로 처리해야 한다는 볼멘소리가 터져나왔다. 얼마 되지 않는 업무추진비를 관리하는 총무 역할은 대개 부서의 막내 직원이 맡았다. 막내 직원의 핵심 잡무 중 하나는 주어진 업무추진비 안에서 괜찮은 음식을 즐길 수 있는 회식 장소를 찾는 일이었다. 부서장이 지갑을 잘 여는 성격이라면 막내 직원의 부담이 줄어들었지만, 그렇지 않은 성격이라면 상당히 부담이 되는 잡무였다.

김호열은 업무추진비를 직접 관리했다. 구매자재팀은 막내 직원이 업무추진비 관리에서 자유로운 유일한 부서였다. 구매자재팀에선 송년회를 제외하면 부서 회식이 거의 없었다. 젊은 직원일수록 회식을 꺼리는 터라, 구매자재팀의 회식 문화에 불만을 제기하는 직원은 드물었다. 대신 김호열은 팀원의 생일을 꼼꼼하게 챙겼다. 구매자재팀 막내 직원의 핵심 잡무는 김호열에게서 돈을 받아 생일을 맞은 직원을 위한 케이크를 사오는 일이었다. 이는 회식보다도 훨씬 좋은 반응을 이끌어냈지만, 1년 동안 들어가는 비용이 회식 자리를 한 차례 가지는 비용보다 적었다. 김호열은 케이크를 사러 나가는 막내 직원에게 늘 3만 원을 건넸고, 거스름돈이 생기면 자신의 책상 위에 둔 기부저금통에 넣으라고 지시했다. 막내 직원이 사오는 케이크의 크기와 모양은 늘 비슷했고, 기부저금통이 실제로 어려운 이웃에게 기부됐는지는 확인된 바가 없다. 김호열은 업무추진비 계좌에 회사에서 받은 각종 인센티브, 협력업체 관계자로부터 받은 돈도 함께 입금해 관리했다. 다른 부서장들이 부서 회식에서 자신의 지갑을 열며 볼멘소리를 하는 동안에, 김호열이 관리하는 업무추진비 계좌에는 차곡차곡 돈이 쌓였다.

김호열은 업무추진비 계좌에서 영원폴리텍 계좌로 2000만 원을 송금한 후 지난 3년간의 계좌 입출금 명세를 A4용지로 뽑았다. 그는 입출금 명세를 꼼꼼하게 들여다보며 그동안 모은 업무추진비와 나머지 돈을 구분해 계산기를 두드려 합계를 냈다. 업무추진비 1468만 5420원, 나머지 돈 1237만 6250원, 합계 2706만 1670원이었다. 이 중 2000만 원이 영원폴리텍 계좌로 빠져나가 잔액은 706만 1670원이 됐다. 2000만 원에서 업무추진비 1468만 5420원을 뺀 금액은 531만 4580원, 김호열은 애써 모은 업무추진비 외에도 500만 원 이상이 추가로 들어갔음을 파악하며 인상을 구겼다.

사무실로 돌아온 서희철이 어색한 미소를 지으며 김호열에게 인사했다. 개새끼, 두고 봐. 내가 어떻게든 너를 내일전선에서 내보낼 거다. 독기를 품고 서희철이 관리하는 협력업체 목록을 살피던 김호열은 문득 한 사람의 얼굴을 떠올렸다. 그래, 그 녀석이 있었지. 김호열은 직원명부에 기록된 연락처 목록에서 머릿속에 떠오른 얼굴의 전화번호를 찾았다. 김호열은 그 번호로 오늘 시간 되면 술이나 한잔하자고 문자메시지를 보냈다.

*

　김호열의 문자메시지를 받은 이형규는 당황스러웠다. 이형규가 아는 김호열은 끈 떨어진 사람을 절대로 챙기는 성격이 아니었다. 또한, 윗사람과는 술자리를 가져도 아랫사람과는 좀처럼 술자리를 가지지 않는 사람으로 알려져 있었다. 결정적으로 김호열은 이형규와 같은 부서에서 함께 호흡을 맞춘 일이 없었다. 왜 하필 지금 나를? 이형규는 김호열이 자신과 만나려는 이유를 전혀 짐작하지 못했다. 하지만 만나자는 요청을 거부할 이유도 없었다. 이유는 알 수 없지만, 이형규는 김호열에게 자신이 필요하다는 느낌을 강하게 받았다. 김호열은 내일전선에서 조금 떨어진 거리에 있는 참치집을 약속 장소로 정하며 오후 7시에 만나자고 문자메시지를 보냈다. 문자메시지를 읽은 이형규는 모텔 창문을 열고 바깥 날씨를 확인하며 면도기를 챙겼다.

　소주가 두어 잔 입으로 들어가자 이형규는 조금씩 어색함이 풀리는 기분을 느꼈다. 집에서 쫓겨나온 이형규는 모텔에 월세를 내고 머물며 대부분의 끼니를 인스턴트 음식으로 때웠다. 뱃속으로 오랜만에 음식다운 음식과 술이 들어가자 김호열을 향한 경계심도 누그러졌다. 김호열은 이형규의 빈 잔에 소주를 채우며 은근한 목소리로 물었다.

　"잘생긴 얼굴이 그새 많이 상했네. 그동안 어떻게 지낸 거야?"

"뭐 그럭저럭 지내고 있습니다. 부장님은 술자리를 그리 좋아하시지 않는다고 들었는데 이런 자리가 괜찮으신지 모르겠습니다."

"오해야. 좋은 사람과 좋은 술을 즐기는 건 좋아해."

잘 알지도 못하는 아랫사람에게 좋은 사람이라. 뭔지 몰라도 이 양반에게 내가 필요하기는 필요한 모양이네. 이형규는 피식 웃으며 술잔을 비웠다.

"앞으로 어떻게 할 생각이야?"

"글쎄요. 아직 생각해보지 않았습니다."

"이직이라도 하려고?"

"평판 조회하면 뭐가 나올지 뻔한데, 당장 이직하기는 쉽지 않죠. 사태가 잠잠해져야지."

"앞뒤가 꽉 막힌 답답한 상황이네."

이형규는 씁쓸한 표정과 함께 술잔을 비웠다. 김호열은 이형규의 술잔을 다시 채우며 건배를 권했다.

"아무튼 불러주셔서 감사합니다."

"세상이 너무 많이 변했어. 예전 같으면 이 차장 건은 문제가 될 일이 아니었는데."

"부장님께선 제 말을 어떻게 들으실지 모르지만, 저는 이나라 씨를 성추행했다고 생각하지 않습니다."

"그건 무슨 소리야?"

김호열은 흥미를 느낀 듯 몸을 앞으로 기울였다. 이형규는 감사팀 징계 조사에서 이나라가 자신을 거부하지 않았다고 진술했을 때 한선우가 보였던 비웃음과 강영초의 경멸 어린 차가운 눈빛을 떠올리며 말을 아꼈다.

"아닙니다. 제가 괜한 말을 했습니다. 과정이 어찌 됐거나 모든 게 제 불찰로 벌어진 결과죠. 괜히 부장님께 쓸데없는 말을 했습니다. 죄송합니다."

이형규의 입에서 무언가 재미있는 이야기가 흘러나오리라고 기대했던 김호열은 아쉬운 듯 입맛을 다셨다. 김호열은 참치회에 젓가락으로 고추냉이를 올리며 무심하게 말했다.

"죄송은 무슨. 그래도 말이지, 서상범 부장은 좀 너무했어."

이형규가 표정을 굳히며 단숨에 잔을 비웠다. 약한 고리가 여기로구나. 김호열은 이형규의 빈 잔을 채우며 다시 서상범을 입에 올렸다.

"징계위원회에서 이 차장을 가장 몰아붙인 게 서 부장이었다고 들었는데 사실이야?"

서상범은 아랫사람이 윗사람에게 의문을 가지는 일을 절대 용납하지 않는 불같은 성격의 소유자였다. 이형규가 징계 조사에서 진술한 내용은 윤현종을 거쳐 서상범의 귀에도 바로 흘러 들어갔을 가능성이 컸다. 서상범은 성격상 이형규가 신입사원에게 성추행을 저질렀다는 소식보다 부서장인 윤현종을 핑계로 들어 난처한 상황을 모면하려고 했다는 사실에 훨씬 분노했을 것이다. 이형규는 서상범이 징계위원회에 출석하기 전까지 자신의 연락을 일절 받지 않은 이유를 그렇게 받아들이고 있었다.

"워낙 엄격하신 분이니까요. 권고사직이나 해고가 아닌 게 다 행이죠."

"서 부장이 자기 사람을 잘 챙기긴 하지만 지나치게 까칠하지. 그래도 말이지, 나는 서 부장이 이렇게 냉정하게 이 차장을 내칠 줄은 몰랐어. 자기들끼리 성골이라고 뭉쳐서 있는 무게 없는 무게 다 잡고 다닐 때는 언제고. 좋을 때만 함께할 게 아니라, 어려울 때 잘 챙겨줘야 진정한 라인이지. 안 그래?"

이형규는 김호열의 말이 입에 발린 말이란 걸 알면서도 마음이 흔들렸다. 그동안 뒤치다꺼리한 세월이 몇 년인데, 이렇게 쉽게 나를 버린다는 말인가. 이형규는 서상범을 향한 원망이 커져 신경질적으로 잔을 비웠다. 이형규의 표정에서 심경의 변화를 눈치챈 김호열은 다시 약한 고리를 건드렸다.

"서 부장이 나중에 따로 연락한 일은 없었어?"

이형규는 말없이 고개를 저었다. 김호열은 남은 잔을 비우며 과장된 한숨을 쉬었다.

"아까워. 나도 이 차장 같은 인재와 함께 꼭 일해보고 싶었는데 말이야. 이 차장을 놓치는 건 장기적으로 보면 회사에도 큰 손해야."

"이미 다 끝난 일입니다."

이형규는 김호열의 빈 잔을 채우며 푸념했다. 김호열은 테이블에 놓인 이형규의 잔에 자신의 잔을 부딪치며 입꼬리를 올렸다.

"끝날 때까지 끝난 게 아니다. 이 말 못 들어봤어? 어쩌면 오늘의 만남이 새로운 시작이 될지도 모르지."

*

이형규의 빈자리를 채우기 위한 원 포인트 인사가 이뤄졌다. 우선 한선우가 경영지원팀으로 이동하며 차장으로 승진 발령을 받았다. 한선우는 이형규가 담당했던 홍보 업무를 맡게 됐다. 이와 동시에 강영초가 감사팀으로 이동하며 과장으로 승진 발령을 받았다. 이번 인사를 두고 그 배경에 관해 직원들 사이에서 온갖 추측이 난무했다. 한직인 감사팀에서 요직인 경영지원팀으로, 그것도 승진 발령을 받아 이동하는 경우는 이례적이었다. 게다가 한선우는 성골도 아니었다. 마찬가지로 요직인 경영지원팀에서 한직인 감사팀으로 이동하는 경우도 이례적이었다. 비록 승진 발령이긴 하지만 좌천으로 보일 여지가 많았기 때문이다. 강영초는 회의실 테이블에 마주앉은 윤현종에게 이번 인사의 배경이 무엇인지 물었다. 윤현종은 대수롭지 않다는 듯 어깨를 으쓱거렸다.

"왜? 강 대리, 아니 강 과장이 보기에는 이번 인사에 무슨 문제라도 있어?"

"문제가 있다기보다는 잘 이해가 되질 않습니다."

윤현종은 팔짱을 끼며 몸을 앞으로 기울였다.

"어떤 부분이 이해가 되질 않는다는 거지? 나는 매우 적절한 인사라고 보는데?"

"외람된 질문이지만 부장님께 설명을 부탁드려도 될지."

윤현종은 몸을 뒤로 젖히며 팔짱을 풀었다.

"한선우 차장은 입사 후 주로 감사팀에서 근무해왔지만 입사전에 홍보대행사에서 1년 반 정도 근무한 경험을 가지고 있어. 이형규 차장과 비슷한 연차인 직원 중에 한 차장 말고는 홍보업무 경험자가 없는 상황이야. 그렇다고 다른 부서에 있는 전임자를 다시 여기로 끌고 올 수는 없는 노릇이잖아."

윤현종은 잠시 하던 말을 멈추고 강영초의 반응을 살폈다. 일리 있는 말이다. 강영초는 동의한다는 듯 고개를 끄덕였다.

"강 과장도 잘 알겠지만, 많은 직원이 회사가 이른바 성골이라고 불리는 직원을 우대하고 있다는 오해를 하고 있어. 그 오해가 직원들의 사기를 떨어트리고 있고."

오해라고? 강영초는 억지로 미소를 지었다.

"한 부서에서 지나치게 오래 근무하는 것은 해당 직원뿐만 아니라 조직의 발전과 미래에도 도움이 되지 않아. 한선우 차장의 승진 발령 인사는 내일전선이 결코 성골만 우대하는 불합리한 조직이 아님을 보여주려는 사장님의 의지가 담겨 있지. 이해가 되나?"

"부장님의 말씀을 들으니 한선우 차장님의 인사가 무슨 의미인지 잘 알겠습니다. 그렇다면 제 인사에는 어떤 의미가 있는지."

강영초는 윤현종에게 아무리 승진 발령이라도 자신을 감사팀으로 보내는 것은 사실상 좌천이 아니냐고 묻고 싶었으나 눌러 참았다.

"적성과 업무 능력을 최대한 반영한 인사라고 말할 수 있겠지."

"어떤 점에서 말이죠?"

"커피 한잔 마실까?"

"제가 할게요."

윤현종은 손사래를 치며 의자에서 일어났다.

"괜찮아. 부하 직원이 타주는 커피를 고마운 줄도 모르고 넙죽넙죽 받아 마시는 세상이 끝난 지가 언제인데. 앉아 있어. 내가 가져올 테니."

윤현종은 회의실 구석에 비치된 정수기로 발걸음을 옮겨 커피믹스를 뜯었다. 강영초는 커피믹스를 담은 종이컵에 온수를 받는 윤현종의 뒷모습을 바라보는 일이 가시방석에 앉은 듯 불편했다. 윤현종은 종이컵을 건네며 겸연쩍게 웃었다.

"약소하지만 승진 선물이야."

"감사합니다, 부장님."

강영초는 커피를 한 모금 마신 후 종이컵을 테이블에 내려놓으며 윤현종을 살폈다. 다시 의자에 앉은 윤현종이 몸을 뒤로 젖혔다.

"강 과장이 아니었다면 갓 우리 식구가 된 이나라 씨가 더 곤란한 일을 겪었을지도 몰라. 정말 부끄러운 일이지. 부서를 책임지는 사람으로서 강 과장에게 다시 한번 감사하다는 말을 전하고 싶어."

"별말씀을요. 같은 여자로서 가만히 두고 볼 일은 아니었습니다."

강영초는 이나라의 얼굴을 떠올리며 다시금 미안함을 느꼈다. 이형규가 이나라에게 키스하는 모습을 촬영하고 감사팀에 진정을 넣은 것은 이형규를 향한 악감정에서 비롯된 일이었으니 말이다. 강영초는 이형규가 징계위원회에서 자택대기발령 징계를 받은 후에야 이나라와 한마디 상의도 없이 일을 키운 자신의 행동을 후회했다. 강영초는 자신의 성급한 행동이 이나라에게 더 큰 상처를 줬을지도 모른다는 생각을 뒤늦게 했다. 부서 회식 이후 이나라는 강영초를 피했다. 강영초는 이나라와 따로 자리를 마련해 자신의 행동을 늦게나마 사과하고 싶었지만, 좀처럼 기회를 잡지 못해 고민 중이었다.

"이번 이나라 씨 건과 비슷한 사건 외에도 다양한 부조리가 회사 곳곳에서 벌어지고 있을 거야. 나는 강 과장처럼 심지가 굳은 사람이 감사팀에 있어야 회사의 발전에 도움이 된다고 생각해. 회사가 강 과장을 다른 대리급 직원보다 1년 먼저 과장으로 승진시킨 이유도 그 때문이야. 감사팀에서 이해완 선배를 도와 앞으로 많이 힘을 써줘."

감사팀이 유배지나 다름없는 곳이란 사실을 내일전선 직원 대부분이 알고 있다. 강영초가 한선우의 자리를 대신한다고 해서 감사팀에 없던 힘이 실릴 리가 없었다. 게다가 강영초는 한선우보다도 한참 후배여서 사내에 즐비한 선배 직원들을 추궁하고 책임을 묻는 일이 부담으로 다가올 수밖에 없는 처지다. 어쩌면 퇴사할 때까지 감사팀에서 썩게 될지도 모른다는 불길한 예감이 들었다. 포상을 가장한 인사 보복이구나. 강영초의 눈앞에 이번 인사의 배경이 무엇인지 어렴풋이 그림이 그려졌다.

침묵으로 얻은 평화. 내일전선의 조직 분위기는 이렇게 요약됐다. 고종석 사장은 매년 시무식에서 신년사를 통해 화합을 유난히 강조했다. 조직을 시끄럽게 만드는 행동은 그 의도가 어떻든 간에 반드시 인사와 승진에서 불이익으로 돌아왔다. 문제가 발생하면 드러내 해결 방안을 찾기보다 감추기에 급급한 조직 문화가 내일전선을 지배했다. 이형규를 향한 악감정에 매몰돼 있던 강영초는 자신이 조직을 지나치게 시끄럽게 했음을 뒤늦게 깨달았다. 그 사실을 깨달았을 때쯤에는 이미 김호열이 윤현종과 차기 경영지원본부장 자리를 다투는 경쟁자로 거론되고 있었다. 강영초의 돌발 행동은 본의 아니게 윤현종의 지위까지 흔든 셈이 됐다. 윤현종은 유감을 보이는 대신 오히려 부서 회의에서 강영초를 용기 있는 직원이라고 치하했다. 강영초 또한 자신의 행동이 옳았다고 믿었기 때문에 이형규의 자택대기발령 징계로 사건의 매듭을 지었다고 생각했다. 이번 인사는 강영초의 생각이 완전한 착각이었음을 보여줬다.

강영초는 이번 인사가 보복 인사라는 자신의 심증을 입 밖으로 토해낼 수가 없었다. 윤현종이 설명한 인사 배경에는 충분한 명분이 있었다. 강영초는 그 명분을 반박할 논거를 찾지 못했다. 이런 상황에서 이번 인사에 반발하면, 남들보다 일찍 승진한 주제에 중요 부서에서 꿀까지 더 빨아먹으려는 이기적인 인간으로 비춰질 염려가 있었다. 그물에 제대로 걸려들었구나. 강영초는 개인이 조직 앞에서 얼마나 무력한 존재인지 절감했다.

"물어볼 게 아직 남았나?"

"아닙니다."

강영초는 굳은 표정을 숨기지 못했다. 윤현종은 자리에서 일어나며 강영초에게 악수를 청했다. 강영초는 어색하게 윤현종의 손을 맞잡았다. 윤현종의 손은 뜨겁고 축축했다. 윤현종은 강영초에게 입으로만 미소를 지어 보이며 말했다.

"강 과장, 다시 한번 승진 축하해."

＊

이형규는 자신이 머무는 모텔과 가까운 피시방에 들러 전날에 만난 김호열이 보낸 메일을 확인했다. 메일에는 굵은 글씨로 표시한 협력업체 쪽을 확인해보라는 메시지와 함께 구매자재팀과 거래하는 협력업체 명단과 각종 거래명세를 기록한 엑셀 문서가 첨부돼 있었다. 이형규는 협력업체 명단에서 굵은 글씨로 처리된 업체의 주소와 전화번호를 따로 분류해 프린터로 뽑았다.

김호열은 이형규에게 뜻밖의 부탁을 했다. 서희철의 업무상 횡령이 의심스러우니 뒷조사를 해달라는 부탁이었다. 내부 직원에게 뒷조사를 시키면 자칫 정보가 새어나가 시끄러워질 우려가 있는데, 내일전선 사람이 아니면 협력업체에 접근해 정보를 확보하기가 어렵다는 게 부탁의 이유였다. 자택대기발령 징계를 받은 이형규는 김호열이 일을 맡길 만한 적임자였다. 이형규가 망설이는 듯한 태도를 보이자 김호열은 대답을 재촉했다.

"어려운 부탁인가?"

"부장님께서 알고 계시는지 모르겠지만, 서 과장은 제 입사 동기입니다."

"그래? 그건 몰랐네. 동기 녀석 뒤통수를 치기는 좀 그런가?"

이형규는 난감해하는 김호열의 표정을 보며 씁쓸하게 웃었다.

"징계 조사로 저를 날려버리고 제 자리를 차지한 한선우 과장도 제 동기입니다. 동기가 더 무섭더라고요. 부장님과 윤 부장님도 입사 동기 아닙니까?"

"플랜트영업팀에 있는 서 부장도 동기지. 윤 부장과 서 부장 모두 나보다 한 살 어리고."

"한 과장, 이제는 한 차장이죠? 그 친구에게 뒤통수를 크게 한 방 맞아보니까 서로 절친하게 지내는 윤 부장님과 서 부장님 사이가 정말 부럽더라고요."

김호열은 코웃음을 쳤다.

"지금은 둘이 죽고 못 사는 사이 같아 보이지? 어차피 조직은 위로 올라갈수록 앉을 자리가 줄어드는 피라미드 구조야. 둘이 나중에 같은 자리를 두고 경쟁하는 사이가 돼봐. 누구보다 살벌하게 싸울걸? 아무튼 각설하고, 내 부탁이 어려운 부탁인가?"

"어려운 부탁이라기보다는…… 전혀 예상치 못한 부탁이라서 말입니다."

"그런가? 이 차장이 예상한 부탁은 뭐였는데?"

"솔직히 말씀드리자면, 윤현종 부장님과 관련한 부탁이 아닐까 예상했습니다."

김호열은 너털웃음을 터트렸다.

"그래? 이유는?"

"곧 임원 인사가 있지 않습니까. 부장님께선 윤 부장님과 차기 경영지원부문장 자리를 두고 경쟁하고 계시고요."

"그러니까 내가 이 차장을 통해 윤 부장의 약점을 캐려고 이 자리를 만든 거다?"

이형규는 민망한 표정을 지으며 대답을 피했다. 술잔을 비운 김호열이 피식 웃었다. 이형규도 김호열을 따라 급히 술잔을 비웠다.

"이 차장 입장에선 그렇게 생각할 수도 있겠지만, 그래도 조금 서운하네."

"죄송합니다."

김호열은 심호흡하며 이형규의 눈을 바라봤다. 이형규는 살짝 고개를 숙이며 김호열의 시선을 피했다.

"이 차장이 솔직하게 이야기하니까 나도 솔직하게 말할게. 내가 이 차장 덕을 좀 많이 봤어. 이 차장이 아니었다면 내가 윤 부장과 상무 자리를 두고 경쟁할 수 있었겠어? 어림도 없지."

이형규의 얼굴이 붉어졌다.

"이 차장도 잘 알겠지만, 사장님께선 시끄러운 걸 정말 싫어하셔. 그 덕분에 내게도 예상치 못한 기회가 온 거야. 그런데 말이지. 나 혼자 그 자리로 올라가봐야 별로 힘을 못 써. 사장님이 저 자리를 오랫동안 유지하는 비결이 뭐 같아?"

"본사가 우리의 실적을 인정하기 때문 아닙니까."

"맞아. 그런데 말이지. 그 실적도 로열패밀리들이 똘똘한 성골을 골라 위에서 끌어올리고, 그 성골이 아래를 받쳐주며 세력을 탄탄하게 유지해 일사불란하게 움직이니까 나오는 거야. 미래전선이 왜 예전처럼 낙하산 사장이나 임원을 여기로 내려보내지 않겠어? 낙하산으로는 지금과 같은 실적을 낼 자신이 없기 때문이지. 그러니 나 혼자 그 자리로 올라가봐야 이빨 빠진 호랑이 취급받는 조일동 상무님 꼴밖에 안 된다는 거야. 아래에 합이 맞는 똘똘한 사람이 있어야 해. 서 과장으로는 위험해."

"그래도 서 과장이 자기 일은 잘하는 편 아닙니까?"

"일을 잘하느냐 못하느냐가 문제가 아니라니까. 아까도 말했지만, 업무상 횡령으로 보이는 정황이 있어. 아직 확실한 증거는 없지만, 횡령이 사실이라면 그 친구를 안고 가기는 부담스럽지. 언제 시한폭탄처럼 터질지 모르는데."

김호열은 서희철이 관리하는 협력업체와의 거래명세서를 확인하다가 이상한 점을 발견했다. 몇몇 거래명세서에 적힌 품목이 허위로 만들어낸 것처럼 보였기 때문이다.

"거래명세서 중 일부는 이름은 그럴싸한데 실제로는 존재하지 않는 제품이 매입 품목으로 기록돼 있어. 구매자재팀 사람이 아니라면 알기 어려운 부분이야. 구매자재팀 사람이라고 해도 눈여겨보지 않으면 지나치기 쉽고. 그렇다면 매입 금액은 어디로 갔을까."

이형규는 김호열의 의심이 사실일 가능성이 크다고 봤다. 서희철이 벌이에 맞지 않게 과한 돈을 유흥에 쓰고 있다는 소문이 동기들 사이에 파다했기 때문이다.

"만약 횡령이 사실로 드러나면 서 과장을 어떻게 처리하실 생각입니까? 권고사직 처리를 하실 겁니까?"

"시끄럽게 권고사직은 무슨! 형사고발을 하지 않겠다는 조건을 내걸고 회사가 입은 피해를 변상하게 한 뒤 조용히 회사에서 내보내야지. 그다음에는,"

김호열이 술잔을 들어 이형규에게 건배를 권하며 말을 이었다.

"이 차장과 함께 일하고 싶은데, 어때?"

김호열은 이형규에게 자신이 경영지원부문장으로 승진하면 자택대기발령 해제와 직장 복귀를 돕겠다고 약속했다. 구매자 재팀에 자리를 마련해주겠다는 제안도 더해졌다. 이형규는 김호열의 약속과 제안을 온전히 신뢰하지는 않았다. 하지만 하는 일 없이 모텔방에서 시간을 죽이며 회사의 처분을 기다리기보다는 서희철의 뒷조사를 하는 게 훨씬 매력적으로 느껴졌다. 어차피 더 떨어질 바닥도 없는 상황 아닌가. 이형규는 자신의 처지를 자조하며 김호열의 부탁을 받아들였다.

단서

이나라는 한선우와 함께 홍보 업무를 맡게 됐다. 인수인계할 사람이 없으니 부득이하게 윤현종이 직접 한선우와 이나라에게 업무를 설명해야 했다. 윤현종은 둘을 회의실로 불러 보도자료 작성 매뉴얼과 기자 이메일 주소 및 연락처 목록을 건넸다.

"매뉴얼과 연락처 파일은 내가 회사 메일로 따로 보내줄게. 오래전이긴 하지만 한 차장은 홍보대행사 일을 해봤으니 업무에 감이 잡히지?"

"홍보대행사 업무와 인하우스*는 큰 틀에선 비슷하니까요."

"나도 자세하게는 모르니까 아는 것만 간략하게 설명할게. 한 차장은 다 아는 내용일 테니 가볍게 들어. 우리 회사가 생산하

---

* 기업 내 홍보팀.

는 제품은 하이엔드* 오디오 케이블을 제외하면 일반 소비자를 상대할 일이 거의 없어."

윤현종이 고개를 돌려 이나라를 응시하며 강조했다.

"즉 홍보가 주된 업무가 아니라는 말이지."

홍보 담당 직원의 업무가 홍보가 아니라니. 이나라는 어리둥 절해했다.

"우리 회사의 홍보 업무는 사실상 리스크 관리라고 보면 돼. 가능한 한 어떤 뉴스에도 내일전선의 이름이 오르내리지 않게 하는 게 우리의 목표야."

윤현종이 자리에서 일어나 화이트보드에 무언가를 적어나갔 다. 한선우는 이나라에게 귓속말을 했다.

"부장님이 드실 커피 좀 가져와."

이나라는 부리나케 일어나 종이컵에 커피믹스를 쏟아넣고 정수기에서 뜨거운 물을 받았다. 중앙언론사, 지역언론사, 인터 넷매체. 이나라는 테이블 위에 놓인 이면지에 윤현종이 적은 글 자를 따라 적었다. 윤현종은 중앙언론사에 동그라미를 그렸다.

"중앙언론사가 가장 중요하다고 느껴지겠지만, 실제로는 그 렇지 않아. 중앙언론사 중에서도 지상파나 종편은 지역에 있는 업체까지 신경 쓸 여력이 없어. 서울 쪽 소식을 전하기도 바쁘 니까. 일간지 또한 지역 뉴스를 비중 있게 다루지 않아. 고진에

---

* 최고의 품질과 성능을 갖춘 제품.

도 중앙지 기자들이 주재하고 있지만, 대부분 나이 들고 게으른 사람들이야. 때 되면 기획기사 명목으로 협찬 비용이나 챙겨주면 별문제 없어. 통신사 주재기자들도 있지만 다들 보도자료 처리하느라 바쁘니까 가끔 밥이나 술을 사주면 오케이야. 문제는 지역언론사야."

윤현종은 지역언론사에 동그라미를 몇 차례 그렸다.

"이놈들이 골칫거리야. 지역언론사는 대부분 규모가 작고 영세해서 지자체나 공공기관의 홍보 예산과 지역 기업을 뜯어먹으며 살아. 내일전선은 전선 업계에서 다섯 손가락 안에 들 정도로 매출액이 큰 고진시의 대표 기업이야. 지역언론사 눈에 내일전선은 뜯어먹을 게 많아 보이는 기업이지."

윤현종은 지역언론사 아래에 지역방송, 지역민방, 지역신문을 적었다.

"지역방송과 지역민방은 크게 신경 쓸 필요가 없어. 여기도 때 되면 협찬이나 광고비를 챙겨주는 거로 끝내면 되니까. 중앙언론사만큼 다루기가 편하지. 우리가 주의해야 할 곳은 지역일간지, 그중에서도 자칭 메이저들이야."

윤현종은 고진일보, 고진신문, 고진중앙일보, 고진매일 등 네 매체를 고진의 메이저 지역일간지로 언급했다. 네 매체는 모두 한국기자협회 고진협회 소속 언론사이며 지역방송, 지역민방과 함께 고진 지역 여론을 움직이는 힘을 가지고 있다는 게 윤현종의 설명이었다.

"그놈이 그놈 같은데, 밉보이면 피곤해지는 지역 유지 같은 존재야. 한 놈만 챙기면 누구는 줬네 누구는 안 줬네 하면서 골치 아프게 군다. 신경 써서 관리할 필요가 있어. 메이저에는 우리가 공식으로 작성한 보도자료 외에 그 어떤 기사도 나오지 않게 하는 게 중요해. 그렇다고 굽신거리기만 하면 안 돼. 당근과 채찍을 각각 적절하게 사용해야 선을 안 넘어."

한선우가 끼어들었다.

"기자 놈들 정말 웃기더라고요. 중앙언론사 기자는 지역언론사 기자를 개무시하고, 지역언론사 중에서도 메이저 매체 기자는 마이너 매체 기자를 사람 취급하지 않고. 시청 기자실을 보세요. 중앙언론사 기자와 지역언론사 기자가 서로 기자실을 따로 쓰잖아요. 마이너나 인터넷 매체 기자는 기자실에 얼씬도 하지 못해 손가락이나 빨며 메이저를 욕하고요."

윤현종이 비웃음을 흘리며 한선우의 말을 받았다.

"걔네 서로 겸상도 하지 않아. 예전에 그걸 모르고 메이저가 있는 술자리에 마이너도 같이 불렀다가 난리 난 일이 있어. 어딜 감히 메이저가 계신 자리에 마이너를 부르냐고. 자기들끼리 계급을 나눠서 누가 더 잘나고 못났는지 따지는 꼴이 어찌나 우스워 보이던지. 그래 봐야 최저임금보다 조금 더 받는 거지들인 주제에 꼴값을 떨어요."

"그러게 말입니다, 부장님."

한선우는 윤현종의 말에 맞장구치며 비아냥거렸다. 이나라는 혼란스러웠다. 윤현종의 이야기는 이나라가 한때 언론사 시험을 준비하던 시절에 전혀 들어보지 못한 현실이었다. 이나라의 머릿속에 몇 가지 의문이 들었다. 저들이 시골 기자라면, 내일전선도 시골 기업 아닌가. 공공연히 직원 신분을 구별하고 인사와 승진에 차등을 주는 내일전선의 조직 문화가 메이저와 마이너로 서로를 나누며 반목하는 지역 언론계 문화와 다를 게 뭐라는 말인가. 내 신분은 과연 어디쯤일까. 고진고와 고진대 출신이 아니니 6두품일까. 그보다 더 낮은 5두품쯤 되려나. 이나라는 씁쓸한 미소를 지었다. 윤현종은 마지막으로 인터넷매체에 동그라미를 그렸다.

"이것들은 매일 셀 수도 없이 많이 생겼다가 없어져서 관리가 안 된다. 그중에서 부지런히 광고비 달라고 떼를 쓰는 매체가 있을 거야. 그럴 때는 노력이 가상하니 배너 광고비로 50만 원 정도 챙겨주면 감사하다며 바로 물러나니까 별로 신경 쓰지 마."

윤현종은 화이트보드를 지우며 한선우와 이나라에게 지시했다.

"홍보 담당이 바뀌었으니까 좋든 싫든 상견례를 할 필요가 있어. 우선 내가 목록에 체크한 인터넷매체 기자, 마이너 기자를 한꺼번에 모아서 점심 약속을 잡아. 부지런히 우리 회사 보도자료를 기사로 써줬으니 밥은 먹여줘야지. 중앙언론사 기자와 지역언론사 기자는 각각 따로 저녁 자리를 잡도록 해. 나이든 양반들은 식사보다는 술자리를 더 좋아하더라고. 귀찮은 일 빨리 해치우자."

"귀하의 뛰어난 역량과 잠재력에도 불구하고, 아쉽지만 제한된 모집 인원으로 인해 금번 전형에 합격하지 못했음을 죄송한 마음으로 알려드립니다."

고진매일 편집국에서 당직 근무를 준비하던 김진원은 조금 전에 수신한 문자메시지를 따라 읽으며 코웃음을 쳤다. 이놈의 대기업들은 지원자에게는 창의력을 요구하면서 불합격 안내문에는 창의력을 발휘하지 않네. 김진원은 노트북 컴퓨터의 전원을 켜고 회사 메일 계정을 확인했다. 보도자료 외에는 특별한 메일이 없었다. 김진원은 보도자료를 대충 확인하고 지운 뒤 온라인 취업 포털 사이트를 둘러보며 삼각김밥을 씹었다.

김진원에게 고진매일에서 보낸 지난 2년은 자부심과 좌절감, 우월감과 열등감이 수시로 교차했던 시간이었다. 김진원은 고진에서 태어나 고진에서 학업을 마치고 기자를 꿈꿨지만, 고진에서 기자로 일하고 싶은 마음은 조금도 없었다. 하지만 중앙 언론사는 화려한 학벌과 스펙을 두루 갖춘 경쟁자들에게 밀려 서류전형 통과조차 쉽지 않을 정도로 문턱이 높았다. 김진원은 서울로 올라와 자취를 하며 언론사 준비 스터디에도 참여했지만, 다른 팀원들이 줄줄이 유명 언론사에 합격하는 모습만 지켜봐야 했다. 좌절한 김진원에게 기자로 일할 기회를 준 곳은 고진매일뿐이었다.

수습기자로 입사한 김진원에게 선배 기자들은 거지부터 왕까지 누구나 만날 수 있는 존재가 기자라며 고진의 대표신문 소속 기자라는 자부심을 가지라고 강조했다. 하지만 김진원에게는 거지를 만날 일도, 왕을 만날 일도 없었다. 수습기자 교육을 맡은 선배 기자가 김진원을 데리고 주로 들르는 곳은 관공서였다. 관공서에 감도는 특유의 경직된 분위기에 위축됐던 김진원은 고위공무원이나 기관장이 한참 어린 자신을 어렵게 대하며 깍듯이 대접하는 모습을 보고 고무됐다. 내가 저들과 같은 위치에 올랐구나. 김진원은 고진시장과 만나 악수한 날에 페이스북 소속란을 고진매일로 바꾸고 프로필 사진도 시장과 함께 촬영한 사진으로 교체했다. 고진매일의 선배 기자들은 기협 고진협회에 소속되지 않은 매체의 기자들을 사이비라고 폄하하며 불가촉천민으로 취급했다. 김진원 또한 관공서 기자실에 감히 들어오지 못하고 브리핑실에 모여 기사를 작성하는 마이너, 인터넷 매체 소속 기자들을 내려다보며 왠지 모를 우월감을 느꼈다.

　　자부심은 불과 한 달 만에 흔들리기 시작했다. 김진원이 수습 기간 첫 달을 마친 후 받은 월급은 최저임금보다도 적었다. 수습 기간에 주어지는 월급은 정상적인 월급의 80퍼센트이므로, 수습 기간이 끝난 후에 김진원이 받게 될 월급은 최저임금보다 조금 높은 수준이었다. 김진원은 통장에 찍힌 월급을 보며 고진매일에 왜 나이 든 기자만 즐비한지 그 이유를 깨달았다. 박봉을 견디지 못한 사람은 진즉 퇴사해 다른 길을 찾아 떠났고, 나갈 용기도 없고 대안도 없는 사람만 꾸역꾸역 남아 조직을 지키며 나이 들어가고 있었음을 말이다.

고진매일은 고진에서 이른바 4대 메이저로 통했지만, 사세가 가장 약해 지역민 사이에서 인지도는 낮은 편이었다. 심지어 고진 토박이인 김진원의 부모도 고진매일을 잘 몰라서 남들에게 아들을 고진일보 기자라고 소개할 정도였다. 사석에서 메이저들이 모두 모이는 자리에서도 고진매일은 은근히 무시를 당했다. 중앙언론사 지역 주재 기자들은 지역언론사 기자들을 소 닭 보듯 하며 말을 섞지 않았다. 김진원의 우월감 속에는 열등감도 함께 스며들었다. 쌓인 열등감은 자신과 함께 언론사 준비 스터디를 했던 팀원들의 이름을 중앙일간지 기사 바이라인*에서 발견할 때마다 폭발하곤 했다.

수습 기간이 끝난 후, 김진원은 줄곧 경제부에서 일했다. 그곳에서 김진원의 역할은 기자보다 영업사원에 가까웠다. 경제부 기사는 고진매일이 기업이나 공공기관으로부터 협찬을 요구하고 광고비를 받기 위한 구실로 쓰였다. 매일 수십여 개의 보도자료를 기사화하기 위해 다듬고, 기업이나 공공기관을 노골적으로 홍보하는 기사를 기획하다 보면 자신이 기자인지 앵벌이인지 헷갈릴 지경이었다. 고진매일이 주최하는 신년교례

* 신문 기사에서 기자의 이름을 밝힌 줄.

회*, 창립기념일, 체육대회 등에 필요한 각종 주류와 음료수 및 경품을 지역기업에서 협찬받는 일도 김진원의 몫이었다. 2년만 버티고 서울로 떠나자. 김진원은 경력기자 지원 최소 요건인 2년 경력을 채워 중앙언론사로 옮겨야겠다는 생각으로 버텼다.

경력직 이동의 벽은 신입 공채 이상으로 높았다. 지역에서 열심히 일해 경력을 쌓으면 서울로 이동할 수 있다는 생각 자체가 일단 착각이었다. 경력기자 채용은 취재 현장에 바로 투입해 업무 공백을 메울 인력을 충원하기 위해 이뤄진다. 그러므로 지역지 기자 경력은 중앙지에선 아무런 쓸모가 없었다. 지역지 기자가 중앙지로 이동할 방법은 중앙지 고진 지역 주재 기자로 자리를 옮기는 것뿐이지만, 자리가 나는 경우가 극히 드물었다. 처우가 좋은 편인 지역방송과 지역민방 또한 경력기자 채용을 가뭄에 콩 나듯이 했다. 어쩌다 자리가 나더라도 알음알음 친분을 통한 내정이 이뤄진 뒤 형식적으로 공고를 내는 경우가 대부분이었다. 김진원은 혹시나 하는 심정으로 부지런히 경력기자 채용 공고를 찾아 이력서를 넣었으나 답을 주는 곳은 아무 데도 없었다. 대기업과 공기업 신입 공채 여기저기에 자기소개서를 들이밀어도 답이 오지 않기는 마찬가지였다. 회사가 내건 목표 매출액에 목매달고 기자들을 사정없이 쪼아대는 데스크의 모

---

* 새해를 맞아 각 모임이나 단체 구성원들이 서로 교제하며 인사를 나누는 신년 인사 모임.

습이 내가 피할 수 없는 미래인가. 김진원은 소름이 돋았다.

　김진원은 포털 사이트에 실시간으로 올라오는 주요 기사를 체크하다가 문자메시지 수신을 알리는 소리를 들었다. 연락처 목록에 전화번호가 저장돼 있지 않은 송신자였다. 문자메시지 에는 내일전선 홍보 담당 직원이 바뀌어서 기자들에게 이들을 소개하고 저녁을 대접하는 자리를 마련할 예정이니 참석해달 라는 내용이 담겨 있었다. 메시지 끝에는 이나라의 이름이 바이 라인처럼 붙어 있었다. 김진원은 이나라의 전화번호를 연락처 목록에 저장하며 내일전선과 맺은 악연을 떠올렸다.

　1년 전 김진원이 당직근무를 섰던 어느 날, 우연히 김진원에 게 특종이 얻어걸린 일이 있었다. 이날 김진원은 포털 사이트에 올라온 주요 기사를 체크하다가 지루해져 전 세계 주요 외신 영 문 홈페이지를 돌아다니고 있었다. 외신 체크는 김진원이 서울 에서 자취하며 언론사 준비 스터디를 할 때 다른 팀원의 공부 방법을 관찰해 따라하다가 생긴 습관이었다. 외신을 체크하는 동안 김진원은 자신이 고진에 처박혀 있다는 생각을 잊을 수 있 어 마음이 편안해졌다.

　김진원은 이전에는 거의 접속한 일이 없는 알자지라* 영문 홈 페이지에 무심코 접속했다가 뜻밖의 뉴스를 접했다. 미국의 한 전선업체가 아랍에미리트(UAE) 원자력발전 사업에서 원전용

---

　* 카타르에 있는 아랍권 최대의 위성 뉴스 전문 텔레비전 방송사.

특수 케이블 납품 사업을 수주했다는 내용의 기사였는데, 경쟁에서 탈락한 다섯 업체의 이름 중에서 내일전선이 눈에 띄었다. 김진원은 포털 사이트에서 관련 내용을 보도한 기사가 있는지 검색해봤으나 보이지 않았다. 구글링*을 해본 결과, 알자지라 외에는 이 같은 내용을 보도한 외신이 없었다. 첫 단독 보도의 기회가 왔구나. 인용 보도이긴 하지만 고진 내 내일전선의 위상을 잘 아는 김진원은 흥분했다. 분명히 화제가 될 기삿거리였다.

내일전선은 국내 주요 원전에 케이블을 납품해왔다. 내일전선의 사업 수주 실패는 그동안 내일전선이 기술력이 부족해 해외에서 부적격 판정을 받은 제품을 국내 원전에 납품하고 있는 것 아니냐는 의문을 제기하게 만드는 사안이었다. 김진원은 경제부장에게 전화를 걸어 정보를 보고하고 자신의 의견을 정리해 설명했다. 경제부장은 편집국장에게 전화해 윤전기**를 멈추고 1면을 다시 써야 한다고 주장했다. 편집국장은 윤전기를 멈추라고 지시했고, 김진원은 1면 하단 기사를 내린 자리에 급히 기사를 작성해 올렸다.

반응은 폭발적이었다. 방송사, 신문사, 인터넷 매체를 포함한 고진의 모든 언론사를 비롯해 중앙언론사까지 김진원의 기사를 받아서 보도했다. 일본 후쿠시마 원전사고를 계기로 원전의

---

* Googling. 세계 1위 검색엔진인 구글(Google)에서 정보를 검색한다는 의미.
** 인쇄기의 하나. 인쇄 속도가 빠르고 한 번에 양면을 인쇄하므로 신문, 잡지 등을 인쇄할 때 쓴다.

안전성에 관한 국민의 관심과 우려가 높아진 터라 후속 기사도 곳곳에서 쏟아졌다. 김진원은 고진매일에서 스타로 떠올랐다. 편집국장뿐만 아니라 사장까지 직접 편집국으로 내려와 김진원의 특종을 치하했다. 평소에는 먼저 다가오지 않았던 중앙언론사 주재기자도 김진원에게 알은 척을 했다.

영광은 잠시뿐, 내일전선이 입은 타격은 거의 없었다. 미래전선의 계열사이지만, 일반 소비자와 만날 일이 거의 없고 수도권에서 멀리 떨어진 기업이다 보니 내일전선을 향한 관심은 빠르게 식었다. 내일전선은 기사의 파장이 잦아들 때쯤 보도자료를 통해 해외 원전 사업에 참여한 경험이 없어 UAE의 기후에 적합한 케이블을 개발하지 못한 게 수주 실패의 원인이며, 국내 원전에 납품한 케이블의 안전성에는 아무런 문제가 없다고 공식 입장을 밝혔다. 고진매일은 한 번도 원전을 가동하지 않은 UAE에서조차 안전성에서 낮은 점수를 받은 점은 문제가 있다고 날을 세웠지만, 파급력은 크지 않았다.

타격을 입은 쪽은 오히려 고진의 언론사들이었다. 내일전선은 수주 실패를 보도한 고진의 모든 매체에 협찬과 광고비 집행를 중단했다. 언론 길들이기가 아니냐며 격앙된 반응이 여기저기서 터져나왔지만 내일전선은 요지부동이었다. 얼마 후 내일전선이 일반 소비자를 대상으로 개발한 하이엔드 오디오 케이블을 출시하자, 고진의 대부분 매체가 이를 비중 있게 보도하며 꼬리를 내렸다. 그때부터 내일전선은 협찬과 광고비 집행을 재개했다.

이듬해 내일전선은 고진매일을 제외한 기협 고진협회 소속의 모든 매체에 신년광고를 실었다. 김진원은 당시 홍보 담당이었던 이형규에게 강력하게 항의했다. 이형규는 실질적인 광고 효과를 고려해 일간지의 경우 유가부수* 1만 부 이상인 매체에만 광고를 집행하기로 내부 방침을 정했다는 말만 되풀이했다. 이어서 경제부장과 편집국장이 항의해도 이형규의 반응은 같았다. 고진의 메이저 일간지 중 유가부수 1만 부를 넘기지 못하는 매체는 고진매일뿐이었다. 내일전선의 신년광고 보이콧은 사실상 고진매일을 겨냥한 보복이자 타사보다 상대적으로 약한 사세를 향한 조롱이었다. 경제부장은 김진원이 들으라는 듯 수시로 내일전선 때문에 목표 매출 달성이 어렵다고 우는소리를 했다. 편집국장이 김진원을 보는 눈도 우호적이지 않았다.

상대하기 피곤했던 이형규가 사라지고 새로운 홍보 담당자가 왔으니, 김진원으로서는 원하든 원치 않든 가능한 한 그들과 매끄러운 관계를 유지할 필요가 있었다. 회사가 원하는 것은 특종이 아니라 협찬과 광고비라는 사실을 확실하게 깨달았으니 말이다.

---

* 독자가 직접 구독료를 지불하는 부수.

이형규는 서희철이 관리하는 협력업체 관계자들을 차례로 만나 김호열의 의심이 사실인지 아닌지 확인해나갔다. 우선 협력업체에서 매출처원장*과 거래처원장**을 받아 김호열이 자신에게 넘긴 거래명세서와 대조하는 방식으로 업무상 횡령의 증거를 찾았다. 협력업체 관계자들은 경영지원팀 소속이라고 적힌 명함을 내미는 이형규를 회계 업무 담당자라고 여기며 별다른 의심 없이 대하거나 혹은 경계했다.

이형규는 확인 과정에서 서희철의 업무상 횡령이 의심되는 정황을 곳곳에서 포착했다. 서희철이 관리하는 여러 협력업체 중 몇몇의 매출처원장과 내일전선의 자재 매입 금액이 일치하지 않았다. 한 협력업체의 거래처원장과 내일전선의 거래명세서를 대조한 결과, 서희철이 해당 협력업체에서 1000만 원에 자재를 구매했으나, 해당 월의 세금계산서는 1500만 원으로 발행돼 회계 담당자에게 넘어간 정황이 드러났다. 이와 비슷한 사례가 한두 개가 아니었다. 김호열의 의심대로 허위 명세로 금액을 맞춘 듯한 부분도 곳곳에서 눈에 띄었다. 최근에는 허위 거래명세서조차 작성하지 않아 내일전선의 매입 내역과 해당 협

---

* 공급자가 거래처와의 거래를 통해 얻은 수익을 작성하는 문서.
** 거래처 간 제품 납입 금액의 입금, 매상 등의 사항을 기록하는 문서.

력업체의 매출이 서로 맞지 않는 달도 있었다. 희철아, 네가 오랫동안 들키지 않아 간이 배 밖으로 나왔구나. 이형규는 어이가 없어 헛웃음을 터트렸다.

해당 협력업체의 매출처원장과 내일전선의 마감내역을 모두 대조해 합산한 결과, 맞지 않는 금액은 무려 7000만 원에 달했다. 마지막으로 이형규는 서희철이 해당 협력업체를 맡았을 때와 다른 직원이 해당 협력업체를 맡았을 때의 변화를 비교했다. 서희철이 해당 협력업체를 맡은 이후부터 이상 징후가 보이기 시작했다. 7000만 원은 서희철의 주머니로 흘러들어갔을 가능성이 컸다. 아무리 유흥이 좋아도 그렇지, 어떻게 거의 1년 치 연봉을 빼돌릴 생각을 했냐. 이형규는 서희철의 얼굴을 떠올리며 한숨을 쉬었다. 더 증거를 찾을 필요가 없을 정도로 업무상 횡령이 확실한 사안이었다. 이형규는 모텔방에 앉아 노트북 컴퓨터를 열어 김호열에게 보낼 메일에 자신이 파악한 업무상 횡령의 증거를 정리했다.

이형규는 협력업체를 돌아다니다가 서희철의 업무상 횡령 증거 외에도 특이한 사항을 발견했다. 약 한 달 전, 내일전선에 원전 케이블 컴파운드를 납품하는 협력업체가 한꺼번에 모두 바뀌었다는 점이다. 이형규는 2년 전 플랜트영업팀에서 새빛원전 1·2호기에 제어 케이블을 납품할 때 벌어진 아찔했던 상황을 떠올렸다. 당시 내일전선에 원전용 특수 케이블 제작에 쓰이는 컴파운드의 대부분을 납품하던 협력업체 다음폴리콤이 도산하는 사태가 벌어졌다. 대표이사가 거액의 회사 자금을 빼돌려 선물 투자*를 하다가 실패해 잠적해버린 게 도산의 원인이었다. 내일전선의 발등에 불이 떨어졌다. 계약금액이 무려 30억 원에 달하는 대형 계약이었기 때문이다. 내일전선은 다급하게 원전 케이블 제작에 사용할 수 있는 컴파운드를 생산 가능한 업체를 수배했다. 제품을 생산할 수 있는 업체는 있었지만, 내일전선이 원하는 물량을 한 번에 소화할 수 있는 생산 라인을 갖춘 업체는 없었다. 내일전선은 여러 업체에 물량을 나눠 발주해 컴파운드를 납품받아 케이블을 생산했다. 겨우 새빛원전에 납품을 마친 플랜트영업팀은 밤새도록 술을 마시며 위기를 무사히 넘겼음을 자축했다. 이형규가 지금까지 내일전선에서 경험한 가장 급박했던 순간이었다.

내일전선에 원전 케이블 컴파운드를 납품하는 협력업체는 한 달 전부터 넥스트케미칼이라는 업체로 일원화됐다. 넥스트케미칼이 기술력이 확실하고 탄탄한 업체라면, 컴파운드 발주를 이 업체로 통일하는 게 내일전선에게 이득이다. 여러 업체에 나눠 발주하면 위험이 분산된다는 장점이 있지만, 단가를 낮추고 품질을 관리하는 데 한계가 있기 때문이다. 한 업체에 대량으로 컴파운드를 발주하면 단가를 낮추기 쉽고 품질 관리도 용

---

* 미래의 일정 시점에 물건이나 주식을 특정한 가격에 인수하기로 약정하는 파생상품 투자. 적은 금액으로 큰 수익을 얻을 수도 있는 반면에 훨씬 큰 손실을 볼 수도 있다.

이하다. 이형규는 내일전선이 협력업체를 일원화한 이유를 그렇게 분석했다.

하지만 넥스트케미칼은 이형규에게 생소한 업체였다. 이형규는 포털사이트 검색창에 넥스트케미칼을 입력했다. 관련 뉴스는 거의 보이지 않았지만, 회사 홈페이지 링크는 있었다. 이형규는 넥스트케미칼 홈페이지에 접속해 회사 소개와 연혁을 확인했다. 업력이 2년밖에 되지 않는 신생업체였다. 그 흔한 대표자 소개와 인사말도 없었다. 제품 소개도 지나치게 허술하다는 인상을 줬다.

더 큰 의문이 이형규를 사로잡았다. 내일전선은 업력이 최소 5년 이상인 업체가 아니면 거래를 하지 않는다. 최소한 그 정도 업력은 갖춰야만 신뢰할 수 있는 업체라고 볼 수 있는 게 이유였다. 그런데 왜 원전 케이블의 핵심소재인 컴파운드의 모든 물량을 겨우 2년 된 신생업체에게 맡긴 걸까. 넥스트케미칼이 어떤 업체도 따라올 수 없는 탁월한 기술력을 가진 곳이라면 이해할 수 있다. 하지만 뉴스나 홈페이지에선 그런 부분이 보이지 않았다. 자칫하면 2년 전 상황이 되풀이될지도 모를 일이었다. 이형규는 넥스트케미칼을 좀 더 파봐야겠다고 결심했다.

정리를 마치고 김호열에게 메일을 보낸 이형규는 담배를 피워 물며 창문을 열었다. 눈앞에 보이는 풍경은 옆 건물의 외벽뿐이었다. 이형규의 시선이 천천히 벽을 타고 위로 올라갔다. 그 끝에 좁은 하늘이 걸려 있었다. 벽돌의 검붉은색과 대조되어

하늘이 더 푸르게 느껴졌다. 내가 이 벽을 넘어갈 수 있을까. 이형규는 문득 아내와 딸이 몹시 그리웠다. 예림이가 아빠를 부르며 달려오는 모습이 눈앞에 떠올라 가슴 한쪽이 시큰해졌다. 서지혜는 그날 이후 이형규에게 단 한 번도 연락하지 않았다. 그는 스마트폰을 꺼내 서지혜의 전화번호를 누르다가 고개를 저으며 멈췄다.

이형규는 김호열의 전화번호를 찾아 메일을 보냈으니 확인해보라고 문자메시지를 보냈다. 잠시 후 김호열의 답 문자가 도착했다. 별일 없으면 자세한 이야기는 내일 만나서 나누자는 내용이었다. 장소는 지난번 만남과 동일한 참치집, 시간 또한 전과 동일한 오후 7시였다. 그 집 무한리필이라 첫 접시에 나오는 뱃살 빼고는 별로 맛이 없던데, 그냥 광어회나 먹지. 이형규는 코웃음을 치며 김호열에게 알았다고 답 문자를 보냈다.

*

서희철은 오랜만에 술자리에서 만난 김원용의 표정을 수시로 살폈다. 김원용은 서희철에게 무언가 할말이 있는데 하지 못해 고민하는 눈치였다. 서희철은 접시에 놓인 광어회를 젓가락으로 들었다 놓기를 반복하는 김원용이 답답해 버럭댔다.

"대표님! 할말 있으면 그냥 하세요. 표정 보니까 도저히 회가 넘어가지를 않네. 도대체 무슨 일이에요? 저까지 답답해지게."

김원용은 쉽게 입을 열지 않았다. 서희철은 젓가락을 내려놓으며 말없이 김원용의 눈을 응시했다. 김원용은 표정을 일그러뜨리며 서희철에게 물었다.

"서 과장, 혹시 이형규 차장 알아?"

서희철은 김원용의 입에서 나온 뜻밖의 이름에 놀라 들었던 젓가락을 다시 내려놓았다.

"제 입사 동기예요. 대표님이 그 친구를 어떻게 아세요?"

"이걸 말해도 되나 모르겠는데."

김원용은 미간을 찌푸렸다. 서희철이 조금 목소리를 높였다.

"저 답답해 죽는 꼴 보고 싶으세요? 무슨 일인데요?"

입맛을 다시던 김원용이 소주잔을 비우고 입을 열었다.

"실은 어제 이 차장이 우리 회사에 찾아왔었어. 우리 회사의 매출처원장과 거래처원장을 보여달라고 하더라고."

"네? 그 친구가 왜요?"

"내일전선에 보관된 거래명세와 우리 쪽 기록이 일치하는지 확인해야 할 일이 있다고 하던데. 무슨 문제라도 있어?"

서희철은 어이없다는 표정을 지으며 헛웃음을 흘렸다.

"당연히 큰 문제가 있죠! 그 친구 지금 자택대기발령 징계를 받은 상태예요. 그것도 신입사원 성추행 건으로 말이에요."

"그 사람 경영지원팀 직원이 아니야?"

"경영지원팀은 맞는데 홍보 담당이에요. 회계와는 아무런 관련이 없어요."

서희철은 복잡해진 머릿속을 정리하기 위해 찬물 한 컵을 단숨에 비웠다. 자택대기발령 상태인 이형규가 왜 뜬금없이 자신이 담당하는 영원폴리텍에 나타난 걸까. 왜 영원폴리텍에 자신의 업무과 관련없는 매출처원장과 거래처원장을 요구한 걸까. 서희철은 좋지 않은 예감이 들어 자리에서 일어났다.

"대표님, 저 잠깐만 통화 좀 하고 올게요."

서희철은 횟집 밖으로 나와 자신이 담당하는 한 협력업체의 대표에게 전화를 걸었다.

"사장님, 접니다. 혹시 거기에 이형규 차장이 다녀가지 않았나요?"

"안 그래도 미심쩍어서 서 과장에게 전화할까 말까 고민하던 참이었어. 그 양반이 예고도 없이 우리 회사에 찾아와서 대뜸 매출처원장과 거래처원장을 보여달라고 하더라고. 혹시 저번에 서 과장이 요청해서 우리가 가라로 발행한 거래명세서와 세금계산서 때문에 문제가 생긴 것 아냐?"

서희철은 자신이 담당하는 협력업체 대표 몇 명에게 더 전화를 걸어 확인했다. 처음에는 모두 말하기를 망설였지만, 서희철이 채근하자 이형규가 자기 회사에 찾아왔었음을 실토했다. 이형규, 너 이 새끼 도대체 무슨 짓을 하고 돌아다니는 거야. 서희철은 이형규에게 전화를 걸어 따지려다가 참았다. 이형규가 왜 자신의 뒤를 캐고 있는지 그 이유부터 먼저 파악할 필요가 있었다. 다시 술자리로 돌아온 서희철은 식식거리며 소주잔을 비웠다. 김원용이 걱정스러운 표정으로 서희철에게 물었다.

"도대체 무슨 일이야?"

얼굴이 붉게 달아오른 서희철이 한숨을 몇 차례 내쉰 뒤 거친 목소리를 냈다.

"그 새끼가 제 뒤를 캐고 있었어요. 이미 제가 담당하는 협력 업체 여러 곳을 들쑤시고 다녔나보더라고요."

"우리 회사에만 찾아온 게 아니고? 도대체 왜?"

서희철은 신경질적으로 자신의 빈 잔에 소주를 채웠다. 소주 가 잔 밖으로 넘쳐흘러 테이블 위에 흘렀다. 김원용이 물수건으 로 테이블 위에 고인 소주를 훔쳤다.

"이 차장이 협력업체의 매출처원장과 거래처원장을 확인해 내일전선의 거래명세서와 비교하는 이유가 뭐겠어. 뻔하지. 툭 까놓고 물어보자. 서 과장 혹시 회사 몰래 삥땅친 거 있어?"

서희철은 눈을 질끈 감으며 고개를 끄덕였다.

"많이?"

서희철은 술잔을 비우며 침묵했다.

"털어서 먼지 안 나는 놈은 세상에 없어. 그나저나 이 차장이 랑 사이가 별로 안 좋아?"

"좋고 자시고 할 사이가 아닙니다. 서로 관심이 없어요. 자기 가 제일 잘난 줄 아는 재수 없는 놈이어서 동기들 사이에선 평 이 별로예요."

김원용이 서희철의 빈 잔에 소주를 채워주며 낮은 목소리로 말했다.

"그럴 때는 누가 자기에게 안 좋은 감정을 가졌는지 파악하면 의외로 쉽게 답이 나와. 회사에서 서 과장을 가장 미워하는 사람이 누구일까. 분명히 그 사람과 이 차장이 관련돼 있을 거야. 잘 생각해봐. 혹시 김 부장님 아냐?"

서희철은 마치 벼락이라도 맞은 사람처럼 몸을 떨었다. 회사에서 자신을 가장 미워하는 사람은 김호열이다. 김호열은 나 때문에 영원폴리텍이 입은 손해를 사비로 해결했다. 눈엣가시인 나를 어떻게든 조직에서 제거하고 싶을 것이다. 명분 없이 누군가를 조직에서 내쫓을 수는 없다. 그래서 내 뒤를 파보기로 했겠지. 김호열이 직접 뒷조사를 하기 위해 움직이긴 어렵다. 그렇다고 구매자재팀 내 다른 직원을 부리면 금세 말이 나올 수 있어 위험하다. 그래서 이형규를 꼬드겼구나. 아마도 김호열은 이형규에게 자기가 차기 경영지원부문장이 되면 회사 복귀를 돕겠다고 미끼를 뿌렸겠지. 선택의 여지가 없는 이형규는 미끼를 물었을 테고. 사건의 윤곽을 그려 나름의 결론을 내린 서희철은 허탈하게 웃었다.

"쓰리쿠션으로 내 뒤를 치시겠다? 그렇다면 나도 쓰리쿠션으로 맞대응해줘야지."

"쓰리쿠션? 그건 또 무슨 소리야?"

서희철은 실실 웃으며 잔을 들었다.

"아무것도 아닙니다. 그냥 술이나 마시죠. 오늘따라 유난히 술맛이 좋네요. 역시 술은 대표님과 마셔야 제맛이에요. 덕분에 생각이 정리됐어요."

김원용은 무슨 말인지 모르겠다는 듯 어리둥절해했다. 서희철은 김원용과 잔을 부딪치며 최근 원 포인트 인사를 통해 감사팀으로 이동했다는 강영초와, 이형규가 건드렸다가 피를 봤다는 이나라의 이름을 기억해냈다. 자기 밥그릇을 지키겠다고 남의 밥그릇을 걷어차면 곤란하지. 형규야, 너 크게 실수한 거다. 서희철은 빈 잔을 테이블에 내려놓으며 이를 갈았다.

이나라는 기자들과 만난 후 고진 지역 언론계와 자신의 업무에 환멸을 느꼈다. 처음에 만난 인터넷 매체와 마이너 일간지 기자들을 상대하는 일만으로도 이나라는 온몸에서 진을 뺐다. 원래 윤현종이 연락하라고 체크한 기자는 10명이었다. 이나라는 인원에 맞춰 고깃집을 예약했지만, 예약 당일 간담회에 참석한 기자는 14명이었다. 이나라가 연락한 기자 중 몇 명이 다른 기자를 예고 없이 끌고 와 벌어진 일이었다. 식당에는 손님이 꽉 차서 추가로 자리를 만들 수가 없었다. 기자들은 비좁게 앉아 식사했다. 이나라와 한선우는 기자들에게 명함을 건네고 자신을 소개한 뒤 카운터 부근에서 대기했다. 이나라는 허기를 달래고자 카운터에 비치된 박하사탕 하나를 빨아먹으며 기자들의 명함을 살폈다. 기자들의 소속 매체는 고진 출신인 이나라에게도 하나같이 생소했다. 술에 취한 기자 한 명이 지금까지 기사를 써주며 내일전선을 부지런히 챙겨왔는데 대접이 지나치게 소홀하다며 소란을 피웠다. 윤현종은 다음에 다른 자리에서 제대로 모시겠다며 고개 숙여 사과했다. 이나라와 한선우도 윤현종과 함께 고개를 숙였다. 간담회가 끝난 후 이나라는 기자들에게 회사소개 리플렛과 기념품을 담은 종이백을 건넸다. 기념품은 내일전선 로고가 새겨진 볼펜 한 자루였다.

고진 주재 중앙언론사 기자들을 초청한 간담회는 저녁식사와 술자리를 겸하는 자리로 마련됐다. 고급 한정식집의 독립된 룸에서 열린 이날 간담회에는 기자 6명이 참석했다. 한선우는 간담회 내내 소주와 맥주를 섞은 폭탄주를 만드느라 바빴다. 이나라는 한선우가 만든 폭탄주를 기자들 앞에 배분하느라 정신이 없었다. 빈 잔을 회수하고 잔이 섞이지 않게 기억하는 일도 이나라의 몫이었다. 기자들은 술이 들어가자 잘나갔던 과거 시절의 무용담을 늘어놓느라 바빴다. 이나라는 억지로 미소를 지으며 그들의 말을 경청하는 척했다. 윤현종은 대한민국을 대표하는 언론사의 기자들을 모시게 돼 영광이라며 발렌타인 30년산 위스키를 꺼내 테이블 위에 올렸다. 기자들은 일제히 손뼉을 치며 내일전선을 외쳤다. 술에 취한 나이 지긋한 기자 하나가 직원에게 재떨이를 달라고 요구했다. 직원은 식당 내부는 금연 구역이라며 정중하게 거부했지만, 기자의 태도는 막무가내였다. 잠시 후 식당 주인이 룸으로 찾아와 귀한 분이 오신 줄 모르고 직원이 실례를 범했다며 기자에게 사과했다. 테이블 위에 재떨이 몇 개가 놓였고, 룸 내부 공기는 금세 뿌옇게 흐려졌다. 윤현종은 기자님 덕분에 귀한 경험을 한다며 과장되게 웃었다. 이나라는 숨쉬기가 불편해 몇 차례 헛기침을 했다. 간담회가 끝난 후 이나라는 기자들에게 회사소개 리플렛과 기념품을 담은 종이백을 건넸다. 기념품은 내일전선 로고가 새겨진 볼펜과 블루투스 이어폰이었다. 2차 술자리를 원하는 기자들이 있었다. 윤현종은 이나라를 집으로 보내고 한선우와 함께 2차 술자리로 이동했다. 이나라는 집으로 돌아오는 택시 안에서 기자들의 명함을 살폈다. 조금 전 식당에서 재떨이를 요구한 기자는 이나라가 언론고시를 준비하던 시절에 선망했던 언론사 출신이었다. 상의에서 담배 냄새가 났다. 이나라는 깊은 한숨을 토해냈다.

기협 고진협회 소속 지역언론사 기자들을 초청한 간담회에는 경영지원부문장인 조일동 상무가 모습을 드러냈다. 고급 일식집의 독립된 룸에서 저녁 식사와 술자리를 겸해 열린 이 날 간담회에는 기자 8명이 참석했다. 이나라는 지난 간담회와 달리 윤현종이 한 발 뒤로 물러서고 조일동이 전면으로 나서자 긴장했다. 한선우가 부지런히 폭탄주를 만들고, 이나라는 기자들에게 잔을 분배하며 위치를 기억했다. 간담회에 참석한 기자 중 가장 연차가 높은 고진일보의 박훈 부장이 잔을 들고 자리에서 일어나 먼저 건배사를 했다.

"내일전선은 고진을 넘어 대한민국의 자랑인 기업입니다. 가전제품부터 자동차, 공장, 발전소까지 내일전선이 만든 제품은 대한민국의 광범위한 분야에서 우리의 삶을 묵묵히 지탱하고 있습니다. 아시다시피 전선 산업은 대한민국의 기간산업입니다. 내일전선은 그 최전선에서 분투하며 대한민국 전선 업계의 중추로 자리를 잡았습니다. 내일전선의 발전은 곧 고진의 발전이자 대한민국의 발전입니다. 앞으로 고진 지역 언론도 내일전선에 더 큰 힘을 보태겠습니다. 모두 잔을 들어주십시오. 오늘 이 자리가 끝나고 새아침이 밝아오면, 내일전선은 다시 산업 전선으로 뛰어들어야 합니다. 내일전선의 전투를 기록하는 기자들은 종군기자라고도 말할 수 있을 겁니다. 우리는 내일 현장에서 만날 겁니다. 제가 '내일도'라고 외치면, 여러분은 '전선에서'라고 외쳐주십시오. 내일도!"

"전선에서!"

정말 대단하다. 이나라는 누구보다 진지하게 낯간지러운 건배사를 하는 박훈의 모습을 보며 속으로 경악했다. 박훈이 내일전선의 직원인지 자신이 직원인지 헷갈릴 지경이었다. 모두가 폭탄주를 한입에 털어넣었다. 이나라도 예외가 아니었다. 모든 잔이 바닥을 드러내자 룸 안에 박수 소리와 환호성이 울려퍼졌다. 빈 잔이 한선우 앞에 일사불란하게 모였다. 이나라는 한선우 앞에 모이는 잔의 주인을 기억하느라 신경을 곤두세웠다. 다음 건배사는 조일동의 차례였다.

"박훈 부장님의 건배사를 듣고 감동으로 뛰는 가슴을 진정시킬 수가 없습니다. 제 얼굴이 붉어진 것 보이시죠? 건배사를 해주신 박 부장님께 다시 한번 큰 박수를 부탁드립니다."

룸 안에 다시 한번 박수 소리가 울려퍼졌다. 박훈은 멋쩍은 표정으로 머리를 긁적였다. 너무 낯뜨거운 건배사라 부끄러워서 얼굴이 붉어진 게 아닐까. 이나라는 가볍게 웃다가 표정을 고쳤다.

"최근 저희가 일반 소비자를 대상으로 출시한 첫 제품인 하이엔드 오디오 케이블이 시장에서 큰 호평을 받았습니다. 내일전선은 당시 기자님들이 보여주신 뜨거운 애정과 관심을 기억하고 있습니다. 내일전선은 아직 전선업계 1등 기업이 아닙니다. 지금까지 훌륭한 성과를 냈지만, 앞으로 가야 할 길이 멉니다. 현재로선 질책보다 애정이 더 필요한 상황입니다. 앞으로도 기자님들의 따뜻한 무관심을 부탁드립니다."

기자들은 조일동의 따뜻한 무관심이라는 표현에 폭소를 터트렸다. 이나라의 눈에 웃지 않는 한 사람이 보였다. 고진매일의 김진원이었다. 김진원은 씁쓸한 표정을 지으며 자신의 잔만 내려다보고 있었다. 조일동은 기자들의 얼굴을 둘러보며 말을 이었다.

"저는 박 부장님의 건배사만큼 훌륭한 건배사를 할 자신이 없습니다. 제 건배사는 그냥 건배사입니다. 건은 건강합시다, 배는 배려합시다, 사는 사랑합시다를 의미합니다. 제가 건배사를 외치면 여러분도 건배사를 외쳐주십시오. 건배사!"

"건배사!"

건배사를 마친 조일동은 테이블 위에 발렌타인 30년산과 함께 하얀 도자기 술병을 올렸다. 기자들의 시선이 도자기 술병에 집중됐다.

"발렌타인 30년산은 다들 아시겠지만, 이 술은 처음 보실 겁니다. 저도 처음 만나는 술이어서 설렙니다. 이 술은 안동소주 30년산입니다."

기자들이 환호성을 질렀다. 조일동은 이나라에게 박스 몇 개를 건넸다. 박스에는 도자기로 만든 잔들이 담겨 있었다. 직원하나가 룸으로 재떨이 몇 개를 가져와 테이블 위에 놓았다. 몇몇 기자들이 담배에 불을 붙였다. 이나라는 박스에서 잔을 꺼내기자들에게 돌리며 간담회가 빨리 끝나기만을 빌었다.

따뜻한 무관심이라. 고진매일과 나를 겨냥한 말인가. 김진원은 조일동이 건배사를 하며 사용한 표현을 내내 곱씹었다. 박훈이 안동소주 30년산을 마시며 조일동에게 감탄사를 쏟아내는 모습이 눈에 거슬렸다. 내일전선의 발전은 곧 고진의 발전? 고진매일을 따라 내일전선을 까는 기사를 쓸 때는 언제고, 이제와서 용비어천가를 부르는 건 너무하잖아. 김진원은 신경질적으로 자신의 술잔을 비웠다. 한선우가 재빨리 김진원의 빈 잔에 술을 채웠다.

"기자님 앞으로 잘 부탁드립니다. 궁금하신 것 있으면 언제든지 전화주시고요."

"그런데 이형규 차장께선 어느 부서로 가셨나요?"

한선우의 옆에 앉아 있던 이나라의 표정이 굳어졌다. 한선우는 이나라의 눈치를 슬쩍 보며 답을 얼버무렸다.

"그게 말입니다, 사정상 회사에 당분간 나올 수가 없게 됐습니다."

"몸이 안 좋아지셨나요?"

"개인 사정이라 자세한 말씀을 드리기가 어렵습니다. 이해 부탁드립니다."

이나라가 다른 자리로 이동했다. 김진원은 뭔가 이상하다는 느낌을 받았지만, 더 캐묻지는 않았다. 술기운이 오른 기자들이 하나둘씩 이나라의 주위로 모여들었다. 기자들은 이나라에게 친근한 척 존댓말과 반말을 섞어가며 이것저것 물었다. 이나라는 어색하게 미소를 지으며 기자들의 물음에 답했다. 김진원은 그 모습을 보며 얼마 전 선배 기자 대신 한 시골 마을 축제를 취재하러 갔을 때 목격한 광경을 떠올렸다. 축제가 끝난 뒤 뒤풀이 술자리가 벌어졌고 나이 든 시골 유지들이 한자리에 모였다. 인근 경찰서 산하 파출소 소속 경찰들로 구성된 봉사단체도 축제에 왔다가 뒤풀이에 참석했는데, 그중 젊은 여경 한 명이 있었다. 시골 유지들은 술에 취하자 서로 여경 옆에 앉으려고 기를 썼다. 그들 중 한 사람이 여경의 볼을 쓰다듬으려다가 자세를 고치며 악수를 핑계로 여경의 손을 잡았다. 여경은 마지못해 손을 내주며 억지로 미소를 지었다. 젊은 여자가 옆에 있으니

술김에 만져보고는 싶은데, 경찰 신분이라고 함부로 손을 못 대는구나. 김진원은 못 볼 꼴이라도 본 듯 미간을 찌푸리며 자리에서 일어났던 기억을 떠올렸다. 나이 든 사내들이 하는 짓거리는 어째서 하나같이 똑같을까. 김진원의 눈에 이나라의 주위에 모여든 기자들의 모습은 술에 취해 여경 옆에 앉으려고 기를 쓰던 시골 유지들과 하나도 다를 게 없어 보였다. 이나라와 대화를 나누던 박훈이 김진원을 불렀다. 김진원은 못 이기는 척 일어나 자리에 끼어들었다.

"진원아, 네 나이가 올해 몇이지?"

"서른둘입니다."

박훈은 물개처럼 손뼉을 치며 호들갑을 떨었다.

"나라 씨는 올해 스물여덟이란다. 네 살 차이면 딱이네. 윤성대를 나온 재원에 직장까지 탄탄하니 최고 아니냐? 둘이 한번 잘해봐. 나라 씨도 솔로라며. 어때?"

김진원은 이나라의 얼굴에서 경멸 어린 표정이 스쳐지나가는 모습을 봤다. 씨발……. 이나라의 표정은 김진원이 겨우 묻어뒀던 불쾌한 기억을 끄집어냈다.

3년 전, 김진원은 본격적으로 언론사 입사 준비를 하기 위해 서울로 올라왔다. 김진원은 언론사 준비생들이 모인 온라인 카페에 스터디 모집 공고가 올라올 때마다 부지런히 자기소개서를 보냈다. 하지만 김진원을 받아주는 스터디는 없었다. 그는 어렵게 한 스터디에 참여하게 된 뒤에야 그 이유를 깨달을 수 있었다. 스터디에서 서울 소재 명문대 출신이 아닌 팀원은 김진원뿐이었다. 대부분 언론사 공채에서 서류전형이나 필기시험에 통과한 경험을 가지고 있었다. 이미 최종면접 자리까지 올라가본 팀원도 몇 명 있었다. 이들과 비교해 모든 스펙과 경험이 딸리는 김진원은 기브 앤드 테이크가 필요한 스터디에서 별 매력이 없는 지원자였다.

스터디에는 주로 이십대 중후반 남녀가 여럿 모이는 터라, 늘 미묘한 성적 긴장감이 감돌았다. 그중에 유독 눈에 띄는 여성 팀원이 있었다. 윤성대 출신인 그녀는 선명한 이목구비와 돋보이는 몸매로 남성 팀원의 시선을 독차지했다. 김진원도 그녀에게서 시선을 떼지 못하는 남성 팀원 중 하나였다. 이 때문에 여성 팀원 몇 명이 스터디 분위기가 엉망이라며 단체로 스터디에서 탈퇴하는 사태가 벌어지기도 했다. 김진원은 매일 커져만 가는 그녀를 향한 마음을 견디지 못했다. 갑작스러운 김진원의 고백을 받은 그녀는 아직 연애에 마음을 쓸 여유가 없다는 말로 완곡하게 고백을 거절했다. 그날 이후 김진원은 스터디에서 각자 쓴 논술과 작문을 합평하는 시간에 자주 팀원들에게서 공격을 당하기 시작했다. 문장의 기본이 안 돼 있다는 노골적인 비난은 물론 인신공격에 가까운 폄하를 당하는 일도 있었다. 팀원들의 공격에 속수무책으로 당하던 김진원은 그녀가 경멸을 담아 자신을 바라보는 표정 앞에서 무너졌다. 나를 스터디에서 쫓아내기 위한 공격이구나. 그날 밤, 김진원은 스터디원이 모인 단체 카카오톡방에서 인사도 없이 탈퇴했다. 김진원에게 따로 연락하는 팀원은 아무도 없었다. 김진원이 며칠 후 확인한 그녀의 카카오톡 프로필 사진에는 자신을 가장 집요하게 공격했던 팀원이 그녀 옆에 서 있었다. 얼마 후 그녀는 서울의 메이저 일간지 합격자 명단에 이름을 올렸고, 김진원은 빈손으로 낙향했다.

김진원은 잔을 비운 뒤 다른 일정이 있어 먼저 가보겠다며 자리에서 일어났다. 거나해진 박훈이 이 늦은 시간에 무슨 다른 일정이 있느냐며 김진원의 손목을 붙잡았다. 김진원은 억지로 웃으며 박훈의 손을 떼어냈다. 이나라가 나갈 채비를 하는 김진원에게 다가와 종이백을 내밀었다.

"이게 뭐죠?"

"저희가 기자님들께 드리는 선물이에요. 볼펜과 블루투스 이어폰입니다."

이나라가 옅은 미소와 함께 고개를 숙이며 김진원을 배웅했다. 김진원은 출입구 방향으로 몇 걸음 걷다가 뒤돌아서서 이나라를 불렀다. 이나라가 빠른 걸음으로 되돌아왔다.

"김 기자님. 뭐 놓고 가신 게 있나요?"

김진원이 이나라에게 따지듯이 물었다.

"나라 씨도 서울에서 자리를 잡지 못해 고진으로 내려오신 것 아닌가요?"

"네?"

"그런데 뭐가 그렇게 잘났죠?"

이나라는 예상치 못한 김진원의 물음에 당혹해하며 버벅거렸다. 김진원은 비웃음을 흘리며 식당 문을 빠져나왔다. 내일전선, 두고 보자. 김진원은 종이백을 통째로 구겨 식당 옆 쓰레기통에 집어넣었다.

*

"이 차장, 고마워. 서희철 그놈, 의심은 했지만 설마 이 정도일 줄은 몰랐다. 간덩이가 부어도 제대로 부었네."

"서 과장을 어떻게 처리하실 건가요?"

김호열은 한숨을 깊게 내쉬며 접시 가운데에 놓인 참치 뱃살에 젓가락질했다.

"드러난 게 이 정도라면, 그동안 알게 모르게 해먹은 건 이보다 더 많을 거 아냐. 이 사실이 사내에 공론화돼봐. 자칫 내가 부하 직원을 제대로 관리하지 못했다는 책임을 질 수도 있어. 전생에 무슨 원수라도 졌나. 이 새끼는 끝까지 사람을 골치 아프게 하네."

"그렇다고 그냥 내버려두면 나중에 더 큰 문제가 벌어질 텐데요."

그놈 성격상 그동안 해먹은 걸 토해내고 조용히 나가라고 하면 분명히 배 째라며 덤비겠지? 김호열은 영원폴리텍 오발주 건 때문에 골치가 썩었을 때 서희철이 보여줬던 태도를 떠올리며 인상을 구겼다. 그동안 해먹은 걸 토해내라고 하지 않을 테니 조용히 나가라고 하는 방법밖에 없나? 김호열은 자신의 계좌에서 영원폴리텍으로 빠져나간 2000만 원을 떠올리며 혀를 찼다.

"그놈 뒤처리는 조금 더 고민해보고 결정하지."

한 명을 죽이면 살인자이지만, 백만 명을 죽이면 정복자요, 만인을 죽이면 신이라고 하던가. 이왕 해먹으려면 많이 해먹어야 거물 취급을 받는구나. 이형규는 김호열이 전전긍긍하는 모습을 보고 싱겁게 웃으며 화제를 돌렸다.

"부장님, 2년 전 플랜트영업팀이 새빛원전에 제어 케이블을 납품했을 때 기억하시죠? 그때 구매자재팀 분위기도 장난 아니었을 텐데 말입니다."

김호열은 생각도 하기 싫다는 듯 오만상을 찌푸리며 고개를 저었다.

"말도 마. 그때 우리가 제시한 규격과 단가에 맞는 컴파운드를 만들 수 있는 업체를 찾기가 어려워서 고생이 참 많았지. 새빛원전 건은 계약금액만 수십억 원 규모 아니었나? 아무튼 그때 하도 고생해서 수명이 몇 년은 깎였을 거야."

"그런데 이번에 왜 갑자기 업체를 바꾼 거죠?"

"그러게 말이야. 나도 그 이유를 알고 싶어."

김호열은 참치 뱃살을 씹으며 최근 내일전선에 원전 케이블 컴파운드를 납품하는 협력업체가 넥스트케미칼로 일원화될 당시의 상황을 복기했다. 그때는 그러려니 하면서 넘어갔지만, 돌이켜 생각해보니 이상했다. 원재료나 부품을 발주할 협력업체를 발굴하는 역할은 구매자재팀의 고유 업무다. 넥스트케미칼은 구매자재팀이 발굴한 업체가 아니라 윗선인 조일동이 발주하라고 직접 지시한 업체였다. 이형규는 고개를 갸우뚱거렸다.

"조 상무님이 직접 지시하셨다고요? 왜죠?"

"사장님이 주재한 임원회의에서 결정된 사안이라니 따라야지 별수 있나. 조 상무님이 결정한 건 아닐 거야. 그럴 만한 힘도 없는 분이고. 로열패밀리들끼리 알아서 결정했겠지. 조 상무님은 결정 사항을 내게 전달만 했을 테고."

김호열은 대수롭지 않다는 태도를 보였다. 이형규는 술잔을 들여다보며 미간을 찌푸렸다.

"한 업체에 일감을 몰아주는 게 얼마나 위험한지 2년 전에 다음폴리콤이 망했을 때 이미 뼈저리게 경험했지 않습니까. 지나치게 많은 물량을 한 업체에 의존하면 자칫 슈퍼 을을 만드는 꼴이 될 수도 있고요. 그런데 회사는 왜 굳이 넥스트케미칼에 일감을 몰아주는 결정을 한 걸까요? 그 업체가 그렇게 대단한 곳인가요?"

"조 상무님 말로는 넥스트케미칼이 생산하는 컴파운드가 기존 협력업체가 납품한 제품에서 발생한 문제점을 해결한데다 단가도 더 낮다고 하더라고. 검증된 업체라면 그 업체에 발주하는 게 우리 회사에 더 이익 아닌가?"

기존 협력업체가 납품한 제품에서 발생한 문제점을 해결했다? 새빛원전 1·2호기에 제어 케이블을 납품한 게 불과 2년 전이다. 케이블에 발생하는 문제는, 아무리 사소해도 원전에서 사용된다는 특성상 대형 참사로 이어질 우려가 있다. 그런데 그런 케이블에 문제가 발생했다? 이형규의 머릿속이 복잡해졌다.

 "기존 케이블에서 발생한 문제가 뭔지 아세요?"

 "나도 더 들은 게 없어."

 "넥스트케미칼이 어떤 업체인지 아세요?"

 "솔직히 잘 몰라. 위에서 까라니까 까는 거지."

 김호열의 목소리에 짜증이 섞였다. 이형규는 자신의 스마트폰으로 넥스트케미칼 홈페이지에 접속해 김호열에게 보여줬다.

 "보시면 알겠지만, 설립된 지 고작 2년밖에 안 된 업체입니다. 우리 회사가 업력 5년 차 미만인 업체와 거래하지 않는다는 걸 잘 아시지 않습니까. 그뿐만 아니라 제품 소개 페이지의 내용도 매우 부실합니다. 심지어 대표 소개도 없어요. 기술력이 훌륭하다면 뉴스에 대서특필됐을 법도 한데, 넥스트케미칼을 소개하는 뉴스는 전혀 보이지 않습니다. 왜 하필 이 업체여야 하죠? 모든 게 이상하지 않나요?"

 김호열의 표정이 심각해졌다.

 "지금 넥스트케미칼을 누가 담당하고 있습니까?"

 "작년에 우리 부서로 온 황정민 대리. 서희철에게 맡기려고 했다가 접었지."

"우선 그 친구에게 넥스트케미칼이 어떤 곳인지 물어보는 게 먼저겠네요."

김호열이 바로 황정민에게 전화를 걸었다. 황정민과 통화하는 김호열의 얼굴과 그 모습을 지켜보는 이형규의 얼굴에 당황한 표정이 동시에 새겨졌다. 전화를 끊은 김호열은 아랫입술을 삐죽 내민 채 무언가를 골똘히 생각했다. 이형규가 먼저 침묵을 끊었다.

"제가 알기로는 백호시에서 국내 최대 규모의 원전 케이블 컴파운드 생산라인을 갖춘 업체는 딱 한 곳뿐입니다."

"그곳밖에 없기는 하지만, 그곳일 리가 없잖아?"

김호열과 이형규는 머리를 맞대고 밑그림을 그려나갔다. 황정민이 넥스트케미칼에 관해 설명하던 중 언급한 컴파운드 생산 공장은 공교롭게도 과거 다음폴리콤의 생산 공장과 같았다. 하지만 사명은 다르다. 그렇다면 넥스트케미칼이 기존 다음폴리콤의 생산 공장을 인수해 사업을 재개했다고 볼 수 있다. 하지만 왜 넥스트케미칼 홈페이지에 올라온 기업 소개에는 그런 부분이 전혀 언급돼 있지 않은 걸까. 다음폴리콤은 비록 전 대표의 일탈로 인해 무너졌지만, 그 전까지는 탄탄한 기술력을 인정받으며 업계에서 신뢰를 쌓은 업체였다. 넥스트케미칼 생산 공장의 전신이 다음폴리콤 생산 공장이라고 밝히는 건 사업에 득이 되면 득이 되지 결코 해가 될 일은 아니다. 그런데 넥스트케미칼은 왜 새로운 기업인 척하는 걸까. 내일전선 경영진은 왜 갑자기 넥스트케미칼과 거래하는 선택을 한 걸까.

"이 차장은 감이 잡혀?"

이형규는 마치 안개가 짙게 낀 새벽길을 운전하는 듯 답답했다.

"황 대리도 대표가 누구인지는 모른다는 거죠?"

"서울사무소에 상주하고 있나보지."

"저는 말입니다, 기존 협력업체가 납품한 제품에서 문제가 발생했다는 조 상무님의 말씀이 계속 마음에 걸립니다. 어쩌면 그게 모든 일의 시작일지도 모른다는 생각이 듭니다."

"어떤 점에서?"

김호열이 의자를 앞으로 더 끌어당기며 가볍게 깍지 낀 양손을 테이블 위에 올렸다. 이형규의 표정이 심각해졌다.

"1년 전 우리 회사가 아랍에미리트 원전 사업에서 케이블 수주에 실패했다는 기사가 여기저기 뜨는 바람에 시끄러워졌던 일 기억하시죠?"

"사장님께서 노발대발하고 난리도 아니었지. 기자 놈들 가만히 두지 않겠다고."

"그때 저는 플랜트영업팀에서 국내 영업 담당이었는데, 해외 영업 담당인 후배에게서 얼핏 들은 말이 있습니다."

김호열이 몸이 단 듯 고개를 앞으로 기울였다.

"무슨 말?"

"우리 회사 제품이 안전성 부분에서 너무 낮은 점수를 받아

1차 심사에서 바로 탈락했다는 말이었습니다."

김호열이 몸을 뒤로 젖히며 천장을 바라봤다.

"아랍에미리트가 요구한 안전성 기준이 국내 기준보다 지나치게 높았던 게 아닐까?"

"그럴 수도 있죠. 하지만 안전성 기준은 높을수록 좋습니다."

"그때 사업 수주에 실패한 케이블이 우리 회사가 새빛원전에 납품한 케이블하고 같은 물건인가?"

"컴파운드 제조업체가 넥스트케미칼로 바뀌기 전의 일이니 아마도 그렇지 않을까 싶습니다."

무언가가 있다. 하지만 그 실체가 무엇인지 윤곽이 잘 보이지 않는다. 김호열은 이형규와 정보를 교환하며 드러난 사실을 재정리했다. 지금까지 생산해온 원전 케이블에 문제가 발생했다. 이는 내일전선의 업계 신용도 추락을 넘어 존망 여부까지 결정할지도 모를 중대한 사안이다. 회사는 그 사실을 인지한 뒤 컴파운드를 생산하는 협력업체를 바꿨다. 그런데 그 과정이 계통 없이 이뤄지는 등 석연치 않은 부분이 있다. 바뀐 업체에는 미심쩍은 구석이 많다. 김호열은 술잔을 들어 이형규에게 건배를 청했다.

"나는 케이블에 생긴 문제가 무엇인지 알아볼 테니 이 차장은 넥스트케미칼을 조금 더 알아보는 게 어때? 어쩌면 거기에 노다지가 묻혀 있을지도 모르겠어."

반격

"서 과장, 급한 일 없으면 나와 이야기 좀 하지."

김호열이 이제 막 출근한 서희철을 회의실로 불렀다. 올 게 왔구나. 서희철은 이미 각오한 듯 담담하게 김호열의 뒤를 따라 회의실로 들어갔다. 김호열은 마주앉은 서희철 앞에 서류 뭉치를 들이밀었다. 서희철은 서류 뭉치를 대충 훑어보며 쓴웃음을 지었다. 이형규, 부지런히도 뒤졌네. 서류 뭉치에는 자신이 담당하는 협력업체와 관련한 거래명세서, 협력업체 측의 매출처원장과 거래처원장 사본이 뒤섞여 있었다.

"이게 뭡니까, 부장님?"

"몰라서 물어? 나보다 본인이 훨씬 더 잘 아실 텐데."

"글쎄요. 저는 잘 모르겠습니다만."

서희철이 아무것도 모르는 척 능청을 떨자, 김호열은 서류 한

장을 더 들이밀었다.

"지난 몇 년 사이에 서 과장이 협력업체 여기저기서 빼돌린 금액을 합산했더니 7000만 원이 넘어. 이게 어떻게 된 일인지 설명부터 하지 그래?"

7000만 원이 넘는다고? 서희철은 예상보다 금액이 많아 내심 놀랐지만, 아무렇지 않은 척하며 서류를 도로 김호열에게 들이밀었다.

"이걸 찾아내려고 자택대기발령 중인 이형규를 끌어들이셨습니까?"

김호열은 뜻밖의 반응에 놀라 할말을 놓쳤다. 서희철이 코웃음을 치자, 김호열의 눈가가 파르르 떨렸다.

"제가 담당하는 업체만 골라 뒤를 캐는데, 설마 제 귀에 안 들어올 거라고 생각하신 겁니까?"

"거액의 회삿돈을 빼돌린 놈이 뭐가 그렇게 당당해?"

"회사에 물의를 일으킨 놈을 꼬드겨 권한에도 없는 일을 지시하신 분이 뭐가 그렇게 당당하십니까? 저를 쫓아내는 일을 도와주면, 나중에 본인이 상무 자리에 올라 잘 챙겨주겠다고 약속이라도 하신 모양이죠?"

서희철이 자신의 의도를 꿰뚫어보며 따지자, 김호열의 목소리가 흔들렸다.

"어디서 말도 안 되는 소리를!"

"설마 그 친구가 바보도 아닌데 위험 부담을 무릅쓰고 부장님께 봉사활동을 했겠습니까? 어디서 말도 안 되는 소리를."

서희철이 김호열을 약 올리려는 듯 빈정거렸다. 이 새끼는 말이 통할 놈이 아니다. 김호열은 서희철의 말에 더 말려들지 않기 위해 원점으로 돌아왔다.

"증거가 이렇게 명백하기 때문에 서 과장의 선택지는 어차피 퇴사밖에 없어. 둘 중 하나를 선택해. 여기서 다 덮어줄 테니 그냥 조용히 퇴사할래? 아니면 지저분하게 버티다가 업무상 횡령죄로 형사처벌을 받은 뒤 민사까지 넘어갈래? 그렇게 되면 개처럼 쫓겨나면서 그동안 해먹은 돈까지 모두 회사에 다 토해내야겠지."

"다른 놈의 욕심을 과소평가하지 말라!"

서희철이 눈을 부라리며 김호열에게 소리쳤다.

"너 미쳤어? 뭐 하는 짓이야!"

서희철은 황당해하는 김호열을 바라보며 실실 웃었다.

"〈스카페이스〉 안 보셨나요? 알 파치노가 출연한 영화인데, 마지막 총격전 장면이 죽이는 명작입니다. 그 영화에서 마피아 보스가 주인공으로 나오는 알 파치노에게 해주는 조언이죠."

"그게 지금 네 업무상 횡령 문제와 무슨 상관인데 여기서 헛소리야!"

김호열의 얼굴이 화를 참지 못해 붉게 달아올랐다.

"부장님은 눈앞에 보이는 상무 자리가 포기 안 되시죠? 그 자리로 무사히 가시려면 저를 건드리지 마세요. 신입사원을 성추행해 대기발령을 받은 직원까지 사적으로 동원해 제 뒤를 캤다는 사실이 밖으로 드러나봐요. 부장님이라고 차기 임원 인사에서 안전할까요? 이참에 노조 익명 게시판에 실명 까고 다 밝혀볼까요?"

김호열은 말없이 서희철을 노려봤지만, 그는 도발을 멈추지 않았다.

"저는 때 되면 알아서 나갈 테니, 서로 그냥 각자 갈 길 가죠. 큰물에서 노실 분이 왜 도랑에 처박힌 저 따위에게 신경을 쓰십니까?"

서희철은 인사도 없이 회의실에서 먼저 빠져나갔다. 조진다. 내가 반드시 너는 조져버린다. 네 말대로 나는 상무 자리를 포기할 생각이 없지만, 네놈이 회사에 남아 있는 꼴도 못 보겠다. 김호열은 고종석을 비롯해 사내 고위층 자리에 앉아 있는 로열패밀리의 면면을 떠올렸다. 서희철 같은 버러지뿐만 아니라 누구도 나를 함부로 대하지 못하게 할 무기가 필요하다. 새빛원전에 납품한 케이블에 문제가 발생했고, 이 케이블이 아랍에미리트 원전 사업 입찰에서 안전성이 낮다는 평가를 받아 탈락했다는 사실을 내가 알고 있다. 새로 내일전선에 컴파운드를 납품하게 된 넥스트케미칼에 미심쩍은 부분이 많다는 사실도 내가 알고 있다.

하지만 그것만으로는 부족하다. 케이블에 어떤 문제가 발생했는지, 내일전선이 넥스트케미칼과 거래하려는 이유가 무엇인지를 구체적으로 파악해야 한다. 구체적인 증거가 없는 의혹 제기는 오히려 역공을 맞을 수도 있으니 말이다. 두 가지 정보를 확실하게 파악해 손에 쥐면 천하의 고종석 사장도 나를 함부로 대할 수는 없을 테고, 서희철을 쫓아내는 일도 수월하게 진행되겠지. 김호열은 월급쟁이로 살아온 이후 처음으로 자신의 직을 걸고 도박을 해보기로 마음먹었다. 회의실에서 나와 자리로 돌아온 김호열은 황정민을 불렀다.

"황 대리, 혹시 연구기술팀에 아는 사람 있어?"

"제 동기 하나가 그곳에 있습니다. 무슨 일이시죠?"

"혹시 그 친구와 만날 수 있을까? 기술적인 부분을 물어보고 배우고 싶은 게 있어서 그래. 솔직히 우리 업무는 여기저기서 구매 신청을 올리면 리스트 받아서 협력업체에 연결해주는 일이 대부분이잖아. 우리가 연결해주는 물건이 무엇인지는 알아야 할 것 같아서."

황정민은 멋쩍게 웃으며 머리를 긁었다.

"오늘이나 내일 저녁에 괜찮으냐고 물어봐줘. 내가 한잔 살 테니까."

서희철이 김호열을 힐끗 쳐다보다가 자신의 모니터로 빠르게 시선을 돌렸다. 내가 너를 그 자리에 오래 두지 않을 거다. 김호열은 서희철에게서 시선을 거두며 2년 전 내일전선이 새빛원전 1·2호기에 제어 케이블을 납품하던 무렵의 구매자재팀 거래명세서를 모니터에 펼쳤다.

법인의 상호는 주식회사 넥스트케미칼, 본점은 서울에 있다. 목적은 화학합성수지 물질 제조 및 가공 판매업과 플라스틱제품 제조 및 가공 판매업이다. 지점은 한 곳이며 백호시에 있다. 대표이사는 김규환이며 1961년생이다. 사내이사로는 1959년생 윤호준, 1963년생 김성대, 1969년생 강인실 등이 있다. 회사 설립연도는 2년 전이다. 이형규는 법인등기 열람을 통해 파악한 넥스트케미칼에 관한 정보 중에서 대표이사와 사내이사의 이름을 주목했다. 넥스트케미칼 홈페이지에선 찾아볼 수 없었던 이름이었기 때문이다.

이형규는 대표이사와 사내이사의 이름을 여러 포털 사이트에서 차례로 검색해봤다. 동명이인이 많아서 의미 있는 검색 결과를 찾기가 어려웠다. 그들과 생년이 일치하는 유명인도 없었다. 플라스틱, 합성수지, 컴파운드, 전선, 케이블 등 업계 관련 키워드와 결합해 검색해봐도 눈에 띄는 결과가 나타나지 않았다. 플라스틱 업계에 오래 몸담았던 사람들이 아닌 건 분명하다. 소득이 없어 난감해진 이형규는 두 손으로 얼굴을 감쌌다. 이대로는 서울 소재 본사나 백호 소재 생산 공장을 찾아가본다고 하더라도, 그들이 어떤 사람인지 파악할 수 있을지 의문이었다.

이형규는 무심코 대표이사와 사내이사의 이름을 섞어서 구글링해봤다. 대표이사와 사내이사의 이름을 결합한 키워드로는 별다른 검색 결과가 나오지 않았다. 하지만 사내이사 각각의 이름을 결합해 구글링하자 예상치 못한 공통분모가 드러났다. 윤호준과 김성대의 이름이 몇 년 전 대한원자력주식회사의 인사를 보도한 기사에 각각 새빛 제1건설소 건설소장과 새빛 제2건설소 전기부 부장으로 언급돼 있었다. 이형규는 김성대의 이름과 강인실의 이름을 함께 구글링해봤다. 이번에는 둘의 이름이 새빛 제2건설소 전기부 부장, 새빛 제2건설소 전기부 3과장으로 언급되는 인사 기사가 여럿 검색됐다.

이형규는 사내이사의 이름과 새빛원전을 결합한 키워드로 과거 기사를 찾아봤다. 윤호준이 새빛 제1건설소 건설소장 자격으로 인터뷰에 응한 몇 년 전 기사가 보였다. 이 밖에도 근무하지도 않은 직원을 근무한 것처럼 속여 노무비 수억 원을 받아챙긴 새빛원전 건설현장 소장 윤 모 씨에게 실형이 선고됐다는 기사도 눈에 띄었다. 기사에 언급된 둘의 성과 나이, 직책이 같은 것으로 보아 둘은 동일인임이 분명했다. 기사에 보도된 윤호준의 나이를 만으로 계산해보니 넥스트케미칼 법인등기에 사내이사로 기록된 동명 인물과 생년이 일치했다.

김성대와 강인실의 이름은 새빛원전 1·2호기 준공 유공자 정부포상 추천자 현황 명단에서 찾을 수 있었다. 둘은 각각 대통령 표창 추천자 명단과 국무총리 표창 추천자 명단에 생년월일, 사진, 소속 및 직위, 공적요지 등을 올렸다. 둘의 생년월인은 넥스트케미칼 법인등기에 사내이사로 기록된 동명 인물과 일치했다.

지금까지 드러난 정황상 넥스트케미칼의 등기이사는 모두 2년 전 내일전선이 케이블을 납품했던 새빛원전과 관련된 인물일 가능성이 매우 컸다. 새빛원전 건설 현장에서 비리를 저지른 사실이 드러나 실형을 선고받았던 간부, 원전 케이블 공사 업무와 밀접한 전기부 출신 간부와 직원. 그들이 왜 넥스트케미칼 법인등기에 사내이사로 등록돼 있는 걸까. 김규환은 도대체 누구일까. 내일전선과 넥스트케미칼의 연결고리는 김규환인 듯한데, 정체를 알 수 없으니 고리가 풀리지 않는다. 날카로운 두통을 느낀 이형규는 노트북 컴퓨터를 덮고 모텔 침대 위로 쓰러졌다.

이형규는 몇 시간 전 서희철과 나눴던 전화 통화를 떠올리며 씁쓸하게 웃었다. 이형규에게 서희철은 같은 회사에서 일해도 부서가 다른데다 서로 성격이 맞지 않아 친해지기 어려웠던 동기였다. 친분이라고 해봐야 1년에 한두 번 있는 동기 모임에서 만나 의례적인 인사를 나누고, 의무감으로 서로의 들으나 마나 한 근황을 묻는 정도가 전부였다. 그 때문에 이형규는 김호열의 부탁을 그리 어렵지 않게 받아들일 수 있었다. 이미 김호열에게서 소식을 전해들은 이형규는 욕받이가 될 각오를 하고 서희철의 전화를 받았다.

"왜 그랬냐."

서희철의 목소리는 낮고 차분했다. 예상치 못한 서희철의 반응 앞에서 이형규는 뻔뻔하게 대응하기가 어려웠다.

"미안하다."

"왜 그랬냐."

이형규는 변명을 하고 싶지는 않았다.

"너도 나와 같은 상황에 처했다면, 나와 다르게 행동하지는 않았을 거야."

"나도 너와 다르게 행동하지는 않았을 거다……. 그 말은 나도 너에게 무슨 짓이든 해도 된다는 의미로 받아들여도 되는 거지?"

서희철의 담담한 물음은 그 어떤 협박보다도 살벌하게 귀에 꽂혔다. 이형규는 침묵하며 긴장했다.

"동기로서 마지막으로 해주는 말이다. 김호열 믿지 마. 그 새끼 절대 믿을 놈 아니다."

"나도 알아."

"그런데 왜?"

"다른 선택의 여지가 없잖아."

서희철이 헛웃음을 터트렸다. 이형규도 따라서 헛웃음을 터트렸다. 서희철은 마치 친한 친구와 대화를 나누듯 편안한 목소리로 이형규에게 말했다.

"너는 너대로 최선을 다해서 살아남아봐. 나는 나대로 최선을 다해서 버텨볼 테니까."

"그래. 알았다."

"앞으로 다시는 보지 말자, 개새끼야. 끊는다."

앞으로 다시는 보지 말자……. 이거 은근히 아프네. 서희철의 절교 선언은 생각보다 이형규의 마음에 묵직한 타격을 줬다. 마음에 틈이 생기고 그 사이로 찬바람이 불자, 이형규의 머릿속에 가족 생각이 간절해졌다. 이형규는 여러 차례 망설인 끝에 카카오톡으로 서지혜에게 짧게 안부 메시지를 보냈다. 예림이와 별일 없이 잘 지내고 있는 거지? 이형규는 침대에 엎드려 떨리는 마음으로 스마트폰을 붙든 채 자신이 보낸 메시지를 읽었다는 표시가 뜨기를 기다렸다. 한 시간 넘게 기다려도 읽음 표시는 뜨지 않았다. 기다리다 지친 이형규는 엎드린 채 잠에 빠져들었다.

연구기술팀 김정웅 대리는 처음으로 식사를 함께하는 김호열에게 자신의 업무를 설명하는 일을 어색해하지 않고 열의를 보였다. 오랜만에 회사 근처 일식집 룸을 저녁 약속 장소로 잡은 김호열은 김정웅에게 먹어가면서 설명하라고 권유했다. 김정웅은 설명하는 일이 먹는 일보다 더 즐거운 듯 좀처럼 음식에 손을 대지 않았다. 이렇게 말하기를 좋아하는 놈이 그동안 어떻게 회사에만 처박혀 있었지? 말하는 폼만 보면 딱 영업에 어울리는 체질인데. 김호열은 김정웅의 설명을 반쯤 흘려들으며 부지런히 젓가락질했다. 김정웅은 식어버린 죽과 미소 된장국을 뒤늦게 떠먹으며 푸념했다.

"지금 제 업무가 적성에 맞기는 하지만, 가끔 구매자재팀이나

영업팀이 부럽기도 합니다. 업무 특성상 외근이 잦아 회사 밖으로 나가는 날이 많지 않습니까. 회사에 처박혀 일하다가 창밖을 내다보는데 하늘이 맑고 푸르면 환장하겠더라고요. 이렇게 좋은 날에 지금 나는 여기서 뭐 하고 있나 싶고."

이 새끼가 우리가 밖으로 놀러다니는 줄 아나. 김호열은 한마디 쏘아붙이려던 마음을 눌러 참으며 김정웅에게 건배를 청했다.

"말하는 걸 들어보니 영업 하면 잘하겠다 싶은데?"

술잔을 비운 김정웅이 아쉬움을 드러냈다.

"제 커리어와는 완전히 다른 길이잖습니까."

"잡마켓* 제도가 있잖아?"

김정웅은 쓸쓸한 미소를 지으며 고개를 저었다.

"그건 입사 1, 2년 차 신입들을 붙잡으려는 고육지책 아닙니까. 그동안 신입 교육에 들인 돈이 아까워서 말이죠. 저 같은 대리급이 잡마켓을 찾기에는 때가 늦었습니다. 회사가 환영하지도 않고요."

"그렇다고 다른 팀을 부러워할 것도 없어. 회사에서 가장 중요한 게 뭐야. 실적 아냐? 연구기술팀은 묵묵하게 일해서 결과를 내면 확실하게 자기 실적이 남는 부서잖아. 우리 팀은 그 점

---

* 업무가 적성에 맞지 않거나 다른 업무를 해보고 싶을 때 사내에서 직군을 옮길 수 있는 제도.

에서 아주 불리해."

"어떤 점에서 말이죠?"

조금 전과 달리 이번에는 김호열이 자신의 업무를 설명하는데에 열을 냈다.

"김 대리도 알겠지만, 각 부서가 주문하는 원재료나 부품을 협력업체에 발주하고 협력업체를 원활하게 관리하는 일이 우리 부서의 주된 업무야. 그런 업무는 일한 티가 나지 않아. 우리 부서에서 숫자로 티를 낼 수 있는 실적은 비용 절감이야. 하지만 회사는 그 실적을 대놓고 공개하기를 꺼려."

"왜죠?"

"수익을 내야 하지만, 짠돌이처럼 보이고 싶지는 않거든. 이율배반적이지. 그러니까 직원도 자기 실적을 대놓고 자랑하기가 어려워."

"그런 고충이 있군요."

김정웅은 처음 듣는 구매자재팀 업무 내용과 특성이 흥미로운 듯 연신 고개를 끄덕였다.

"어느 조직에서나 실세는 돈줄을 쥔 재무나 회계, 기획, 영업이야. 그런데 봐. 우리 회사는 성골이 다 돈줄을 쥐고 조직을 흔들고 있잖아. 썩을!"

김호열은 자신이 한 말에 자기가 놀란 듯 룸에 있다는 사실도 잊은 채 주위를 두리번거렸다. 김정웅이 그 모습을 보고 킥킥 웃다가 손으로 입을 가렸다. 김호열은 민망한 표정을 지으며 신경질적으로 초밥에 젓가락질을 했다.

"회사 근처잖아. 듣는 귀가 곳곳에 많아요."

김호열은 대화의 분위기가 무르익었다 싶어서 본론으로 들어갔다.

"협력업체와 단가를 놓고 줄다리기하려면 본인이 맡은 물건을 협력업체만큼 잘 알아야 해. 준비 없이 대응하면 협력업체의 농간에 놀아나기 일쑤야. 그놈들은 이미 우리 말고도 수많은 구매 담당 직원을 상대해본 닳고 닳은 베테랑이야. 각자 알아서 자기 분야의 전문가가 되는 게 우리 팀에서는 필수지. 다른 사람을 신경 쓸 여유가 없어."

"한마디로 각개격파라는 말씀이시군요."

"그렇지. 그러다 보니까 직원들끼리도 서로의 업무를 잘 몰라. 업무 특성상 자기 영역이 명확하니까. 관리자인 나도 대강 어떻게 일이 돌아가는지만 파악하고 있을 뿐이야. 영업과 달리 주로 대접을 받는 갑의 위치에 있으니 엉뚱한 유혹에 빠지기도 쉽고. 작정하고 딴 주머니를 차면 들키기가 쉽지 않아."

서희철의 얼굴을 떠올린 김호열은 미간을 찌푸렸다.

"우리 회사가 만드는 제품은 고압 전력 케이블, 광케이블, 선박용 케이블, 자동차용 케이블 등 다양하잖아. 그중 원전 케이블에 쓰이는 플라스틱 컴파운드의 안전성이 중요한 이유를 설명 부탁해도 될까? 가능하면 자세하게."

김정웅의 얼굴이 전속력으로 달릴 준비가 됐다는 듯 상기됐다. 이놈의 천성은 투 머치 토커*로구나. 피곤한 놈이네. 김호열은 앞으로 가능한 한 김정웅을 만나는 일을 피해야겠다고 다짐하며 수첩을 테이블 위에 펼쳤다.

김호열은 김정웅의 설명 중에서 중요한 부분을 수첩에 적어나갔다. 원전은 일단 가동하면 중단하기가 대단히 어렵다. 원전을 구성하는 부품은 가능한 한 오랜 시간 동안 안정적으로 작동해야 한다. 원자로 압력 용기**, 열교환기***, 배관, 펌프, 콘크리트 구조물, 계측 및 제어 케이블 등이 주요 부품이다. 이러한 부품은 강력한 방사선의 자극을 받고, 지진 등 자연재해로 손상을 입기도 한다. 원전에 쓰이는 수많은 전기 공급 장치는 원전용으로 제작된 특수 케이블을 통해 신호를 주고받는다. 케이블이 불량하면 원전 내부 온도가 갑자기 치솟을 때 냉각장치가 즉시 작동하지 않아 원자로가 녹아내려 방사능이 누출되는 대형 사고로 이어질 수도 있다. 따라서 원전용 특수 케이블은 피복 등 도체****를 보호하는 절연체가 도체 이상으로 중요하다. 케이블에 지속해서 국부적인 열이 가해지면, 해당 부분의 절연체가 경화되고 표피부터 갈라지는 열화현상이 일어난다. 원전용 특수 케이

---

* Too much talker. 말이 지나치게 많은 사람을 가리키는 은어.

** 핵연료를 장전해 연쇄적인 핵분열반응이 안전하게 일어날 수 있도록 탄소강 재질의 금속으로 이뤄진 압력 용기로, 원자로 격납 건물 내부 정중앙에 있다.

*** 핵연료에서 발생한 열로 수증기를 만들어 발전기와 연결된 터빈으로 보내는 장치.

**** 전선에 전류를 흘리기 위한 금속 부분. 가장 일반적인 재질은 구리이다.

블에 쓰이는 절연체는 극한 환경에서도 오랫동안 물성을 유지하면서 제 기능을 발휘해야 한다. 절연체의 소재인 컴파운드가 중요한 이유다. 김호열은 메모를 마치며 김정웅에게 물었다.

"구체적으로 얼마나 오래 수명을 유지해야 하지?"

"원전 케이블은 원자로 내에 설치해 방사능을 직접 받는 안전등급 케이블과 원자로 밖에 설치하는 비안전등급 케이블로 나뉩니다. 그중에서도 안전등급 케이블은 섭씨 50도 이상의 온도에서 원전의 가동연한인 60년 이상 기능과 품질을 유지해야 한다는 게 업계의 상식입니다. 사용되는 장소와 온도에 따라 약간의 차이는 있겠지만 말이죠."

업계의 상식이 이 정도 수준이라면, 내일전선이 불과 2년 전에 새빛원전에 납품한 케이블에서는 어떤 이상도 발생하면 안 되는 것 아닌가. 김호열은 등골이 서늘해지는 기분을 느꼈다.

"생산한 제품의 안전성 검증은 어떻게 이뤄지지?"

"로카 환경시험을 통해 검증합니다."

"로카 환경시험? 그게 뭐지? 좀 쉽게 설명해봐."

"로카는 냉각재 상실사고*를 가리키는 영문 약자입니다. 즉 원자로에서 발생하는 냉각재 상실사고를 재현한 고온과 고압

---

*　Loss-of-Coolant Accident. 원자로에 냉각수를 공급하는 원자로 냉각재 계통의 배관이 파단되고 파단부위를 통해 냉각수가 빠져나가는 사고. 효과적으로 대응하지 못하면 노심 내부의 열이 급격히 상승해 최악의 경우 후쿠시마 원자력 발전소 사고와 같은 노심 용융 사고가 발생할 수 있다.

환경에 제품을 노출해 제 기능을 유지하는지 검증하는 시험입니다. 검증은 외부 검증기관과 용역계약을 체결해 이뤄지고요."

"검증에 걸리는 시간은 얼마나 되지?"

"보통 국책기관이나 민간검증기관에 맡기는데, 아무리 빨라도 일주일? 길면 두 달 이상 소요되기도 합니다. 검증 비용도 만만치 않고요."

김호열은 은근히 2차 술자리를 기대하는 김정웅을 완곡하게 뿌리치고 다시 회사 사무실로 돌아왔다. 시각은 퇴근 시간을 한참 넘긴 오후 10시를 지나가고 있었다. 야근 중이던 다른 부서 직원 몇 명이 김호열을 알아보고 묵례를 했다. 김호열은 그들에게 대충 손을 흔들어 인사하고 자신의 자리에 앉아 데스크톱 컴퓨터 전원을 켰다. 2년 전 내일전선이 새빛원전 1·2호기에 제어 케이블을 납품하던 무렵의 구매자재팀 거래명세서가 모니터에 다시 펼쳐졌다. 김호열은 당시 다음폴리콤에 컴파운드를 발주한 날짜와 다음폴리콤 최종 부도 후 영원폴리텍 등 다른 여러 협력업체에 컴파운드를 발주한 날짜를 확인했다. 두 날짜 사이의 간격은 2주에 불과했다. 김호열의 머릿속에 당시의 급박했던 상황이 스쳐지나갔다. 김호열은 김정웅에게서 전해들은 정보와 거래명세서를 토대로 2년 전 상황을 재구성해보기 시작했다.

당시 내일전선은 다음폴리콤의 부도로 새빛원전 1·2호기에 납품해야 할 제어 케이블을 제작하는 데 차질을 빚고 있었다. 계약금액만 수십억 원에 달하는 큰 건이어서 제대로 이행하지 못하면 기업 신뢰도에 치명타를 입힐 우려가 컸다. 내일전선은 다음폴리콤에 발주한 규격과 성능이 동일한 컴파운드를 제조할 수 있는 업체를 2주 만에 수배해 발주를 진행했다. 발주와 동시에 새로운 협력업체들로부터 컴파운드 공급이 이뤄졌고, 내일전선은 즉시 케이블 제작에 착수해 간신히 납기일을 지켰다. 그때는 일에 치여서 몰랐는데, 돌이켜보니 모든 과정이 지나치게 급히 진행됐다. 케이블의 안전성을 검증하는 과정이 납기일을 지켜야 한다는 명목으로 부실하게 진행된 게 아닐까. 아랍에미리트 원전 사업 수주 실패로 인해 안전성 문제가 드러나 협력업체가 갑자기 넥스트케미칼로 바뀐 게 아닐까. 그런데 왜 하필 모든 부분이 미심쩍은 넥스트케미칼일까. 의문이 꼬리에 꼬리를 물고 김호열의 머릿속으로 따라 들어왔다.

*

내일전선 창립기념일 행사가 열린 고진컨벤션센터에서, 이나라는 출장뷔페 음식을 접시에 담아 경영지원팀 테이블로 옮기고 선배들의 주문을 받느라 바쁘게 움직였다. 유니폼을 입은 아르바이트생들이 행사장 곳곳을 돌아다녔지만, 쏟아지는 주문을 감당하기에도 역부족이었기 때문이다. 여러 부서에 흩어져 있는 이나라의 동기들 역시 같은 처지였다. 이나라는 음식과 술을 자리로 옮기며 동기들과 마주칠 때마다 어색하게 웃었다. 윤현종 주위로 다채로운 음식이 담긴 접시가 모여들었다. 한선우가 이나라에게 소주와 맥주를 더 가져오라고 손짓했다. 이나라는 한숨을 내쉬며 냉장고로 빠르게 발걸음을 옮겼다.

내일전선의 창립기념일 행사는 매년 때 되면 열리는 단순한 하나의 행사로 취급받지 않았다. 이날 고종석 사장이 보여주는 독특한 행보 때문이다. 내일전선 정기 임직원 인사는 창립기념일로부터 약 한 달 후에 발표되는 게 관례였다. 공교롭게도 고종석이 오래 머무는 테이블의 부서장이나 직원이 정기 인사에서 승진하는 일이 많았다. 이 때문에 일부 부서장들은 미리 좋은 술을 준비해놓았다가 테이블을 찾은 고종석에게 대접하곤 했다. 가능한 한 사장을 오래 테이블에 붙들어놓아 사장의 의중이 자신에게 있음을 과시하려는 꼼수였다. 사장이 최근에 어떤 술을 마셨느냐는 부서장 사이에서 고급 정보로 통했다. 한선우는 이나라에게 이 같은 뒷이야기를 전하며 스테이크 조각을 씹었다.

"사마염이 양이 끄는 수레를 타고 궁녀를 찾는 꼴과 다를 게 뭐야."

"그게 무슨 의미죠?"

"나라 씨는 잘 모를 수도 있겠네.《삼국지》알지?"

"읽어보긴 했는데, 너무 오래전이어서."

"《삼국지》에 나오는 이야기는 아니고 그 뒤에 벌어진 이야기야."

한선우는 이나라에게 삼국시대를 끝낸 서진(西晉)의 초대 황제 사마염에 관한 이야기를 해줬다. 당시 호구조사로 파악된 서진의 인구는 약 1600만 명인데 사마염은 그중 처녀 1만 명을 잡아들여 자신의 후궁으로 만들었다. 이나라는 한선우의 이야기를 듣고 믿을 수 없다는 표정을 지었다.

"거짓말 같지? 무려 정사에 기록된 사실이야."

사마염은 그중 누구와 밤을 즐겨야 할지 고민하고 싶지 않아 양이 끄는 수레를 타고 가다가 양이 멈추는 방에 머물렀다. 일부 후궁은 자기 방 앞에 소금을 뿌린 어린 대나무 가지를 꽂아 놓았다. 짠맛이 나는 어린 대나무 잎을 좋아한다는 양의 습성을 이용해 황제의 수레를 자기 방 앞에 멈추게 하려는 꼼수였다. 얼마 지나지 않아 모든 후궁의 방 앞에 대나무 가지가 늘어섰고, 바람이 불면 소금이 흩날리는 진풍경이 펼쳐졌다. 이나라는 기가 막혔지만, 다음 이야기가 궁금했다.

"황제는 어떻게 됐나요?"

한선우는 자신의 맥주잔을 비우며 코웃음을 쳤다.

"수레가 모든 방 앞에서 멈추니까 황제도 별생각 없이 모든 방으로 들어가 밤을 보냈지. 그렇게 몸을 함부로 굴렸으니 오래 살겠어? 사마염은 계속 방탕하게 살다가 10년 만에 죽었고, 서진도 그 후 30년도 되지 않아 멸망했어. 황족들끼리 치고받고 싸우다가 처참하게. 그때부터 중원에 이민족의 침입이 밥 먹듯이 벌어져서 다시 통일되는 데 수백 년이 걸렸어. 그사이에 갈려나간 건 백성들뿐이었지."

임직원들의 시선이 일제히 한곳으로 쏠렸다. 고종석이 입구와 가장 가까운 테이블에 앉은 부서의 직원들과 하나하나 인사를 나누며 건배를 청하고 있었다. 테이블 위에는 고급 위스키로 보이는 술병 몇 개가 놓여 있었다.

"저기 황제 폐하께서 수레 타고 움직이기 시작하셨다. 나라 씨도 한번 잘 지켜봐. 돈 주고도 못 볼 재미난 구경거리니까."

한선우는 구매자재팀 테이블에 앉아 있는 김호열을 가리켰다.

"올해의 관전 포인트는 저곳과 우리 테이블이야."

인사철이 가까워지니 이나라 같은 신입사원의 귀에도 이런저런 소문이 들려왔다. 임원 인사는 사실상 경영지원부문장을 제외하면 올라갈 사람이 다 정해져 있다는 게 사내의 중론이었다. 이나라는 고종석이 경영지원팀 테이블에 오래 머물러주길 기대했다. 시간이 흘러도 윤현종에 관한 불편한 마음이 쉽게 사라지지 않았기 때문이다. 또한 이나라는 자신과 관련한 일 때문에 윤현종이 승진하지 못했다는 뒷말을 듣고 싶지도 않았다. 이나라는 윤현종이 부디 임원으로 승진해 자신에게서 멀어지기를 진심으로 바랐다. 고종석의 움직임에 따라 이나라의 시선도 빠르게 움직였다.

고종석이 구매자재팀 테이블로 다가오자 김호열을 비롯한 모든 팀원이 일제히 일어서서 고종석을 맞았다. 고종석이 미소를 지으며 다들 앉으라고 손짓했다. 이나라는 그 모습이 마치 영화에서나 보던 조직폭력배의 회합 같아 우스웠다. 한선우가 김호열이 테이블 위에 올린 술병을 보고 침을 삼켰다. 이나라가 한선우에게 조용히 물었다.

"귀한 술인가요?"

"맥켈란 30년산. 싱글 몰트 위스키인데 발렌타인 30년산보다 두 배는 비싼 물건이야. 저 물건을 실물로 보는 날이 올 줄은 몰랐다. 김 부장님 힘 좀 쓰셨네."

이나라는 윤현종의 표정을 살폈다. 윤현종은 구매자재팀 테이블에는 관심 없다는 듯 다른 팀원들과 웃으며 담소를 나누고 있었다.

"우리 부장님은 너무 여유 있어 보이지 않나요?"

"승자의 여유겠지 뭐."

고종석은 김호열이 대접하는 술을 한 잔 마신 뒤 바로 자리에서 일어났다. 김호열이 당황해하며 자리를 뜨는 고종석을 붙잡았다. 고종석은 괜찮다고 손짓하며 다른 부서 테이블로 이동했다. 김호열은 허탈한 표정을 지으며 자리에 털썩 주저앉았다. 한선우는 김호열에게서 시선을 거두며 이나라에게 지시했다.

"끝났네. 나라 씨, 여기 소주랑 맥주 몇 병 더 부탁할게."

잠시 후 고종석이 경영지원팀 테이블로 다가왔다. 고종석을 대하는 윤현종의 태도는 마치 오랜 지인을 만난 듯 편안해 보였다. 고종석이 테이블로 가까이 오기 전부터 쩔쩔매던 김호열의 태도와 대조되는 모습이었다. 고종석은 경영지원팀 직원 하나하나에게 안부를 물으며 관심을 보였다. 적어도 사마염 같은 인물은 아니다. 이나라는 모든 직원의 이름을 외우고 있는 고종석의 기억력에 감탄했다. 윤현종은 고종석에게 소주와 맥주를 섞은 폭탄주를 건넸다. 윤현종이 뭔가 대단한 술을 꺼낼 줄 알았던 이나라는 경악했다.

"천년 신라도 멸망할 때까지 못 깬 게 골품제도야."

한선우는 자신의 잔에 맥주를 채우며 혼잣말을 중얼거렸다. 이나라는 한선우의 혼잣말이 처량하게 들렸다. 이나라는 작은 목소리로 한선우의 혼잣말을 거들었다.

"그 골품제도 때문에 멸망한 게 천년 신라 아닌가요?"

"잘 아네?"

"저도 고등학교를 나왔으니까요. 고진고는 아니지만."

한선우가 이나라의 말을 듣고 파안대소했다. 고종석이 한선우를 불렀다.

"한 차장, 웃을 일이 있으면 같이 웃는 게 어때? 나도 심심한데."

"죄송합니다!"

한선우가 잔을 들고 급히 고종석이 앉아 있는 자리로 달려갔다. 이나라는 맥주를 마시며 구매자재팀 테이블 분위기를 살폈다. 김호열은 자리에 없었고, 남은 직원들은 침울한 분위기 속에서 술잔을 기울이고 있었다. 촌동네 인심이 더 사납네. 이나라는 문득 자신에게 뭐가 그렇게 잘났냐고 따지던 김진원의 모습을 떠올렸다. 그러게 말이야. 다들 뭐가 그렇게 잘났다고. 이나라는 잔에 남은 맥주를 마저 비운 뒤 냉장고로 향했다.

*

"내일전선이 창립기념일 지면 광고를 우리에게만 안 줬어. 이러는 게 벌써 몇 번째야! 당신 도대체 내일전선을 어떻게 관리하는 거야?"

이상균 편집국장이 이한성 경제부장을 국장실로 불러 질책하는 소리가 바깥까지 새어나왔다. 김진원은 이상균의 목소리가 커질 때마다 표정을 구겼다. 김진원은 한선우에게 전화를 걸어 고진매일에만 지면 광고를 주지 않은 이유를 재차 따져 물었지만, 답변은 이형규가 홍보 담당자로 있을 때와 다르지 않았다.

"비용 대비 홍보 효과를 고려해 유료 부수 1만 부 이상인 일간지에만 광고비를 집행하겠다는 게 경영진의 방침입니다. 저희도 기자님을 생각해 광고비를 집행하고 싶지만, 어쩔 수가 없습니다. 저희에게 힘이 없다는 걸 잘 아시지 않습니까. 정말 죄송합니다."

국장실에서 나온 이한성은 경제부 기자들을 모두 회의실로 소집했다. 기자들이 모두 모이자 이한성은 고진일보, 고진신문,

고진중앙일보 지면에 실린 내일전선 창립기념일 광고를 들어 보이며 김진원에게 물었다.

"우리에게만 광고를 안 준 이유는 뭐래?"

김진원은 내일전선 홍보팀이 전한 입장을 그대로 전달하는 것 외에는 할말이 없었다. 이한성은 깊은 한숨을 내쉬었다. 회의실에는 무거운 침묵이 흘렀다.

"지난해 ABC협회*의 일간신문 발행 유료 부수 발표를 봤으면 알겠지만, 고진매일의 유료 부수는 현재 약 9200부입니다. 각종 협찬과 광고비를 최대한 유료 부수 구독료로 돌리고 있지만, 여러분이 신규 유료 부수를 개척해 충성 독자를 만들어주는 게 그 어느 때보다 절실합니다. 상황이 어렵다는 걸 잘 알지만, 내년에는 어떻게든 1만 부를 넘겨서 내일전선이 고진매일에 엉뚱한 소리를 하지 못하게 합시다. 다들 조금만 더 신경 씁시다."

김진원은 회의실에서 나오며 편집국 출입문 옆에 붙어 있는 사내 공지를 확인했다. 공지에는 기자들의 이름이 지난달 각자 확보한 유료 부수 순으로 줄 세우기가 돼 있었다. 김진원은 자신의 이름을 중하위권에서 발견했다. 확보한 유료 부수가 하나도 없는 기자의 이름은 붉은색으로 기록돼 눈에 확 띄었다. 취재처에 자기 돈 내고 신문을 봐달라고 사정하면서, 그 취재처를

---

*   일간지의 발행 부수와 유료 부수(정기구독자, 가판 등에서 실제 판매된 부수)를 직접 조사해 집계하는 국내 유일의 공인기관.

제대로 취재하는 일이 과연 가능한 일인가. 김진원은 쓴웃음을 지으며 자리로 돌아와 노트북 컴퓨터를 펼쳤다.

김진원은 자신의 회사 메일 계정을 확인했다. 보도자료 외에는 특별한 메일이 없었다. 이어서 자신의 개인 메일 계정을 확인했다. 대한원자력주식회사가 보낸 메일이 받은 편지함에 들어 있었다. 며칠 전 김진원이 대한원자력주식회사를 대상으로 신청한 정보공개청구*에 관한 답변 메일이었다. 김진원은 대한원자력주식회사에 최근 2년간 새빛원전 1·2호기에 설치된 제어 케이블에서 이상이 발생한 사례가 있는지 질의했다. 그러면 그렇지. 내가 뭘 기대한 거냐. 답변 메일에는 그런 사례가 발생한 일이 없다는 간단한 내용만이 성의 없게 담겨 있었다.

김진원은 조일동 이하 내일전선 관계자들과 저녁 자리에서 만난 후 내일전선을 향한 적의를 더 키웠다. 박훈이 그날 술에 취해 김진원을 이나라와 억지로 엮으려고 할 때, 이나라가 순간적으로 보여준 경멸 어린 표정은 김진원의 기억에서 좀처럼 지워지지 않았다. 김진원은 누구도 더 자신을 무시하지 못하게 만들겠다고 결심하며 내일전선에 다시 날을 세웠다.

김진원은 자신이 1년 전에 쓴 기사를 다시 들여다봤다. 내일전선이 아랍에미리트 원전 케이블 사업 수주에 실패한 원인을 기록한 근거 자료가 어딘가에 분명히 남아 있을 것이다. 김진원

---

* 정부 또는 행정기관이 보유하고 있는 정보를 국민의 청구에 따라 공개하는 제도.

은 새빛원전을 운영하는 대한원자력주식회사에 정보공개를 청구하는 한편, 아랍에미리트 에너지부와 원자력에너지공사부터 자신이 기사를 쓸 때 인용한 알자지라 기사를 쓴 기자에게까지 번역기로 문장을 작성해 이메일을 보내 관련 자료를 요청했다. 하지만 어느 곳도 김진원에게 회신을 주지 않았다. 그나마 회신을 준 대한원자력주식회사의 답변에는 아무런 쓸모가 없는 내용뿐이었다. 김진원은 고개를 격하게 저으며 자기도 모르게 욕을 내질렀다. 이한성이 어이가 없다는 표정으로 김진원을 흘겨봤다. 김진원은 이한성에게 기어들어가는 목소리로 죄송하다고 말하며 편집국에서 도망치듯 빠져나왔다.

휴게실로 들어온 김진원은 자판기에서 밀크커피 한 잔을 뽑은 뒤 테이블에 앉았다. 김진원은 스마트폰으로 인터넷에 접속해 언론사 준비 스터디를 함께했던 팀원의 이름을 생각나는 대로 검색해봤다. 그중 상당수가 유명 중앙언론사에서 기자로 활동하고 있었다. 김진원은 자신이 고백했던 여성 팀원의 이름을 검색해봤다. 그녀가 지난달 한 정부부처의 고질적인 비리를 고발하는 기획 보도로 이달의 기자상*을 수상했다는 기사가 눈에 띄었다. 그녀가 수상한 기사는 외신을 가장 먼저 인용해 단독이라는 문패를 붙여 보도한 김진원의 기사와 비교하면 깊이부터

---

* 한국기자협회가 전국 회원을 대상으로 신문·방송·통신에 게재된 기사 중 가장 좋은 기사를 가려내 월 1회 수여하는 상. 언론계에서 가장 높은 권위를 인정받는 상이다.

달랐다. 해당 부처 고위공무원 몇 명이 옷을 벗고 여러 매체에서 후속 기사가 쏟아질 정도로 파급력도 컸다.

김진원은 오랜만에 그녀의 페이스북에도 들렀다. 그곳에는 그녀의 수상 소식을 알리는 게시글뿐만 아니라 웨딩사진을 여러 장 첨부한 게시글도 보였다. 그녀의 옆에 있는 남자는 스터디에서 자신을 가장 집요하게 공격했던 팀원이었다. 웨딩사진에는 스터디 팀원을 비롯해 수많은 이들의 축하 댓글이 달려 있었다. 질투, 부러움, 상실감, 슬픔, 허탈감, 좌절감 등 온갖 감정이 뒤섞여 김진원을 쥐어뜯었다. 김진원은 휴게실 벽면에 설치된 전면 거울로 고개를 돌렸다. 정말 지질하다. 나 여기에서 도대체 뭘 하는 거냐. 김진원은 빈 종이컵을 구겨 거울에 집어던졌다. 거울에 비친 김진원의 얼굴에 얼룩처럼 커피가 흘러내렸다.

*

이형규는 김호열과 통화를 마친 후 조금 당황했다. 김호열은 이형규에게 전화를 걸어 지금 당장 만나자며 일방적으로 장소를 정했다. 김호열은 이형규와 만나자고 약속할 때 하루나 이틀 전에 늘 문자메시지로만 간단하게 장소와 시간을 공지하곤 했다. 늘 자기 위주로 움직이는 사람이긴 해도, 이렇게 흥분한 목소리로 일방적인 태도를 보여주는 경우는 없었다. 뭔가 일이 있기는 있다. 이형규는 급히 옷을 꺼내 입고 모텔방을 나섰다.

김호열이 이형규를 부른 곳은 시내 유흥가에 있는 한 룸소주방이었다. 이형규가 약속 장소에 도착했을 때 테이블 위에는 오뎅탕이 끓고 있었다. 창밖을 내려다보고 있던 김호열이 이형규를 보고 반색했다. 이형규는 김호열의 평소답지 않은 태도에 움찔했다. 김호열의 안색은 이미 술을 몇 잔 마신 듯 살짝 붉었다.

"이 차장, 여기는 안주가 부실하니 술이라도 좋은 걸 마시자."

김호열은 종업원을 호출해 얼음을 많이 달라고 요구했다. 종업원이 얼음과 추가로 주문한 모둠꼬치구이를 가져오자, 김호열은 바닥에 놓여 있던 쇼핑백에서 술병을 꺼냈다. 이형규가 놀란 눈으로 김호열과 술병을 번갈아 바라봤다.

"맥켈란 30년산? 이거 귀한 술 아닌가요?"

"발렌타인 30년산도 맥켈란 30년산 앞에선 형님 하면서 무릎 꿇고 절을 해야지."

김호열은 맥주잔에 얼음을 몇 조각 넣고 맥켈란을 채웠다. 이형규는 왜 김호열이 갑자기 자신을 불렀는지 빠르게 짐작해나갔다. 오늘이 내일전선 창립기념일이구나. 출근을 안 하니까 몰랐네. 이날 사장이 오래 머무는 테이블에서 승진자가 많이 나온다는 건 이미 사내에 유명한 이야기다. 이 때문에 많은 부서장들이 사장을 오래 테이블에 붙잡아두려는 꼼수로 좋은 술을 준비한다. 그것도 매우 경쟁적으로. 그런데 지금 행사장 만찬 자리에 있어야 할 사람이 룸소주방에 청승맞게 앉아 있고, 발렌타인 30년산보다 훨씬 비싼 위스키가 테이블 위에 올라왔다. 사장이 구매자재팀 테이블에 오래 머무르지 않았구나. 이형규는 내색하지 않고 김호열이 건네는 잔을 받았다.

"이 차장, 알지? 오늘 회사 창립기념일이잖아. 윤현종 그 새끼는 따로 준비한 술도 없더라. 사장에게 그냥 소맥을 말아주더라고. 사장은 그걸 좋다고 받아 마시고. 그 꼬락서니를 보니 더 그 자리에 앉아 있지 못하겠더라. 너무 쪽팔려서 말이야. 이미 올라갈 사람은 정해진 자리인데, 나 혼자 북 치고 장구 치고 푸닥거리까지 한 거야. 병신처럼."

김호열은 잔을 기울이며 쓸쓸하게 웃었다. 이형규는 말없이 김호열의 잔에 맥켈란을 채웠다. 김호열은 자신의 잔에 얼음을 하나 더 집어넣으며 이형규에게 한탄했다.

"오늘 사장이 이 귀한 술을 딱 한 잔 마시고 일어나더라고. 이게 얼마짜리 술인데 씨발. 생각할수록 좆같네. 아무래도 내가 그 자리에 오를 가능성은 없다고 봐야겠지?"

"길고 짧은 건 대봐야 아는 거죠."

이형규는 겨우 위로의 말을 찾아 짧게 답했다. 김호열을 동아줄로 삼아 다시 내일전선으로 올라가려던 이형규의 마음도 착잡하긴 마찬가지였다. 말없이 창밖을 내려다보던 김호열의 시선이 천천히 위로 이동하다가 테이블에 놓인 자신의 잔에서 멈췄다.

"그래. 이 차장 말이 맞아. 길고 짧은 건 대봐야 아는 거지."

김호열이 잔을 비우며 얼굴에서 침울한 표정을 지웠다. 이형규가 잔을 채우려 하자, 김호열은 그만 마시겠다며 손을 내저었다.

"넥스트케미칼을 파보니까 뭐 나오는 게 있었어?"

"법인등기를 살펴보니 조금 이상한 점이 발견되기는 했습니다."

이형규는 김호열에게 넥스트케미칼 법인등기상 사내이사에 관해 자신이 찾은 정보를 설명했다. 김호열은 팔짱을 끼며 이형규에게 물었다.

"이 차장은 넥스트케미칼의 사내이사 모두가 새빛원전과 관계 있는 인물이라는 사실에 어떤 의미가 있다고 생각해?"

이형규는 고개를 저었다.

"감이 잡히지 않습니다. 어떤 인물인지 아직 파악하지 못한 대표이사 김규환이 수수께끼를 푸는 열쇠가 아닐까 싶습니다. 부장님께서는 새빛원전에 납품한 케이블에 생긴 문제가 무엇인지 알아내셨나요?"

"확실하지 않은데 여기에도 뭔가 석연치 않은 부분이 있어."

김호열은 이형규에게 다음폴리콤의 부도로 새로운 협력업체를 찾을 당시의 상황을 설명하면서 자신의 의견을 더했다.

"2년 전 거래명세서를 살펴보니까 다음폴리콤이 부도난 후 새로운 협력업체를 찾아 컴파운드를 발주하는 데 걸린 시간이 고작 2주였어. 내가 연구기술팀 사람을 만나서 이것저것 물어

보니까 제품을 만들어 안전성을 검증하는 데 2주로는 빠듯하더라고. 이런 말이 섣부를지 모르지만, 아무래도 검증이 부실하게 진행된 게 아닌가 싶어."

이형규는 무언가 기억이 난다는 듯 고개를 끄덕였다.

"당시 연구기술센터장이셨던 신상윤 상무님이 서상범 부장님과 직원 몇 명으로 태스크포스를 꾸려 새빛원전에 납기를 맞추려고 엄청나게 뛰어다니셨습니다. 태스크포스에서 잡일을 하던 후배가 전전긍긍하던 모습이 기억납니다. 새로운 협력업체가 납품한 컴파운드로 만든 케이블의 안전성 검증이 지연되면 납기를 맞추지 못할 수도 있다고요."

"반드시 성사해야 하는 계약이었지?"

"계약금액도 금액이지만, 계약을 이행하지 못하면 회사 신뢰도에 악영향을 미칠 상황이었습니다. 다른 곳도 아니고 원전이었으니까요."

내가 감당하기 어려운 사안을 건드린 게 아닐까. 이형규는 왠지 모를 불안감을 느끼며 자신이 정리한 의견을 피력했다.

"부실한 검증을 거쳐 생산한 케이블의 안전성 문제가 아랍에미리트 원전 사업 수주 실패를 통해 드러난 게 아닐까요?"

김호열은 손으로 테이블을 두드리며 이형규의 의견에 동의했다.

"나도 이 차장과 같은 결론을 내렸어. 그렇다면 왜 넥스트케미칼의 등기이사가 모두 새빛원전 관련 인물인지 설명이 가능해져."

김호열이 말에 뜸을 들였다. 이형규는 긴장한 듯 마른침을 삼켰다.

"우리 회사가 오랫동안 공급받았던 다음폴리콤의 컴파운드는 안전성에 문제가 없는 검증된 물건이야. 넥스트케미칼의 컴파운드 생산 공장은 다음폴리콤과 같아. 즉 다음폴리콤의 컴파운드와 넥스트케미칼의 컴파운드는 같은 물건이라는 말이지. 협력업체만 바꿔도 기존 케이블에서 발생한 문제를 해결하는 게 가능해."

이형규는 김호열의 설명을 납득하기 어렵다는 듯 고개를 갸웃거렸다.

"그것만으로는 왜 넥스트케미칼의 등기이사가 모두 새빛원전 관련 인물인지 잘 이해가 되지를 않습니다."

김호열은 답답하다는 표정을 지으며 목소리를 높였다.

"원전에 설치된 케이블을 저대로 내버려둘 거야? 언제 무슨 문제가 발생할지도 모르는 시한폭탄인데? 그때는 새빛이든 내 일전선이든 다 죽는 거야. 조용히 외부에 티가 나지 않도록 교체하는 게 상책이지. 협력업체에 새빛원전 출신 인물이 있다면 서로 이야기가 통하니 케이블 교체가 훨씬 수월해지지 않겠어? 최근 거래명세서를 확인해보니까 우리 회사가 넥스트케미칼에 발주한 컴파운드 분량이 상당히 많아."

"부장님 말씀을 들으니 일리가 있네요."

"그게 전부일까? 넥스트케미칼은 새빛원전에서 퇴직한 임직원에게 재취업자리를 보장해주는 역할도 할 거야. 등기이사들 면면을 봐. 안 그래?"

이 양반 생각보다 머리가 잘 돌아간다. 이형규는 처음으로 김호열의 분석에 감탄했다.

"김규환은 누구일까요?"

"다음폴리콤 공장을 인수한 물주겠지. 설마 새빛원전에서 이 사람시고 기어들어온 놈들이 물주는 아닐 거 아냐."

김호열은 조금 전과 달리 자신감 있는 표정을 지으며 빈 잔을 이형규에게 들이밀었다. 이형규는 잔에 얼음과 맥켈란을 채우며 김호열에게 물었다.

"세워두신 계획이 있는 겁니까?"

"아까 이 차장이 태스크포스 이야기를 했었지. 신상윤 상무, 서상범 부장이 태스크포스에 참여했다고 말했나?"

"네. 그렇습니다."

김호열이 똥 씹은 표정을 지었다.

"다 성골들이네, 썩을 놈들. 아! 이 차장도 그쪽 사람이었지? 미안."

"저야 이미 내쳐진 몸이니 뭐. 상관없습니다."

김호열이 접시에 담긴 모둠꼬치구이 중에서 닭날개 꼬치를 집어들었다.

"날개가 꺾였다고 주저앉아 있을 수만은 없지. 우리가 파악한 정보로 로열패밀리에게 딜을 걸어볼 생각이야."

"딜이라니요. 무슨 말씀이시죠?"

김호열은 꼬치에서 닭날개를 뽑아 살을 발라 먹고 남은 뼈를 쓰레기통에 버렸다.

"우리가 파악한 정보로 그린 밑그림은 태스크포스를 주도했던 저들 입장에선 드러나면 안 되는 약점이야. 내부로든 외부로든."

"하지만 그 밑그림이 진실이라는 보장은 없지 않습니까. 어디까지나 개연성이 있는 추측일 뿐이죠. 섣부르게 나서면 위험합니다."

김호열은 잔을 들어 바닥에 깔린 얼음을 살폈다.

"위험하다……. 우리에게 이제 더 위험할 일이 남아 있나? 이 차장 말대로 지금 우리가 나눈 이야기가 진실이라는 근거는 없어. 진실이 존재한다고 해도 아마 빙산의 일각이겠지. 추론에 오류가 있을 수도 있고. 그런데 말이야."

김호열은 잔 속의 얼음을 모두 입안에 털어넣고 씹었다. 얼음이 부서져 흩어지는 소리가 룸 안에 날카롭게 울려퍼졌다.

"무언가를 내주지 않고서는 무언가를 얻기가 참 어렵더라고. 서희철 같은 새끼가 내게 말도 안 되는 딜을 걸며 악착같이 자리를 지키는 모습을 보고 깨달은 게 많아. 그래. 최소한 그 정도의 결기는 있어야 조직에서 버틸 수 있지. 이대로 살처분만 기다릴 수는 없어."

김호열이 맥켈란을 병째로 들어 한 모금 마신 뒤 나지막하게 말했다.

"미끼를 던질 시간이다."

이형규는 김호열의 눈과 목소리에서 풍기는 독기에 전율했다. 김호열이 물수건으로 목과 얼굴을 닦으며 전화를 걸었다.

"어이! 서 부장. 만찬 분위기는 아주 좋지? 나는 급한 일이 생겨서 먼저 빠져나왔어. 혹시 내일 저녁에 퇴근하고 시간 되나? 오랜만에 단둘이 오붓하게 얼굴 마주 보며 한잔하고 싶은데 어때? 할말도 있고."

재반격

"차기 전력사업부문장 승진 미리 축하해. 잘 부탁한다. 나중에 나 못 본 척하지 말고. 드디어 동기 중에서 처음으로 별을 다는 놈이 나오는구나."

김호열이 활짝 웃으며 서상범의 맥주잔에 생맥주를 가득 채웠다. 서상범이 낮은 목소리로 정색하며 김호열의 맥주잔에 생맥주를 따랐다.

"형, 어디 가서 그런 소리 하지 마. 아직 인사 발표 멀었어."

"상범아, 겸손도 과하면 독이다. 신상윤 상무님이 이번에 전무로 승진하시면, 그 빈자리가 네 자리라는 걸 모르는 사람이 회사에 누가 있나? 괜찮아. 형 앞에선 겸손하지 않아도 된다."

김호열이 서상범에게 건배를 권했다. 서상범은 느닷없이 전화를 걸어 약속을 잡아 회사 근처 호프집으로 자신을 부른 김호열이 불편했다. 너무 갑작스러운 연락이어서 만남을 피할 만한 핑계가 떠오르지 않았다. 서상범은 어색하게 웃으며 김호열과 잔을 부딪쳤다.

회사 창립기념일 만찬에서 고종석이 김호열에게 보여준 태도는 서상범이 보기에도 지나치게 노골적이었다. 김호열이 차기 경영지원부문장에 오를 가능성이 있다는 소문은 그날 이후 쏙 들어갔다. 만찬 자리에서 일찍 자리를 비우며 승진 경쟁에서 패배했음을 자인했던 김호열이 느닷없이 자신을 호출한 이유가 무엇일까. 서상범은 김호열을 경계했다. 김호열이 서상범의 손등을 살짝 쳤다.

"상범아, 너무 대놓고 내외하는 거 아니냐? 좀 섭섭하다."

"내외하기는 무슨."

김호열은 호프집 벽에 적힌 낙서를 살피며 키득키득 웃었다.

"요즘도 재미있는 낙서가 많네. 우리 소싯적에 여기서 정말 자주 마셨잖아. 그때가 참 재미있었는데 말이야. 그치? 이젠 좋은 곳에서 마셔도 그때 그 맛이나 분위기가 안 나."

"그러게 말이야. 돌이켜보면 그때가 제일 재미있었어."

"그때 같이 밤새도록 술 마시고 토하던 동기들은 다 사라지고 너와 나, 현종이 달랑 셋만 남았다. 지나간 세월이 기가 막히다. 그치?"

서상범은 창밖을 바라보는 김호열의 눈빛이 아련하다고 느꼈다. 경계심을 조금 푼 서상범은 맥주를 홀짝이며 90년대 후

반 신입사원 시절을 떠올렸다. 당시 서상범의 입사 동기들은 IMF 외환위기 이후 얼어붙은 취업시장을 뚫은 터라 전우애를 방불케 하는 끈끈한 사이를 자랑했다. 그 어떤 기수보다도 자주 모여 친분을 쌓았고, 동기가 겪는 어려움을 그냥 지나치는 일이 없어 다른 기수 사이에서 부러움을 샀다. 서상범이 직장 생활을 하며 경험한 즐거웠던 기억 대부분이 그 시절에 몰려 있었다.

10년 전 고종석 사장이 취임한 이후 분위기가 급변했다. 시작은 인사였다. 첫 임원 인사에서 기존 임원이 대폭 물갈이되고, 그 자리를 모두 고종석 라인이 차지하는 피바람이 불었다. 고종석은 사내에서 극단적인 고진 순혈론자로 유명했다. 내일전선이 수도권에서 멀리 떨어진 고진 소재 기업이므로, 고진에서 태어나 학업을 마친 직원을 우대해야 조직 충성도를 높일 수 있다는 게 고종석의 확고한 생각이었다. 고종석의 생각에 공감하는 직원도 은근히 많았다. 실제로 서울 소재 명문대 출신 직원이나 고진 출신이 아닌 직원의 중도 퇴사율이 고진 출신 직원보다 훨씬 높았기 때문이다.

고종석은 중간관리직 시절부터 비슷한 역량을 갖춘 직원들이 있다면 철저히 고진 출신 직원을 우대해 사내에 논란을 불러일으켰다. 심지어 고종석이 신입사원 면접에 참여했던 어느 해에는 고진 출신이 아닌 지원자가 단 한 명도 합격하지 못하는 전설 같은 일도 벌어졌다. 논란과 별개로 고종석이 이끄는 부서는 언제나 똘똘 뭉쳐 사내에서 늘 최고의 성과를 보여줬다. 경영진뿐만 아니라 본사인 미래전선도 고종석의 성과를 무시할 수 없었다. 고종석이 더 높은 자리로 올라갈 때마다 그를 따르던 직원들도 함께 승승장구하며 결속력을 다졌다. 고진 출신인 서상범, 윤현종, 김호열은 모두 그런 분위기 속에서 다른 동기보다 빠르게 승진할 수 있었다. 이는 끈끈했던 동기 사이에 불신과 분열을 불러왔고, 인사상 혜택에서 소외된 동기 상당수는 이직이나 퇴사를 택했다.

고진 출신 직원이 사내에서 주류와 다수를 점하게 되자, 그 안에서도 계급이 분화됐다. 고종석과 같은 고진고, 고진대 출신인 서상범과 윤현종은 성골, 고진대 출신이지만 고진고 출신은 아닌 김호열은 진골로 갈렸다. 특히 성골 중에서도 고종석과 오랜 세월 인연을 맺은 직원은 로열패밀리로 불리며 인사에서 더 큰 우대를 받았다. 신입사원 시절에 고종석을 부장으로 모셨던 서상범은 로열패밀리로 통했다.

기업의 목적은 이윤 추구다. 그렇다면 중도 퇴사율이 가장 낮은 고진 출신 직원을 우대하고, 그들 중에서 능력 있는 직원을 확실하게 밀어주는 고종석의 인사 방침은 기업의 목적에 철저히 부합한다는 게 서상범의 생각이었다. 실제로 고종석 사장 취임 이후 매년 내일전선의 매출액과 영업이익이 큰 폭으로 증가했다. 직원 연봉도 크게 올라 현재 내일전선의 연봉은 고진 내 모든 기업 중 최고 수준이다. 인사 과정에서 소외된 일부 직원 사이에서 터져나온 불만은 서울 소재 대기업에 뒤지지 않는 연봉과 복지 앞에서 수그러들었다.

어차피 조직은 위로 올라갈수록 자리가 줄어드는 피라미드 구조다. 나와 윤현종, 김호열 모두가 위로 올라가는 건 불가능하다. 언젠가는 나도 윤현종과 자리를 두고 경쟁하는 날이 올 것이다. 김호열은 자신이 성골이 아니라서 인사에 밀린다고 여길 테지. 하지만 김호열도 고진 순혈주의의 수혜자 아니었던가. 고진 순혈주의를 떠나서 김호열은 더 위로 올려서 쓸 만한 깜냥이 안 되는 인물이라는 게 윗선의 공통된 의견이다. 김호열은 착각하고 있다. 고종석은 단순히 성골을 우대하는 사람이 아니라, 조직의 유지와 발전을 최우선으로 생각하는 사람이다. 로열 패밀리의 말단인 이형규를 사정없이 내친 게 과연 나와 윤현종만의 의지였을까. 살아남으려면 냉정해져야 한다. 서상범은 김호열이 자신을 부른 저의를 파악하기 위해 다시 신경을 곤두세웠다.

"그런데 갑자기 부른 이유가 뭐야? 사실 지금 플랜트영업팀 비상상황이야. 다들 정신이 하나도 없어. 나도 여기서 한두 잔만 마시고 바로 다시 사무실로 들어가야 해."

"왜? 새빛원전 때문에?"

뭐지? 서상범은 목덜미가 서늘해지는 기분을 느꼈다.

"형이 어떻게 알아?"

"어떻게 모르냐? 우리 부서가 넥스트케미칼에 발주한 컴파운드 양이 상당한데. 제어 케이블 재시공 계획이라도 잡힌 거야?

고생이 많네."

새빛원전 제어 케이블 재시공 건을 아는 사람은 경영진, 플랜트영업팀과 연구기술팀 일부 직원뿐이다. 김호열이 알 리가 없고 알아서도 안 되는 사안이다. 김호열은 콧노래를 흥얼거리며 노가리 뼈를 발라내고 있었다. 나를 그냥 여기로 부른 게 아니다. 서상범은 긴장하며 김호열의 표정을 살폈다. 김호열이 서상범의 시선을 의식하며 노가리 뼈를 바르던 손길을 멈췄다.

"내 얼굴에 뭐 묻었어? 뭘 그렇게 빤히 쳐다보냐?"

"형 얼굴이 피곤해 보여서."

김호열은 한숨을 깊게 내쉬며 창밖으로 시선을 돌렸다.

"걱정되는 일이 많아져서 그래. 이러다가 회사에 무슨 일이라도 생기는 게 아닌지 말이야."

"무슨 일?"

김호열은 맥주를 한 모금 마신 뒤 서상범에게 되물었다.

"에이! 다 아는 사람이 뭘 능청을 떨어?"

"능청은 무슨. 무슨 일이라는 게 도대체 무슨 뜻이야? 속 시원하게 말해봐."

김호열이 고개를 서상범에게 가까이 기울이며 목소리를 낮췄다.

"너희 부서와 관련한 일인데 정말 몰라서 그래? 2년 전 새빛원전에 납품한 케이블에 문제가 생겨서 재시공하는 거라고 들었는데, 내가 잘못 들었나?"

서상범의 목덜미에서 출발한 서늘한 기운이 양손과 발끝으로 빠르게 퍼져나갔다. 나를 시험하는 거다. 서상범은 김호열이 자신을 부른 의도를 짐작했다. 무엇을 어디까지 알고 있는지 파악해야 한다. 서상범은 아무 일도 아닌 척 손사래를 치며 가볍게 웃었다.

"나는 또 무슨 소리라고. 별일 아니야. 그냥 사소한 문제야."

"그렇다면 다행이네. 너 바쁜데 내가 괜한 소리 했다. 맥주나 마시자."

김호열은 민망하다는 듯 머리를 긁적이며 서상범에게 건배를 권했다. 이게 끝일 리가 없다. 서상범이 김호열과 잔을 부딪치며 질문거리를 생각하는 사이에 김호열이 먼저 화제를 다른 방향으로 돌렸다.

"2년 전, 새빛원전에 납품할 케이블을 생산해야 하는데 다음폴리콤이 부도나서 고생했던 거 기억 나지?"

"지금도 그때 생각하면 아찔해. 그 일을 어떻게 처리했나 싶어."

서상범은 생각도 하기 싫다는 듯 눈살을 찌푸렸다.

"그때 너 새빛원전 납기일 맞추려고 신상윤 상무님하고 태스크포스 짜서 엄청나게 뛰어다녔다며? 우리 팀도 그때 새 협력업체 찾느라 고생 진짜 많았다."

"그때는 내 코가 석자라 정신없어 몰랐는데, 형도 고생이 많았겠네."

"모든 일이 번갯불에 콩 구워 먹듯이 진행되니까 나중에는 일하면서도 제대로 하고 있는지 걱정되더라. 특히 새 협력업체가 납품한 컴파운드로 만든 케이블의 안전성을 검증할 시간이 너무 빠듯했잖아. 로카 환경시험인가 뭔가를 받는 시간도 꽤 긴 편이던데."

서상범의 표정이 굳었다.

"형, 도대체 무슨 소리 하는 거야. 다른 케이블도 아니고 원전에 들어가는 케이블이야. 원전은 말이야, 부실한 검증을 받은 케이블이 들어갈 만큼 만만한 곳이 아냐."

"너는 뭘 그렇게 또 정색하냐? 다 걱정돼서 물어보는 건데. 작년에 우리 회사가 아랍에미리트 원전 케이블 사업에 수주를 실패한 원인도 안전성 문제 때문이었잖아."

서상범의 목소리에 짜증이 섞였다.

"형, 말 조심해. 그 말에 책임질 수 있어? 그건 우리 회사가 해외 원전 사업에 참여한 경험이 없어서 그쪽 기후에 적합한 케이블을 개발하지 못했기 때문이야. 사계절 뚜렷한 나라랑 1년 내내 사막에 직사광선이 쏟아지는 나라가 어떻게 같아? 그렇게 자꾸 쓸데없는 소리 할 거면 나는 간다."

김호열이 신경질을 내며 자리에서 일어나는 서상범의 손목을 붙잡았다.

"알았어. 그만 할게. 너 왜 이렇게 까칠하게 구냐."

"안 그래도 바쁜데 쓸데없는 소리로 사람 신경 거슬리게 하는 게 누군데."

서상범은 마지못해 다시 자리에 앉았다. 김호열은 은근한 목
소리로 서상범을 달랬다.

"미안하다 미안해. 남은 맥주나 다 마시고 가라. 아깝잖아."

서상범은 그런 김호열의 태도가 못마땅해 아무런 대꾸도 없
이 맥주만 마셨다. 김호열은 서상범의 눈치를 보며 다시 입을
열었다.

"그래도 다행이야. 그치?"

"다행은 또 뭐가 다행인데. 말 빙빙 돌리지 마."

"넥스트케미칼 말이야. 업력이 2년밖에 안 된 업체인데 참 든
든하잖아. 안 그래?"

서상범은 조금 전보다 더 굳은 표정으로 김호열을 쏘아봤다.

"형, 그 업체 기술력이 정말 탄탄한 우량업체야."

"당연히 그렇겠지. 그렇지 않고서야 신 상무님이 구매자재팀
과 상의도 없이 그 업체를 콕 찍었겠어? 업력이 5년도 안 된 업
체를?"

서상범이 목소리를 높여 김호열에게 따졌다.

"형! 그래서 신 상무님이 잘못하셨다는 거야? 무슨 말을 그런
식으로 해?"

김호열은 입꼬리를 올리며 비아냥거렸다.

"내가 감히 무슨. 넥스트케미칼만큼 지금 우리 회사에 딱 맞
는 협력업체가 어디에 있어? 생산 공장도 확실하게 신뢰할 수

있는 다음폴리콤의 생산 공장과 동일하지. 임원들도 모두 새빛원전 출신이니까 나중에 새빛원전 측과 물밑 작업을 이야기하기도 편하지. 얼마나 훌륭해. 나는 협력업체를 선택하는 신 상무님의 안목을 이번에 다시 봤어. 역시 연구기술센터장 출신 다운 안목이야."

생각보다 많은 걸 알고 있다. 무엇을 어디까지 알고 있는 걸까. 왜 하필 내 앞에서 자신이 알고 있는 민감한 정보를 두서없이 떠드는 걸까. 김호열은 땅콩 껍데기를 까며 콧노래를 흥얼거렸다. 이건 나를 통해 윗선으로 보내는 경고다. 이미 정해진 임원 인사의 판을 뒤집어보겠다는 의도인가? 그렇다면 굳이 여기서 입씨름할 필요가 없다. 서상범은 굳은 표정을 풀고 목소리에 세웠던 날을 거뒀다.

"넥스트케미칼에 관한 형의 의견은 신 상무님께 잘 전달할게."

"나야 그래 주면 고맙지. 꼭 전해드려."

김호열은 '꼭'이라는 단어에 힘을 줬다.

"지금은 바쁘니 먼저 사무실로 들어간다. 나중에 보자. 아까 신경질 내서 미안해."

"일이 바쁘면 예민해질 수도 있지 무슨. 수고해."

서상범은 호프집에서 빠져나와 뒤를 돌아봤다. 김호열이 서상범에게 웃으며 손을 흔드는 모습이 보였다. 김호열은 입으로만 웃고 있었다. 서상범은 회사로 빠르게 발걸음을 옮기며 신상윤에게 전화를 걸었다.

*

　대성행 KTX 열차가 고진역을 출발하자, 김진원은 가방에서 문서 몇 장을 꺼내 테이블 위에 펼쳤다. 무슨 의미인지 알 수 없는 표와 그래프. 김진원은 문서를 도로 가방에 집어넣고 머리를 등받이에 기댔다. 그때 무심코 회사 메일 계정의 지운 편지함을 확인하지 않고 영구 삭제했다면, 평생 한 번도 방문할 일이 없었던 대성으로 가는 열차에 오를 일이 있었을까. 김진원은 며칠 전 아찔했던 순간을 떠올리며 생각만 해도 끔찍하다는 듯 몸을 떨었다.

　고진매일 기자 메일 계정의 부족한 용량은 사내에서 주된 민원 대상이었다. 용량이 꽉 차서 다른 매체 기자들이 모두 받은 보도자료를 본인만 제때 받지 못하는 불상사가 벌어지는 일이 잦았기 때문이다. 사측은 메일 용량을 늘리는 데 투자하는 대신, 기자들에게 메일 계정을 수시로 비우는 습관을 들이라고 주문했다. 김진원도 몇 차례 보도자료를 놓치는 경험을 한 후, 매일 계정을 수시로 비우는 습관을 들였다.

　메일 제목으로 필요한 보도자료인지 아닌지를 판단하는 김진원에게 'Sorry'로 시작하는 영문 제목의 메일은 빠르게 지워야 할 스팸메일로 보일 뿐이었다. 김진원은 지운 메일함 폴더의 내용물을 영구 삭제하려다가 마우스를 잘못 클릭해 폴더 안으로 들어갔다. 조금 전 무심코 지웠던 여러 메일 중 영문 제목을 가진 메일이 다시 김진원의 눈에 들어왔다. Sorry, I've just seen your email now. 미안하다, 방금 너의 이메일을 봤다? 김진원은 발신자를 확인했다. Ali Rahman. 알리 라만……. 김진원은 다급하게 해당 메일을 받은 메일함 폴더로 옮겼다.

알리 라만은 김진원이 1년 전 내일전선 관련 기사를 보도할 때 인용한 알자지라 기사를 쓴 기자였다. 메일에는 답장이 늦어 미안하다며 기사를 쓸 때 자신이 참조한 자료를 첨부했다는 내용이 짧게 담겨 있었다. 김진원은 메일에 첨부된 PDF 문서를 열었다. 문서에 포함된 표와 그래프의 의미를 이해할 수는 없었지만, 내일전선의 원전 제어 케이블에서 발생한 문제가 무엇인지 밝힐 근거라는 건 짐작할 수 있었다. 문서를 작성한 주체가 ENEC*이었고, 내일전선의 영문명인 Naeil Cable과 성능시험을 의미하는 Function Test라는 단어가 문서 곳곳에서 보였기 때문이다. 어쩌면 이 자료가 내일전선에게서 받은 굴욕을 만회할 기회가 될지도 모른다. 김진원은 몸을 떨며 흥분했다.

내일전선이 반박할 수 없도록 철저히 취재하되, 편집국은 모르게 조용히 움직여야 한다. 내일전선에서 협찬과 광고비가 나오지 않아 쩔쩔매는 편집국장과 경제부장이 취재를 호의적으

---

* Emirates Nuclear Energy Corporation. 아랍에미리트 원자력공사.

로 볼 리가 없으니 말이다. 둘에게는 당장 기사를 내보내도 문제가 없을 만큼 확실하게 취재한 뒤에 말해도 늦지 않다. 우선 문서의 내용이 무엇인지 정확하게 파악해야 한다. 김진원은 원전의 안전 문제를 다룬 기사들을 찾아 읽으며 비판적인 멘트를 남긴 전문가들의 이름을 확인했다. 몇몇 대학교의 원자력공학과 교수, 국책연구기관과 민간연구기관의 연구원 이름이 눈에 띄었다. 김진원은 그중 대한원자력기술원의 선임연구원인 백효진이라는 이름에 주목했다. 기사를 통해 드러난 백효진은 원자력 발전의 경제성을 긍정하면서도, 국내 원전에 부품을 공급하는 업체의 신뢰성에 관해서는 의문을 가진 연구자였다.

대한원자력기술원은 김진원에게 백효진의 연락처를 알려주지 않았다. 아무리 취재 목적이어도 개인정보를 함부로 노출할 수 없다는 게 거부의 이유였다. 백효진이 다른 매체와 인터뷰한 기사가 보이는데, 자신에게는 연락처를 알려주지 않는 이유가 무엇이냐고 따져 물어도 소용없었다. 기술원은 인터뷰를 원하면 고진매일의 이름으로 공문을 보내라는 말만 김진원에게 되풀이했다. 편집국에 알리지 않고 취재를 시도하는데, 고진매일의 이름으로 공문을 보낼 수는 없는 노릇이었다.

입구는 엉뚱한 곳에서 열렸다. 김진원은 혹시나 하는 마음으로 백효진과 대한원자력기술원을 결합한 키워드로 구글링을 하다 1년 전에 열린 한 세미나 자료를 담은 문서 파일을 발견했다. 공교롭게도 그 파일에 백효진의 연락처가 첨부돼 있었다.

고작 구글링만으로도 찾을 수 있는 연락처인데 절차를 밟아 공문을 보내라고? 김진원은 기술원 직원의 사무적인 목소리를 떠올리며 쓴웃음을 지었다.

김진원은 구글링으로 찾은 백효진의 번호로 자신의 신분과 만나려는 이유를 간략하게 정리해 문자메시지를 보냈다. 몇 분 후 백효진의 답장이 도착했다. 백효진은 주말에는 서울로 올라가고 평일 낮에는 기술원 바깥으로 나가기 어려우므로 퇴근 이후에 시간을 낼 수 있다고 답했다. 취재원을 만날 일이 있다는 핑계를 대고 편집국으로 복귀하지 않으면, 이른 오후에 고진에서 KTX를 타고 출발해 퇴근 시간 무렵까지 대성에 있는 기술원에 도착할 수 있다. 김진원은 백효진에게 오늘 당장 찾아가겠다고 문자메시지를 보냈다.

김진원은 기술원과 가까운 카페에서 백효진을 만났다. 은테 안경, 도드라진 광대뼈, 군살 없는 마른 몸매, 회색 코트. 백효진의 첫인상은 엄격한 여성 기숙사 사감처럼 매우 깐깐했다. 쉽지 않겠구나. 김진원은 다소 긴장하며 백효진에게 명함을 건넸다. 백효진은 명함을 살피며 감정이 실리지 않은 목소리로 김진원에게 물었다.

"고진매일은 고진시에 있는 신문인가요?"

"네. 그렇습니다."

"고진 쪽 신문이 저를 찾아온 건 처음이어서. 그런데 제 연락처를 어떻게 아셨나요?"

어설픈 거짓말은 통하지 않을 사람이다. 김진원은 솔직하게 백효진의 연락처를 입수하게 된 경위를 밝혔다. 백효진은 김진원의 말을 듣고 웃었다.

"그럼 그렇지. 제 전화번호를 순순히 내줄 리가 없는데."

"왜죠? 기사에서 연구원님 멘트를 많이 봤는데 말입니다."

백효진은 김진원의 명함을 테이블 위에 내려놓으며 고개를 저었다.

"요즘에는 인터뷰를 하지 않아요. 아니지. 우리 연구원이 못 하도록 막는다는 게 더 옳은 표현이겠네요. 연구원은 당연히 원전을 옹호하는 입장인데, 기자님도 아시다시피 현 정부는 탈원전 기조예요. 그런데 제 멘트가 마치 정부 기조를 옹호하는 것처럼 기사에 이용된 경우가 많아서 내부에서 오해를 많이 받았거든요. 저는 원전 부품 생산업체의 신뢰성에 관해 의문을 제기한 것뿐인데 말이죠."

"그렇군요."

"처음에는 기자님과 만날 생각이 없었는데, 기자님이 가지고 있다는 문서에 흥미가 생겼어요. 내용이 궁금하기도 하고. 미리 말씀드리지만, 제가 여기에서 드린 말씀은 기사 멘트로 절대 나가면 안 됩니다. 대한원자력기술원 관계자로 익명 처리해서도 마찬가지이고요. 기사가 나가면 어차피 다들 저란 걸 아니까 익명 처리해도 소용이 없어요."

인터뷰하긴 틀렸구나. 포기할 건 빨리 포기하자. 김진원은 상황 파악을 끝내고 가방에서 준비한 문서를 꺼내 백효진에게 건넸다.

"어떤 부분이 궁금하시죠?"

"사실 모든 게 궁금합니다. 이 문서에 관해 아는 게 별로 없어서. 제가 아는 건 이 문서를 작성한 주체가 아랍에미리트 원자력공사이고, 문서 내용은 내일전선이 아랍에미리트 원전 케이블 사업에 입찰할 때 제출한 케이블과 관련이 있다는 정도입니다."

"아! 내일전선. 고진에 있는 케이블 생산 업체죠? 그래서 고진에서 여기까지 오셨구나."

"네. 그렇습니다."

백효진이 고개를 끄덕이며 문서를 살폈다. 백효진의 표정이 점점 심각하게 변해갔다. 뭔가 있구나. 김진원은 마른침을 삼키며 백효진의 설명을 기다렸다. 문서를 모두 확인한 백효진이 잠시 뜸을 들인 후 김진원에게 물었다.

"기자님, 이 문서 출처가 확실한가요?"

"네. 확실한 곳에서 받았습니다. 믿을 수 있는 출처입니다."

백효진이 문서를 테이블 위에 펼치고 'IEEE 383-2003'이라는 단어를 가리켰다.

"여기 보이는 'IEEE'는 미국 전기전자공학자협회*를 가리키

---

* Institute of Electrical and Electronics Engineers. IEEE 표준은 미국 국가 표준을 만드는 공식 단체는 아니지만 ISO, ANSI 등 국제 혹은 국가 표준 단체와 연계해 사실상 표준으로 받아들여진다.

는 말입니다. 사실상 세계의 온갖 표준을 다 정하는 단체죠. 여기에 적힌 'IEEE 383'은 원자력 발전소에 사용되는 내화전선의 성능시험과 연소방지설비 화재안전에 적용되는 시험 기준입니다. 이 기준은 1974년에 제정돼 오랫동안 사용되다가 2003년에 개정됐어요. 여기 뒤에 적힌 숫자는 2003년 개정판을 기준으로 시험했다는 의미예요."

케이블 시편* 한 쌍을 각각 폭 30센티미터에 길이 2.4미터인 수직 틀에 집어넣는다. 이 시편을 가로와 세로와 높이가 각각 2.4미터인 공간에 케이블 직경의 절반 간격으로 설치한다. 20킬로와트 화염을 시편에 20분간 노출시킨다. 이 같은 시험 과정을 통해 손상된 시편의 길이가 1.5미터 이하면 원전에 사용할 만한 안전성을 갖추고 있다는 평가를 받는다는 게 백효진의 설명이었다.

"이 문서가 시험 결과를 기록하고 있다는 의미인가요?"

"네. 이 문서는 아랍에미리트 원자력공사가 내일전선의 안전등급 중전압 전력 케이블을 'IEEE 383' 요건에 따라 시험한 결과를 기록하고 있어요."

백효진의 설명에 따르면 아랍에미리트 원자력공사는 방사선과 장시간 고열에 노출시킨 노화시편, 그렇지 않은 비노화시편으로 내일전선 케이블의 난연 성능을 세 차례에 걸쳐 검증했다.

---

* 試片. 시험 분석에 사용하기 위한 조각.

"방사선과 장시간 고열에 노출된 시편은 그렇지 않은 시편과 비교해 물성이 달라져요. 생물의 세포가 방사선에 노출되면 변이를 일으키듯 말이죠. 예상치 못한 핵과열이 발생하고 방사선이 유출되는 극한 환경에서도 케이블은 정상적으로 작동해야 해요. 그래야 냉각장치를 돌려 대형 사고를 막을 수 있으니까요. 그런데 말이죠."

백효진은 미간을 찌푸리며 설명을 잠시 멈췄다. 몸이 단 김진원이 대답을 재촉했다.

"뭔가 이상이 있나요?"

"이 문서를 보면 내일전선 케이블의 비노화시편은 화염시험을 모두 통과했는데, 노화시편은 세 차례의 화염시험 중 두 차례에서 통과하지 못했다고 나와 있어요. 두 차례 모두 간발의 차이이긴 하지만."

딱 걸렸어! 김진원은 내일전선을 제대로 한 방 먹일 특종거리를 찾았다며 속으로 쾌재를 불렀다. 백효진이 김진원에게 물었다.

"저도 기사를 기억하는데, 내일전선은 아랍에미리트 원전 케이블 사업 수주에 실패하지 않았나요? 이런 시험 결과를 받았다면 실패할 수밖에 없기는 한데."

"해외 원전 사업에 참여한 경험이 없어서 아랍에미리트 기후에 적합한 케이블을 개발하지 못했다. 이것이 내일전선이 밝힌 수주 실패의 원인입니다. 이런 시험 결과에 관해선 전혀 밝힌 일이 없고요. 국내 원전에 납품한 케이블의 안전성에는 아무런 문제가 없다는 게 내일전선의 공식 입장이기도 합니다."

백효진은 아랫입술을 깨물며 문서를 뚫어질 듯 쳐다봤다.

"무슨 문제가 더 있나요?"

"내일전선이 최근 새로 건설된 새빛원전에도 케이블을 납품한 거로 기억하는데요."

"네. 2년 전입니다."

"아랍에미리트 원전 케이블 사업 수주 실패는 1년 전이고요?"

"그렇죠."

백효진이 문서를 테이블 위에 내려놓으며 미간을 찌푸렸다.

"그렇다면 문제가 훨씬 더 심각해질 수도 있겠는데요."

*

"김 부장이 원하는 게 뭐지?"

김호열은 자리에 앉자마자 의례적인 인사도 거르고 직설적으로 묻는 신상윤의 태도에 움찔했다. 여기서 밀리면 안 된다. 김호열은 마음을 다잡으며 차분한 목소리로 응수했다.

"제가 왜 차기 임원인사에서 윤현종 부장에게 밀리는지 이유를 알고 싶습니다."

"일단 잔부터 받아."

신상윤이 김호열의 빈 잔에 소주를 따랐다. 김호열은 고개 숙여 잔을 받으며 어디까지 솔직하게 속내를 밝혀야 할지 머리를 굴렸다.

김호열은 서상범과 호프집에서 만난 후 불과 몇 시간 만에 신상윤의 연락을 받았다. 신상윤은 김호열에게 그동안 격조했다며 다음날 퇴근 후에 시내의 한 일식집 룸에서 만나자고 전했다. 이렇게 급히 약속을 정하는 걸 보니, 저쪽도 똥줄이 타는가 보다. 내가 헛다리를 짚지는 않았구나. 김호열은 회심의 미소를 지으며 신상윤과 마주앉는 시간이 오기를 손꼽아 기다렸다. 어차피 키는 내가 쥐고 있다. 김호열은 신상윤의 빈 잔에 소주를 따르며 초조한 마음을 다스렸다. 신상윤이 김호열에게 건배를 권하며 물었다.

"아직 임원인사가 발표되지도 않았는데, 무슨 근거로 김 부장이 윤 부장에게 밀린다고 말하는 거지?"

장난하나. 그걸 정말 몰라서 내게 묻는 건가? 김호열은 부아가 치밀어올랐다.

"창립기념일에 사장님께서 제게 보인 모습과 윤 부장에게 보인 모습의 차이를 보시고도 그런 말씀을 하시는 겁니까?"

신상윤은 비웃음에 가까운 미소를 지으며 고개를 저었다.

"김 부장이 무슨 생각을 하든 간에 그건 오해야. 사장님이 얼마나 오래 테이블에 머무르느냐에 따라 인사가 정해진다? 인사가 무슨 장난이야?"

이제는 대놓고 나를 빙다리 핫바지로 취급하시겠다? 김호열은 자신을 내리깔아 보는 신상윤의 눈빛을 피하지 않았다.

"그런 장난 같은 인사가 계속 벌어진 곳이 내일전선입니다."

신상윤은 잔을 비운 뒤 밋밋한 미소를 지었다.

"어디 한번 들어나보자. 김 부장이 차기 임원 인사에서 왜 자신이 윤 부장에 밀리지 않는다고 자신하는지 말이야."

김호열은 헛기침을 가볍게 하고 미리 준비한 말을 풀어냈다.

"경영지원팀이 회사에서 중요한 역할을 하는 부서임을 부정하진 않겠습니다. 하지만 구매자재팀이 드러나지 않게 제품 생산 원가를 절감하는 노력도 부정하면 안 됩니다. 업무능력이나 성과 면에서 윤 부장과 저는 크게 차이가 나지 않는다고 감히 평가합니다."

"그런데 왜 본인이 윤 부장보다 차기 경영지원본부장으로 적합하다고 생각하는 거지?"

"현재 사내 임원 중 이른바 성골이 아닌 분은 조일동 상무님뿐입니다. 그 자리마저 성골로 통하는 윤 부장이 차지한다면, 성골이 아닌 직원들의 사기를 꺾어 장기적으로 회사 운영에 도움이 되지 않을 겁니다."

신상윤은 고개를 저으며 반박했다.

"김 부장은 정말 우리 회사가 소문처럼 성골만 우대하는 조직이라고 생각하나? 김 부장은 나를 포함해 지금 임원 자리에 앉아 있는 사람들이 그저 성골이기 때문에 그 자리를 차지하고 있다고 보나?"

"그렇지는 않습니다. 모두 자기 분야에서 최고라고 평가를 받으셨던 분들이죠. 다만 이번에 윤 부장이 경영지원부문장 자리에 오르면 직원들의 오해는 깊어질 수밖에 없다는 이야기를 드리고 싶었습니다."

"그래. 그런 의견도 존재한다고 쳐, 다른 이유는?"

"리더십 면에서 윤 부장은 부족한 면을 보여줬습니다."

신상윤은 흥미롭다는 듯 팔짱을 끼던 한쪽 손으로 턱을 괴었다.

"어떤 점에서 말이지?"

"이형규 차장의 신입사원 성추행 건이 대표적입니다. 이런 사건은 가능한 한 조용하게 처리해야 피해자의 2차 피해를 방지하고, 사내에 쓸데없는 말이 퍼지는 사태를 막을 수 있습니다. 이 사건이 지나치게 사내에서 시끄러워졌던 것 자체가 윤 부장이 부서 관리를 제대로 하지 못했다는 방증이라고 생각합니다."

신상윤은 얼굴에서 표정을 지우며 다시 팔짱을 꼈다.

"그게 왜 리더십 부족의 증거가 된다는 말이지? 이형규 차장의 신입사원 성추행은 어디까지나 개인적인 일탈일 뿐이고, 강영초 과장의 제보는 사내에 앞으로 비슷한 일이 벌어지지 않도록 경종을 울린 용기 있는 행동이었어. 윤 부장은 가해자를 피해자로부터 멀리 떨어트리기 위해 발 빠르게 조치하고, 사건을 투명하게 해결하려는 적극적인 노력을 보여줬고. 오히려 훌륭한 리더십을 갖추고 있다는 방증이라고 생각하지 않아?"

내일전선이 언제부터 그렇게 정의롭고 투명한 조직이었단 말인가. 김호열은 어이가 없어 대꾸할 말을 찾지 못했다. 여기에 신상윤의 예상치 못한 질문이 끼어들어 김호열의 말문을 막았다.

"그렇게 리더십을 중요하게 여기시는 분께서 오발주로 발생한 책임을 왜 부하 직원에게 모두 뒤집어씌운 거지?"

설마 서희철 이 새끼가……. 김호열은 머리를 세게 얻어맞은 듯 눈앞이 아찔했다. 신상윤의 목소리가 서늘해졌다.

"경영진도 비서실을 통해 노조 익명 게시판에 올라오는 제보를 수시로 모니터하고 있어. 제보에 올라온 해당 부서장이 누구인지 파악하지 못할 정도로 경영진이 그리 허술하지 않아. 제보가 얼마 지나지 않아 지워졌던데, 해당 직원을 압박한 거야?"

돈은 돈대로 쓰고, 욕은 욕대로 먹는구나. 김호열은 자신의 계좌에서 영원폴리텍 계좌로 보낸 2000만 원을 생각하니 몹시 억울해졌다.

"처음에는 화가 나서 부하 직원을 몰아붙인 게 맞습니다. 하지만 오발주로 발생한 협력업체의 피해를 모두 제 사비로 보상했고, 부하 직원에게는 아무런 책임도 묻지 않았습니다. 그 때문에 부하 직원도 곧 게시판에 올린 제보를 지웠습니다."

"김 부장 본인이 훌륭한 리더십과 책임감을 가지고 있었다면, 처음부터 게시판에 부하 직원의 제보가 올라오는 일은 없었을 텐데. 본인에게 윤 부장의 리더십을 논할 자격이 있는지 먼저 살피는 게 옳지 않을까?"

신상윤의 비아냥거림을 들은 김호열은 폭발해 목소리를 높였다.

"책임감? 상무님께서 과연 제게 책임감을 논할 자격이 있다고 생각하십니까? 납기를 맞추는 데 급급해 새빛원전에 납품할 케이블의 안전성을 무시해서 회사를 잠재적 위험에 빠트리신 분이? 상무님이야말로 그 자리를 지키고 앉아 있는 게 옳습니까?"

"그 부분은 신 상무가 아니라 내가 직접 설명하는 게 낫겠어."

고종석이 문을 열고 룸 안으로 들어왔다. 깜짝 놀란 김호열이 자리에서 부리나케 일어나 고종석을 맞았다. 신상윤은 자신의 자리를 김호열의 옆자리로 옮기며 민망해했다.

"굳이 여기로 오시지 않아도 되는데. 죄송합니다."

"아냐. 김 부장이 여기까지 쳐들어왔다면, 신 상무가 아니라 내가 직접 나서서 설명하는 게 옳아. 그게 훨씬 깔끔해."

지금 이게 무슨 상황이지? 김호열은 예상치 못한 고종석의 등장에 어안이 벙벙했다. 고종석이 김호열과 신상윤의 빈 잔에 소주를 채우며 건배를 권했다. 김호열은 고종석과 잔을 부딪치며 몸 둘 바를 몰랐다.

"내가 김 부장이 준비한 술을 한 잔만 마시고 떠난 게 그렇게도 서운했나?"

"아, 아닙니다!"

"아니기는 무슨. 이런 날이 올 줄 알고 꽤 오랫동안 준비해온 모양이던데. 안 그래?"

김호열은 대꾸하지 못하고 고개를 숙이며 고종석의 눈을 피했다. 고종석은 빈 잔을 테이블이 울리도록 세게 내려놓았다.

"김 부장이 파악한 사실관계가 대부분 맞아."

"사장님!"

신상윤이 놀라 고종석을 만류했지만, 고종석은 손을 흔들며 가볍게 웃었다.

"솔직히 김 부장의 정보력에 정말 놀랐어. 그런데 말이야. 김 부장이 파악하지 못한 가장 중요한 부분이 있어. 그것까지 파악했다면 이렇게 나와 김 부장이 마주앉아서 오해를 풀 일은 없었을 텐데. 아쉬워."

파악하지 못한 가장 중요한 부분? 김호열은 마른침을 삼켰다.

"안타깝게도 지금 우리는 그때 벌어진 일 때문에 조용히 똥을 치우고 있는 중이야. 신 상무가 당시 상황을 브리핑해줘."

신상윤은 못마땅하다는 표정을 지으며 고종석의 지시를 따랐다. 5년 전, 내일전선은 대한원자력과 향후 건설 예정인 새빛원전 1·2호기에 약 30억 원에 달하는 제어 케이블 납품 계약을 체결했다. 최초 납품 기한은 계약일로부터 3년 후로 정해졌다. 내일전선이 새빛원전에 납품할 케이블은 최초 납품 기한 이전에 로카 환경시험을 통과해야 했다. 내일전선은 민간 검증기관인 이터널엔지니어링과 케이블 성능 검증 용역 계약을 체결했다. 내일전선과 오래 거래해온 협력업체인 다음폴리콤이 납품한 컴파운드로 만든 케이블은 별 탈 없이 로카 환경시험을 통과했다. 시험에 통과한 케이블은 발전소 건설 기술 용역을 맡은 대한전력기술의 승인을 얻어 새빛원전에 납품될 예정이었다. 그런데 최초 납품 기한이 다가올 때쯤, 다음폴리콤의 부도라는 돌발 변수가 발생했다. 신상윤의 설명은 김호열도 세부적인 부분을 제외하면 이미 파악한 내용이었다. 고종석이 말을 보탰다.

"그때 우리는 큰 손해를 감수하고 계약을 포기하려고 했었어. 새로운 협력업체를 찾기에는 시간이 부족했으니까. 우리가 원하는 컴파운드를 생산하는 업체를 찾아도 문제였어. 새 협력업체의 컴파운드로 만든 케이블의 안전성 검증에 들일 시간이 부족했으니까. 그런데 뜻밖에도 대한원자력 측 담당자가 납기 시작 일자를 조금 늦추자고 제안했어. 공정 자체가 이뤄지지 않으면 부실한 관리감독에 대한 문책이나 인사상 불이익을 받을 가능성이 크다면서. 우리 역시 계약을 포기하는 것보다 어떻게든 물건을 만들어 납품하는 게 이득이니 제안을 거부할 이유가 없었지. 신 상무, 끼어들어 미안해."

"별말씀을. 아닙니다."

내일전선이 결함을 은폐한 게 아니다. 안전성 검증을 소홀히 하더라도 어떻게든 납기를 맞춰달라고 요구한 쪽은 대한원자력이었구나. 시작부터 잘못 짚었다. 잘못하면 본전도 찾지 못할 수도 있겠구나. 김호열은 마음속에서 커져가는 불안감을 억누르며 출구전략을 고민하기 시작했다. 신상윤이 다시 설명을 이어갔다.

"김 부장도 알겠지만, 당시 우리는 급하게 찾은 협력업체의 컴파운드로 바로 케이블 제작에 들어갔어. 납기를 맞춰야 하니 성능 검증보다 물량을 맞추는 게 우선이었지. 이터널엔지니어링은 다음폴리콤의 컴파운드로 만든 케이블의 시험 성적서를 새 케이블에도 그대로 사용했어. 새로 생산한 케이블은 다음폴리콤이 생산한 컴파운드와 같은 규격의 컴파운드로 제작된 제품이니까 따로 안전성 검증을 하지는 않았지. 대한원자력 측 담당자도 대한전력기술 측 담당자에게 별다른 절차 없이 바로 케이블 사용을 승인하라고 지시했고. 여기까지는 좋았어."

그로부터 1년 후 아랍에미리트 원전 케이블 사업 수주에 실패했을 때가 돼서야 문제점이 드러났구나. 사건의 전말을 파악한 김호열은 탄식했다. 고종석이 김호열에게 건배를 청했다. 김호열은 고종석과 잔을 부딪치며 손을 떨었다. 잔을 비운 고종석이 김호열에게 낮은 목소리로 말했다.

"지금 우리는 살아남기 위해 최선을 다하는 중이야."

*

불량 원전 케이블로 인한 피해 추산액이 최소 수천억 원에 달할 것이다. 백효진의 말을 들은 김진원은 경악했다.

"수천억 원이라고요? 정말 그 정도로 피해가 심각하다고요?"

"우리 사회 다양한 영역에 영향을 미칠 간접적인 피해액까지 추산하면 조 단위를 넘어갈 수도 있어요. 제가 통계 전문가는 아니지만, 대충 머릿속으로 몇 가지만 따져봐도 수천억 원은 홀쩍 넘어갑니다."

백효진은 설명에 가지를 뻗어나갔다. 우선 불량 케이블을 새로운 케이블로 교체하는 데 들어가는 비용이 최소 수십억 원이다. 이는 겨우 시작에 불과하다. 불량 케이블을 전면 교체하려면 원전 가동을 중단해야 한다. 중단 기간은 최소 수개월에서 길면 1년까지 계속될 것이다. 중단 전에 대체전력을 확보해야 한다. 제때 대체전력을 확보하지 못하면 전력 대란이 발생해 국민에게 불편을 줌과 동시에 국내 산업계에 막대한 타격을 입힌다. 대체전력을 확보하는 가장 손쉬운 수단은 화력발전소를 더 짓거나 추가로 가동하는 일이라는 게 백효진의 설명이었다.

"화력발전소를 짓는 비용은 원전보다 훨씬 저렴해요. 철거도 원전보다 수월하고요. 하지만 전력 생산에 투입되는 연료비가 만만치 않다는 문제점이 있어요. 환경 문제도 크고요."

100만 킬로와트급 발전설비를 1년 동안 운전하기 위해 필요한 농축우라늄은 10톤 트럭 두 대 분량이면 충분하다. 하지만 이 설비를 석탄으로 돌리려면 무려 200만 톤 이상이 필요하다. 여기에 미세먼지 대량 발생이라는 문제는 덤이다. 더불어 원전

해외 수출을 추진해온 대한민국 정부의 대외신뢰도 추락 또한 불가피하다. 한 번 추락한 대외신뢰도는 쉽게 회복되지 않는다. 백효진의 설명을 들은 김진원은 눈앞이 아찔해졌다.

"문제는 이게 전부가 아니라는 사실이죠."

"지금 제게 해주신 설명만으로도 엄청난데, 또 있다고요?"

"국제원자력기구가 권고하는 방사선비상계획 구역은 원전 반경 30킬로미터예요."

"방사선비상계획 구역은 뭐죠?"

"원전에서 일어날 수 있는 방사성 물질 누출과 같은 중대 사고에 대비해 방호 약품 준비나 구호소 확보와 같은 주민 보호 대책을 마련하는 구역을 말해요. 한마디로 원전에서 사고가 발생하면 가장 위험한 구역이라는 거죠."

백효진은 가방에서 볼펜을 꺼내 문서의 뒷면에 한반도 모양을 그렸다. 백효진은 한반도 모양의 그림에서 새빛원전이 설치된 지역에 점을 찍은 후 그 점을 중심으로 동심원을 그렸다.

"새빛원전 반경 30킬로 내에 거주하는 인구가 대략 얼마나 되는지 아세요?"

김진원은 허탈하게 웃었다.

"최소 200만 명은 넘을 겁니다."

"약 250만 명. 대한민국 인구의 5퍼센트가 이 동심원 안에 거주하고 있어요. 게다가 최근 들어 이 지역에선 크고 작은 지진이 자주 발생하고 있습니다. 그리고,"

백효진은 동심원 안에 볼펜으로 사선을 여러 번 그렸다.

"지진 발생 가능성이 큰 활동성 단층대가 이 동심원 외곽을 지나가고 있어요. 일본에서 벌어진 후쿠시마 원전 사고가 남의 나라 이야기가 아니란 말입니다."

백효진은 동심원을 여러 번 겹쳐 그리며 미간을 찡그렸다.

"후쿠시마 원전 반경 수십 킬로미터 이내는 지금도 폐허나 다름없어요. 이 동심원 내부에 사는 인구가 후쿠시마 현 전체 인구보다 훨씬 많아요. 만에 하나 대형 사고가 발생한다면, 우리는 일본보다 더 큰 대가를 치러야 할지도 모릅니다. 제 말이 지나친 비약으로 들리나요? 하지만 아무리 강조해도 모자란 게 원전의 안전성이에요. 일단 사고가 발생하면 수습하기가 너무 어려우니까. 체르노빌과 후쿠시마가 바로 그 증거 아닌가요?"

생각보다 일이 너무 커졌다. 김진원은 어디서부터 어떻게 손을 대야 할지 감이 잡히지 않아 고민에 빠졌다. 백효진이 김진원에게 문서를 들어 보이며 물었다.

"기자님은 이걸 어떻게 하실 생각인가요?"

"글쎄요. 우선 출처가 확실한지 재확인하고, 데스크와 상의해야 할 것 같습니다."

"아까 제게 문서의 출처가 확실하다고 말씀해주시지 않았나요?"

김진원은 대답을 주저했다. 주저하는 김진원에게 백효진이 의미심장한 말을 던졌다.

"기자님이 사시는 고진시는 이 동심원에서 살짝 비껴간 지역이긴 하죠. 하지만 머리 위에 시한폭탄을 두고 사는 삶, 기자님은 감당하실 수 있겠어요?"

*

승진이 문제가 아니다. 이 사실이 외부로 알려지면 본사인 미래전선은 꼬리 자르기를 시도할 게 분명하다. 자칫하면 회사가 공중분해될 수도 있는 중대 상황이다. 그런 날이 오면 관련자들은 형사 처분을 피하지 못할 것이다. 차라리 아무것도 몰랐어야 했다. 김호열의 이마와 등에 식은땀이 흘렀다. 고종석이 김호열에게 물었다.

"김 부장이 원하는 건 뭐야?"

김호열은 아무런 대답을 하지 못했다.

"김 부장도 이미 알겠지만, 조일동 상무는 곧 회사를 떠날 거야. 김 부장 눈에는 조 상무가 성골의 등쌀에 밀려 버티지 못해 더럽고 아니꼬워서 나가는 거로 보여? 천만에! 조 상무는 지금 그 자리를 감당하기가 버거워서 미리 선수 치고 빠져나가는 거야. 김 부장이 믿을지 말지는 자유인데, 나는 조 상무를 끝까지 붙잡았었어. 여기 있는 신 상무도 아는 사실이야."

고종석이 김호열을 노려보며 목소리를 높였다.

"지금 그 자리에는 자기 몸에 똥칠하고 전장으로 뛰어드는 일을 조금도 꺼리지 않는 사람이 와야 해. 회사와 함께 얼마든지 죽을 각오가 돼 있는 사람이 와야 한다고! 알아? 김 부장이 감히 그 자리의 무게를 감당할 수 있겠어? 자신의 앞길을 막을까봐 두려워서 부하 직원의 실수도 감싸주지 못해 일을 시끄럽게 만드는 사람이?"

고종석의 힐난에 김호열은 얼굴을 붉혔다.

"우리 회사 1년 전체 매출액에서 새빛원전 케이블 공급 계약으로 벌어들인 매출액의 비율이 얼마나 될 거라고 보나?"

김호열이 대답을 머뭇거리자, 고종석은 호통을 쳤다.

"고작 1퍼센트야, 1퍼센트! 알고 있나? 그 1퍼센트 때문에 내 일전선 직원들의 생계가 위협받는 불상사가 벌어지기를 바라는 건가?"

"아닙니다!"

고종석은 등을 의자에 기대며 팔짱을 꼈다.

"우리는 어떻게든 회사를 지킬 거야. 신 상무와 서 부장이 노력해 넥스트케미칼과 거래를 텄고, 윤 부장이 새빛원전에서 나온 사람들을 넥스트케미칼과 긴밀하게 연결해 사태를 조용하게 해결할 방법을 찾았어."

김호열은 고종석의 눈치를 보며 고개를 숙였다.

"저들이 회사의 생존을 위해 조용히 수면 아래에서 뛰어다니는 동안에 김 부장은 도대체 뭘 했지? 질투에 눈이 멀어 고작 동료들의 뒤나 캐고 다닌 건가? 그런 형편없는 인간이었나? 내가 안목이 없어서 고작 그런 사람을 구매자재팀에 부장으로 앉힌 건가?"

"죄송합니다! 용서해주십시오!"

완패다. 단 한 대도 제대로 때리지 못했다. 어설프게 아는 것만큼 독이 되는 것도 없다는 말에 틀린 게 없구나. 김호열은 자신의 도발을 뼈저리게 후회했다. 고종석은 김호열을 확실하게 제압하려는 듯 공격을 멈추지 않았다.

"아직도 경영지원본부장 자리가 탐나나?"

"아닙니다."

"아직도 자신에게 그 자리를 감당할 만한 깜냥이 있다고 생각하나?"

"아닙니다."

"그런데 왜 함부로 끼어든 건가?"

"죄송합니다."

"내일전선이 이대로 무너지기를 바라나?"

"저, 절대로 아닙니다!"

김호열은 두 손을 내저으며 말을 더듬었다. 고종석은 김호열의 잔에 술이 넘치도록 따랐다. 넘친 술이 테이블 아래로 흘러 김호열의 방석과 양말 끝을 적셨다. 발끝에서 출발한 서늘한 기운이 온몸 구석구석으로 퍼져나갔다. 김호열은 몸을 떨었다. 고종석이 김호열에게 건배를 청했다. 김호열은 잔을 들다가 소주를 테이블 위에 흘렸다.

"김 부장, 오늘 이 자리에서 있었던 모든 일을 잊어버려. 나도 김 부장이 인사를 앞두고 내게 인간적으로 서운해서 벌인 일이라고 생각하며 잊어버릴 테니까. 우리 회사가 잘못되길 바라는 마음으로 한 일은 아니었을 거라고 믿어. 지금은 모두가 하나로 뭉쳐서 조용히 위기를 극복하는 게 우선이야."

주눅 든 김호열은 잔을 비우다가 사레가 들려 격하게 기침했다. 소주의 비릿한 냄새가 비강을 타고 콧구멍으로 흘러나왔다. 김호열은 그 냄새가 역해 표정을 일그러뜨렸다. 고종석이 김호열에게 물수건을 건네며 경고했다.

"당신이 할 일은 자기 자리를 지키며 감당할 수 있는 일에 묵묵히 최선을 다해주는 거야. 앞으로 절대 자신의 역할을 잊지 마, 김호열 부장."

비등점

이형규는 김호열에게서 연락이 더 오지 않자 몸이 달았다. 다급해진 이형규는 여러 차례에 걸쳐 김호열에게 문자메시지를 보내고 통화도 시도했으나 소용이 없었다. 아무리 급한 일이 있어도 최소한의 답변은 해줘야 하는 것 아닌가. 고민 끝에 이형규는 퇴근 시간에 맞춰 내일전선 사옥 앞에 도착했다. 마스크와 모자를 착용한 이형규는 사옥 정문과 가까운 편의점 간이의자에 앉아 퇴근하는 직원들을 주시했다. 경영지원팀에서 함께 일했던 동료 직원들이 하나둘씩 정문 밖으로 빠져나왔다. 어떻게 내게 안부 연락 한번 주는 놈이 없냐. 이형규는 동료 직원들이 서로 즐겁게 이야기를 나누는 모습을 보며 씁쓸한 기분을 느꼈다. 자신에게 말을 거는 강영초를 무시하고 정문 밖으로 빠져나오는 이나라의 모습도 눈에 띄었다. 이나라는 빠른 걸음으로 사옥에서 멀어졌다. 강영초는 정문 앞에 서서 멀어지는 이나라의 뒷모습을 바라보며 한숨을 내쉬었다. 후회, 원망, 미안함, 아쉬움 등의 감정이 이형규의 머릿속에서 휘몰아쳤다. 영초야, 내가 아무리 미워도 꼭 그렇게 해야만 했냐. 이형규는 강영초를 붙잡아 따지고 싶은 마음을 눌러 참았다. 서상범이 부서 회식을 하려는 듯 플랜트영업팀 직원을 모두 데리고 정문 밖을 나서는 모습도 보였다. 이형규는 플랜트영업팀에서 근무할 때 동료들과 회식 자리에서 취하고 즐겼던 날들을 회상하며 가슴 한구석이 텅 비어버린 느낌을 받았다. 서 부장님, 저를 꼭 그렇게 내치셔야 했습니까. 이형규의 눈앞에 아내와 딸의 얼굴이 아른거렸다. 이형규는 플랜트영업팀 직원들의 멀어지는 뒷모습을 바라보며 어떻게든 다시 회사로 복귀해 명예를 회복하겠다는 다짐을 굳혔다.

　김호열이 정문 밖으로 모습을 드러낸 시간은 퇴근 시간이 한 시간 넘게 지난 후였다. 김호열은 자신의 차를 몰고 출근한 듯 옥외주차장으로 발걸음을 옮겼다. 이형규는 그의 뒤를 밟았다. 김호열이 차에 시동을 걸자, 이형규는 재빨리 조수석 문을 열고 차에 탑승했다. 갑작스러운 상황에 놀란 김호열의 표정이 얼어붙었다. 이형규는 마스크를 벗었다.

　"왜 제 연락을 받지 않으시는 겁니까."

　"야! 여기가 어디라고 네가 감히 찾아와! 당장 내리지 못해!"

　김호열이 이형규에게 삿대질하며 소리쳤다.

"저라고 이렇게 찾아오고 싶어서 찾아왔겠습니까? 연락도 제 멋대로 하시더니, 끊는 일도 제멋대로시네요. 인생 정말 편하게 사십니다."

김호열은 이형규의 비아냥거림에 신경질적으로 반응했다.

"나 지금 너 상대할 여유가 없어. 나중에 따로 연락할 테니까 그때 만나자고!"

이형규가 김호열의 멱살을 잡았다.

"너 이 새끼, 지금 뭐 하는 짓이야! 미쳤어! 당장 손 안 치워!"

"제 연락을 한 번도 받지 않으시던 분이 제게 잘도 먼저 연락 하시겠습니다. 김 부장, 저 지금 잃을 게 없는 놈입니다. 이 상황 에서 제가 뭐가 무섭겠습니까."

이형규의 침착한 목소리를 들은 김호열은 흠칫하며 기세를 누그러뜨렸다.

"알았어. 알았으니까 일단 손부터 치워."

"일단 회사 근처에서 벗어나 이야기를 나누죠. 보는 눈이 있 을지도 모르니."

김호열은 내일전선 사옥에서 멀리 떨어진 빌딩 공사장 근처 에 차를 세웠다. 이형규는 고개를 옆으로 돌려 김호열을 바라봤 다. 김호열은 딴청을 피우며 이형규와 눈을 마주치기를 거부했 다. 이 인간, 내게 전혀 미안한 마음이 없다. 이형규는 김호열에 게 차가운 목소리로 물었다.

"왜 제 연락을 받지 않은 겁니까?"

김호열은 안절부절못하며 대답에 뜸을 들였다. 이형규는 목소리를 높여 다시 김호열에게 물었다.

"왜 제 연락을 안 받았냐고요!"

"이 차장, 이제 그만하자. 다 끝났다."

김호열이 힘 빠진 목소리를 내자 이형규는 화를 참지 못하고 폭발했다.

"끝나긴 뭐가 끝났다는 겁니까? 윗대가리들이 회사에 엉뚱한 짓을 했다는 정황이 한두 개가 아닌데, 최소한 칼은 뽑아봐야 하는 거 아닌가요?"

김호열이 쓴웃음을 지으며 이형규에게 눈길을 줬다.

"엉뚱한 짓? 우리가 잘못 짚어도 한참 잘못 짚었어. 칼은 뽑아봐야 하는 거 아니냐고? 그 칼을 뽑았다가 내가 먼저 그 칼에 베여서 사달이 났다."

"잘못 짚었다니요. 그게 무슨 말입니까?"

김호열이 운전석 창문을 열고 전자담배를 입에 물었다.

"내 입으로 말하기 정말 비참한데, 나는 처음부터 승진할 가능성이 전혀 없었어. 나 혼자 헛물만 켠 셈이지. 어차피 다 정해진 자리였다고. 무슨 말인지 알겠어?"

이형규가 이해할 수 없다는 표정을 지었다. 김호열은 차창 밖으로 가래침을 뱉었다.

"이제 내겐 아무 힘도 없다니까. 빈껍데기야. 그러니까 이 차장도 이제부터 알아서 살길을 찾아봐. 더 이상 나를 찾아와봐야 얻을 게 없을 테니까."

　김호열은 이형규에게 고종석과 신상윤을 만나 벌어진 일에 관해 털어놓았다. 김호열의 이야기를 모두 들은 이형규는 기가 막힌 듯 헛웃음을 흘렸다. 김호열은 담배 연기를 내뿜으며 이형규의 옆구리를 살짝 찔렀다.

　"내 멱살 잡고 이야기를 다 듣고 나니까 속이 후련해? 나라면 차라리 안 들었을 것 같은데."

　"전후 사정도 모른 채 무작정 부장님 연락을 기다리는 꼴보다는 훨씬 낫죠."

　김호열은 우습다는 듯 입꼬리를 올렸다.

　"그래? 나는 지금 당장이라도 시간을 되돌리고 싶은데? 처음부터 쓸데없는 관심을 가진 게 실수였어. 이 차장은 앞으로 어떻게 할 생각이야?"

　"부장님은요?"

　김호열은 전자담배를 끄고 하품하며 기지개를 켰다.

　"누가 쫓아내기 전까지는 숨죽이고 버텨야지. 회사밖에 대안이 없으니 별수 있어?"

　이형규는 조수석 창문을 열고 바깥으로 시선을 돌렸다.

　"괜히 쓸데없는 생각은 하지 마. 만에 하나 이 차장이 여기저기 떠벌려서 회사가 흔들리거나 재수 없이 망해봐, 이 차장에게 뭐가 남지? 아무런 이득이 없어. 회사 뒤통수를 친 놈이라는 소문만 돌아서 다시는 업계에 발붙이지 못할 거야. 가족 생각도

해야지. 안 그래?"

이형규는 김호열을 잠시 흘겨보다가 쓸쓸하게 웃었다.

"요즘 같은 분위기에 성추행 건으로 감사팀의 징계 조사를 받아봐. 100퍼센트 권고사직이나 해고에 형사처벌까지 따라올걸? 그런데 회사는 이 차장에게 자택대기발령 징계만 내렸어. 회사가 이 차장에게 여지를 남겨뒀다는 생각은 안 들어?"

이형규는 김호열의 성추행이란 표현에 속으로 발끈했다가 한숨을 푹푹 내쉬었다. 김호열이 이형규의 어깨를 두드렸다.

"힘들겠지만 일단 버티고 기다려. 지금으로서는 그것밖에 선택의 여지가 없잖아."

*

정말 대단하다. 감사팀에서 강영초와 마주앉은 서희철은 시종일관 뻔뻔했다. 강영초는 확실한 증거를 눈앞에 두고도 관행이라며 이런저런 핑계를 대는 서희철에게 진절머리가 났다. 회삿돈 수천만 원을 자기 주머니로 빼돌리는 일은, 강영초는 살면서 감히 상상도 해보지 못한 일탈이었다. 그런데도 저렇게 뻔뻔한 태도를 유지할 수 있는 서희철이 강영초에게는 경이로워 보였다.

"어쨌든 돈을 빼돌렸다는 사실을 인정하시는 거죠?"

서희철은 적반하장 격으로 강영초에게 따졌다.

"강 과장이 이쪽 부서 일을 잘 모르시나본데요. 이런 식으로 걸고넘어지면 우리 회사에서 이 일을 할 수 있는 사람 아무도 없어요. 아십니까?"

"그래요? 서 과장님 말고도 이렇게 수천만 원이나 빼돌리는 간 큰 직원이 또 있나보죠?"

"그건 감사팀이 알아보시든가요. 저만 들들 볶는다고 관행이 해결됩니까?"

"이 정도면 회사가 서 과장님을 형사 고소해서 책임까지 물을 사안이에요. 아세요?"

"그러시든가요."

이런 인간과 더 입씨름해봐야 나만 피곤해진다. 증거가 차고 넘치니 더 조사할 필요도 없다. 인내심에 한계가 온 강영초가 징계 조사를 마무리하려는데, 서희철이 비아냥거렸다.

"지금 강 과장이 들고 있는 증거가 어떤 과정을 통해 입수됐는지 알게 되면, 이렇게 나를 몰아붙이기 어려울 텐데 말입니다."

"그게 무슨 말씀이죠?"

서희철이 팔짱을 끼며 강영초를 비웃었다.

"그 증거 전부 김호열 부장이 가져와서 제보했죠?"

"제보자가 누구인지는 밝힐 수 없습니다."

"김 부장밖에 그럴 사람이 없어요. 밝히지 않는다고 모릅니까?"

알고는 있네. 강영초는 어색하게 입을 다물었다. 서희철은 주머니에서 자신의 스마트폰을 꺼내 테이블 위에 올렸다. 강영초는 이게 무엇이냐고 눈으로 물었다.

"강 과장, 잘 들어봐요."

서희철이 녹음기 앱을 실행해 통화 내용을 녹음한 음성 파일을 재생했다. 스피커에서 이형규의 이름이 여러 차례 흘러나오자 강영초는 놀란 눈으로 서희철을 쳐다봤다.

"지금 이게 무슨 파일이죠?"

서희철은 강영초의 질문에 대답하지 않고 다른 음성 파일을 재생했다. 여기서도 이형규의 이름이 언급되자 강영초는 서희철에게 대답을 재촉했다. 서희철은 재생을 멈췄다.

"이형규 차장이 제가 담당하는 협력업체를 돌아다니며 제 뒤를 캔 증거입니다."

"이 차장님이 왜 서 과장님 뒤를 캐죠? 그분은 자택대기발령 처분을 받았는데요?"

"그러게요. 왜일까요? 궁금하지 않으세요?"

이 사람이 지금 나와 스무고개라도 하자는 건가. 강영초는 마치 자신을 약 올리는 듯한 서희철의 태도에 짜증이 일었지만, 느닷없이 등장한 이형규의 이름을 듣고 긴장하지 않을 수 없었다.

"김 부장이 제 뒤를 캐라고 이형규를 사주한 겁니다."

"네? 무슨 근거로 그런 말씀을 하시는 거죠?"

서희철은 스마트폰을 주머니에 도로 집어넣으며 놀리듯 말했다.

"이런저런 정황을 살펴보면 김 부장과 이형규가 연결된 이유가 무엇인지 답이 나오지 않습니까? 똑똑한 분이라고 들었는데, 일일이 떠먹여드려야 하는지."

내가 자신보다 선배이거나 남자였다면, 다른 곳도 아닌 감사팀에서 내게 이렇게 무례한 태도를 보일 수 있을까. 강영초는 어금니를 꽉 깨물며 끓어오르는 화를 참았다.

"근거를 밝힐 수 없는 이야기라면, 굳이 여기에서 쓸데없는 말씀을 하지 마시죠. 추후 필요한 조사가 있으면 다시 호출하겠습니다. 돌아가셔도 됩니다."

"최근에 노조 익명 게시판에 올라와서 회사를 살짝 시끄럽게 했던 제보를 혹시 기억하십니까? 그 글을 올린 사람이 바로 접니다."

강영초는 직장인 익명 커뮤니티의 내일전선 직원 전용 익명 게시판에 돌았던 제보 내용을 기억해냈다. 노조 익명 게시판에 올라온 제보는 빠르게 사라졌지만, 그 제보를 캡처한 이미지 파일이 커뮤니티에 올라와 화제가 됐었기 때문이다. 강영초는 누가 봐도 중과실인 오발주를 당당하게 관행이라고 주장하는 제보자의 태도에 어처구니가 없었지만, 제보자에게 모든 책임을 뒤집어씌우는 부서장의 태도도 어처구니없기는 마찬가지였다. 강영초는 그 제보에 등장하는 몰인정한 부서장이 김호열이라는 서희철의 고백을 듣고 혼란스러웠다.

"김 부장이 왜 그렇게 저를 모질게 대했는지 이해가 안 될 수도 있겠네. 사실 김 부장은 차기 경영지원본부장 자리를 노리고 있었습니다. 임원 인사를 앞두고 책이라도 잡힐까봐 극도로 경계했던 사람이에요. 협력업체가 우리 회사에 손해배상을 청구하면 저만 고달파질 거라면서 제게 사비로 사태를 조용히 처리하라고 종용하더군요. 그동안 그렇게 일 처리를 할 때는 오히려 칭찬을 해줬던 인간이. 양아치도 아니고."

"그래서 서 과장님 사비로 협력업체에 손해를 보상하셨나요?"

서희철이 어깨를 으쓱거렸다.

"미쳤어요? 2000만 원을 어떻게 저 혼자 뒤집어써요? 제가 돈이 없다고 버티니까, 김 부장이 자기 사비를 털어서 조용히 해결한 모양이더라고요. 상무 자리가 그렇게 탐이 났나봅니다. 그런데 이제 그 자리도 나가리 됐으니까 눈엣가시인 저를 당장 쫓아내고 싶었겠죠. 그 결과가 오늘 강 과장과 저의 만남입니다."

회사 창립기념일 만찬에서 고종석이 김호열에게 보여준 태도로 차기 경영지원본부장 자리의 향방이 정해졌다는 게 사내 여론이었다. 그 자리가 물 건너간 이상, 김호열이 서희철을 억지로 감싸줄 이유는 없다. 그런데 김호열은 왜 이형규에게 서희철의 뒤를 캐라고 사주했을까. 묻지도 않았는데 서희철이 먼저 답했다.

"본인이 나서서 제 뒤를 캘 순 없잖아요. 뒷말이 나올까봐 겁나서 다른 직원을 부리지는 못하겠고. 김 부장이 자기가 임원 자리에 오르면 어떻게든 징계를 풀어주고 자리도 챙겨주겠다고 이형규를 꾀었을 겁니다. 제 뒤를 캐는 조건으로 말이죠. 그렇지 않고서야 이형규가 김 부장의 말을 따랐겠습니까?"

이형규를 다시 회사로 들이려는 시도는 그 자체로 이나라를 향한 2차 가해다. 서희철의 말이 맞다면, 김호열의 행동도 묵과할 수 없다. 강영초는 서희철에게 재확인했다.

"지금 이 자리에서 하신 말씀, 모두 확실한가요?"

서희철이 강영초를 쏘아봤다. 강영초는 서희철의 눈빛에서 살기를 느껴 움찔했다.

"모르긴 몰라도 이형규 그 친구도 지금쯤 김 부장에게 팽당해서 갑갑할 겁니다. 내가 김 부장을 믿으면 안 된다고 분명히 경고했는데. 한심한 새끼."

감사팀 이해완 부장은 김호열을 서희철 징계 조사 관련 참고인으로 불러야 한다는 강영초의 의견을 묵살했다. 강영초는 김호열이 이형규의 징계를 무력화하려는 중대한 해사행위를 했다며 반발했지만, 이해완은 요지부동이었다.

"그래서 이형규 차장이 대기발령에서 풀려나 회사에 복귀라도 했나?"

"그건 아닙니다."

"그런데 뭐가 문제지?"

"그런 시도가 있었다는 자체가 문제라고 생각합니다."

"그 덕에 서희철 과장의 업무상 횡령과 관련한 증거를 확보할 수 있었어. 안 그래?"

"부장님, 결과만 좋으면 다 좋은 건가요?"

이해완이 못마땅한 표정으로 강영초를 올려다봤다.

"강 과장, 지금 여기에서 내게 도덕 수업 하려는 거야? 그렇게 도덕이 좋으면 퇴사하고 시민단체에나 가서 활동해. 경고하는데, 더 이상 일을 시끄럽게 만들지 마. 알았어? 회사도 다닐 만큼 다닌 사람이 왜 그렇게 융통성이 없어?"

강영초가 목소리를 높이며 애원했다.

"부장님, 아무리 그래도 이건 아닙니다! 다시 한번 생각해주십시오."

이해완은 의자에 등을 기대며 손가락으로 귀를 후볐다.

"이봐. 김 부장 말이야. 얼마 전에 승진 가도에서 밀려나 힘이 빠진 사람이야. 굳이 그런 사람을 부관참시하고 싶어? 무슨 사람이 그렇게 인정머리가 없고 잔인하냐? 그 얘긴 앞으로 내 앞에서 다시 꺼내지 마. 서희철 과장 건이나 빨리 처리하게 징계위원회 준비해. 참석자 명단은 내가 대충 정했으니까 그 양반들에게 얼른 연락 돌리고."

강영초가 더 말을 꺼내려 하자, 이해완은 귀찮다는 듯 나가라고 손을 내저으며 의자를 뒤로 돌렸다. 잠시 머뭇거리던 강영초는 이해완에게 묵례하고 부장실에서 빠져나갔다. 부장실 문이 닫히자 이해완은 김호열에게 전화를 걸어 옥상에서 잠시 만나자고 전했다.

김호열은 이해완의 전화를 받고 옥상으로 가다가 들른 화장실에서 서희철과 마주쳤다. 서희철은 소변기 앞에 서 있는 김호열에게 세면대에서 손을 씻으며 빈정댔다.

"보내주신 선물, 조금 전에 감사팀 통해 잘 받았습니다. 선물이 지나치게 과분해 어떻게 보답해드려야 할지 모르겠습니다."

소변을 본 김호열이 세면대로 다가와 손을 씻으며 거울에 비친 서희철의 눈을 응시했다.

"보답은 무슨. 퇴사할 때 내 돈 2000만 원이나 갖고 떠나주면 고맙지. 급할 때 신세를 졌으면, 그것에 맞게 성의를 표현하는 게 도리 아닌가?"

서희철은 페이퍼타월 여러 장을 연속으로 뽑아 물에 젖은 손을 닦았다.

"네. 맞습니다. 도리는 다하고 떠나야죠. 제가 설마 여기를 그냥 떠나겠습니까? 부장님만큼은 꼭 챙겨드리고 떠나야죠. 걱정하지 마십시오."

"바쁜데 뭘 또 나까지 챙겨주시려고. 내 앞가림은 내가 알아서 할게. 그리고 말이야,"

김호열은 서희철이 휴지통에 버린 페이퍼타월 중에서 젖지 않은 타월 한 장을 도로 꺼내 흔들어 보였다.

"아깝게 이게 뭐야. 한 장이면 충분하다는 안내문 안 보여? 아무리 나갈 사람이라고 하지만, 이렇게 회사 물품을 함부로 낭비해도 되는 거야?"

김호열은 물에 젖은 손으로 서희철의 등을 두드리며 화장실에서 빠져나갔다. 화장실 문이 닫힐 때 서희철의 욕설이 작게 문밖으로 새나왔지만, 김호열은 가볍게 웃어넘기며 다시 옥상을 향해 발걸음을 옮겼다.

옥상에는 먼저 도착한 이해완이 담배를 피우며 김호열을 기다리고 있었다. 이해완은 김호열에게 담배를 권했다. 김호열은 고개를 저으며 앞주머니에서 전자담배를 꺼냈다. 이해완은 그 모습이 고까운지 김호열을 째려봤다.

"그걸로 바꿔 피운다고 한 번 줄어든 수명이 늘어날 것 같냐? 그냥 피우던 물건이나 피워. 그놈의 전자담배는 보기만 해도 담배 맛이 뚝 떨어지더라."

"그래도 냄새는 덜 나지 않습니까."

"쥐뿔. 그 풀 찐 냄새가 더 역하더니만."

이해완은 담배 연기를 깊게 들이마신 뒤 길게 내뱉었다. 김호열이 그 모습을 보고 감탄했다.

"선배님은 여전히 담배를 맛있게 태우십니다."

"지랄. 회사 구석에 처박혀 있으니까 이 짓거리 외에는 낙이 없어. 아무튼, 김 부장 덕분에 회사 곳간을 파먹던 쥐새끼 하나를 붙잡았어. 증거 자료를 확인해보니까 그 새끼 정말 겁이 없는 놈이더니만. 아니지. 네 덕분에 붙잡은 게 아니지. 따지고 보면 네 책임이 커. 너는 어떻게 그 새끼를 관리해서 일을 이 지경으로 키운 거냐?"

김호열은 민망해져 대구하지 못했다. 이해완도 김호열에게 더 묻지 않았다. 이 형님, 예전에 정말 잘생겼었는데 이젠 많이 늙었네. 김호열은 담배를 필터 가까운 부분까지 빠는 이해완의 주름진 얼굴을 보자 마음이 쓰렸다. 이 형님처럼 되지 않으려고 그렇게 기를 쓰고 노력했건만. 김호열은 성골에 밀려 임원으로 승진하지 못하고 한직인 감사팀으로 내몰려 격분했던 이해완의 모습을 떠올렸다. 그 모습 위로 신입사원이었던 김호열을 호되게 꾸짖는 사수였던 이해완의 젊고 열정적인 모습이 겹쳐져 김호열은 씁쓸하게 웃었다.

"선배 말입니다. 예전에 정말 멋있었어요."

"지금은 별로야?"

"솔직히 좋아 보인다는 말은 못하겠습니다."

"싸가지 없는 새끼."

이해완이 담배 한 개비를 더 꺼내 입에 물었다.

"서희철 그 새끼는 징계위원회에서 권고사직으로 처리할 거야."

"독한 놈입니다. 미리 말씀드렸지만, 징계위원회에서도 있는 말 없는 말을 다 지껄이며 달려들 놈입니다."

이해완이 피식 웃으며 담배에 불을 붙였다.

"제깟 놈이 날뛰어봤자지. 징계위원회에 참석할 녀석들 모두 내가 소싯적에 여기저기 데리고 다니며 배불리 술을 먹인 후배들로 채웠어. 아무리 내가 이빨 빠진 호랑이라고 해도, 그 녀석들이 내 부탁까지 무시하지는 못해."

"선배님, 감사합니다!"

김호열은 이해완에게 깊이 고개를 숙였다.

"서희철 그놈이 징계위에서 아무리 지랄해봐야 소용없어. 일단 증거가 확실하잖아? 세상 무서울 것 없어 보이는 재벌총수도 어떻게든 피하려고 애를 쓰는 게 빵에 들어가는 일이야. 형사처벌까지 받고 싶지는 않을 테니까 제 놈이 알아서 꼬리 내리고 꿀꺽한 돈도 토해내겠지. 별수 있어?"

이해완이 김호열의 정강이를 발로 세게 찼다. 바닥에 쓰러진 김호열이 정강이를 문지르며 인상을 구겼다.

"네 사수 노릇도 이제 지겹다. 이제부터 네가 알아서 버텨."

*

앞으로 다시 보지 말자고 했던 놈이 왜? 이형규는 뜬금없이 서희철에게서 전화가 걸려오자 당혹했다. 몇 차례 무시했는데도 끈질기게 전화벨이 울리자, 하는 수없이 통화 버튼을 눌렀다.

"목소리 한번 듣기 참 힘들다. 잘 지내고 있냐?"

"다신 안 볼 것처럼 돌아서더니, 무슨 일이야?"

"나 너한테 술 좀 얻어 마셔야겠다."

"왜?"

서희철은 마치 기쁜 일이라도 있는 사람처럼 들뜬 목소리를 냈다.

"덕분에 권고사직으로 회사에서 잘리게 생겼으니, 너한테 술 좀 얻어먹어도 될 자격이 있는 거 아니냐? 나 간만에 곱창에다 소주 좀 마시고 싶다. 회사 떠나는 동기에게 그 정도는 대접할 수 있잖아. 안 그래?"

이형규는 김호열이 움직였음을 직감했다. 임원 승진이 물 건너갔으니 서희철을 가까운 곳에 더 두고 싶지 않았겠지. 이형규는 서희철에게 미안해졌으나, 이내 마음을 다잡았다.

"지금은 기분이 별로 내키지 않는다."

"내가 흉기라도 가져와 술에 취해 해코지라도 할까봐 겁나서 피하냐?"

"미친 새끼. 가지가지 한다."

그 정도로 회삿돈을 많이 빼돌렸다면, 내가 뒤를 캐지 않았어도 언젠가는 들통나 큰일을 치렀을 테다. 이형규는 서희철을 굳이 피하고 싶지 않다는 오기가 생겼다.

"예전에 우리가 월급 타면 자주 갔던 곳 어때?"

"그 집? 거기 회사에서 너무 가깝지 않나?"

"뭐 어때서? 설마 토요일에도 그 집에 회사 사람들이 있겠어?"

"그건 그렇지. 거기서 보자. 언제 볼까?"

"별일 없으면 지금 낮술이나 하자. 나는 한 시간 안에 그리로 갈 수 있다."

서희철과 통화를 마친 이형규는 서지혜가 보낸 카카오톡 메시지를 재확인하며 한 손으로 이마를 감쌌다. 서지혜는 이형규에게 당장 고진을 떠나고 싶다며 이혼을 요구했다. 자신이 일하는 학교뿐만 아니라 주변 학교에서도 이형규에 관한 뒷말이 무성한데다, 유치원에 다니는 예림이의 귀에도 이야기가 들어간 모양이었다. 이형규는 예림이와 같은 유치원에 다니는 아이들의 학부모 중 일부가 내일전선 직원이라는 사실을 기억해냈다. 서지혜는 조만간 만나서 재산 분할, 위자료, 양육비, 친권 등을 의논하자는 말로 메시지를 마쳤다. 이젠 내가 회사에 복귀한다고 해서 해결될 문제가 아니구나. 이형규는 한때 자신의 자랑이었던 내일전선이 이제 자신을 옭아매는 족쇄가 돼버린 현실이 믿기지 않았다. 그는 당장이라도 내일전선을 무너뜨리고 싶다는 충동에 사로잡혔다. 이유는 다르지만, 서희철 또한 이형규와 같은 충동에 사로잡혀 있었다.

"회사가 내일 당장 망해버려야 해. 그래야 내가 살길이 열린다."

서희철은 며칠 굶은 사람처럼 허겁지겁 밑반찬에 손을 댔다.

"천천히 먹어. 뺏어 먹을 사람 없으니까. 회사가 망해버렸으면 좋겠다는 네 마음은 이해하겠어. 그런데 네 살길과 회사가 망하는 게 무슨 상관인데?"

서희철은 징계위원회에서 겪은 일을 털어놓았다. 서희철의 대응 전략은 물귀신 작전과 논점 흐리기였다. 위원들이 협력업체 납품 대금을 빼돌린 이유를 추궁했을 때, 서희철은 구매자재팀에 다른 주머니를 찬 직원이 자기 외에도 더 있을 거라고 억측했다. 더불어 서희철은 자신이 협력업체 납품 단가 인하를 유도해 회사의 순이익 증가에 기여한 부분이 빼돌린 돈보다 훨씬 많다며, 과거 자신의 인사 평가가 그 증거라고 주장했다. 서희철이 이야기의 방향을 잠시 다른 곳으로 돌렸다.

"두 달 전쯤인가? 그때 노조 익명 게시판에 올라왔던 제보 기억해? 부하 직원 오발주로 발생한 협력업체의 손해를 몽땅 그 부하 직원에게 뒤집어씌우려고 한 부서장에 관한 제보 말이야. 그거, 내가 올린 제보야."

김호열이 서희철에게 집착한 이유가 이거야? 서희철의 고백을 들은 이형규의 눈이 커졌다.

"그 부서장이 김호열 부장이라고?"

"맞아. 그 새끼야. 내가 사비로 책임 못 지겠다고 버티니까, 어떻게든 임원을 달고 싶었는지 자기 돈으로 조용히 해결한 모양이더라. 그래서 그 새끼가 내게 악감정이 많아. 물론 나 역시 그 새끼를 조져버리고 싶고. 개새끼. 징계위원회까지 간 김에 제보 내용도 다 불었어."

서희철은 자신의 업무상 횡령 증거가 매우 부적절하게 수집됐다고 위원들에게 강력히 항의했다. 서희철은 위원들에게 김호열이 자신을 회사에서 쫓아내고자 이형규를 꾀어내 뒷조사를 시켰으며, 이형규는 김호열이 임원으로 승진하면 자신의 자택대기발령을 푸는 데 도움을 주리라고 기대하며 뒷조사에 동참했다고 폭로했다. 이어 서희철은 신입사원 성추행 건으로 징계를 받은 직원을 사적인 욕심으로 이용한 김호열과 자숙해도 모자랄 시간에 자신의 뒤를 캔 이형규에게 훨씬 엄중한 책임을 물어야 하지 않느냐고 목소리를 높였다. 이형규는 나도 네게 무슨 짓이든 하겠다던 서희철의 경고를 떠올리며 씁쓸한 미소를 지었다. 서희철은 젓가락질을 멈추고 한숨을 깊게 쉬었다.

"아무 소용없더라. 위원들은 내가 무슨 말을 하든 간에 한 귀로 듣고 한 귀로 흘리더라고. 그저 내가 돈을 빼돌린 게 맞는지만 우직하게 살피는 거야. 다른 건 묻지도 않아. 그제야 상황이 파악되더라. 이 자리는 처음부터 나를 회사에서 내보내기로 작정하고 만든 자리구나. 나 혼자 쇼를 했더라고."

"그런데 아까 물어보다가 지나쳤는데, 왜 회사가 망해야 네가 산다는 거야?"

서희철은 잔에 든 소주를 한입에 털어넣고 인상을 썼다.

"그동안 빼돌린 돈을 도로 토해내면 형사고소 없이 조용히 보내주겠다더라. 깎아달라니까 어림도 없다네? 나 지금 꼼짝없이 빵에 들어가게 생겼다. 이럴 때 회사가 확 망해버리면 다 없던 일로 끝나지 않겠어?"

이형규는 어이없다는 눈빛을 보내며 서희철의 빈 잔에 소주를 채웠다.

"희철아, 나는 지금까지 조직에서 아랫사람이 윗사람에게 덤벼 이기는 꼴을 본 일이 없다. 아랫사람이 윗사람을 괴롭힐 방법은 많지 않아. 그런데 윗사람이 아랫사람을 괴롭힐 방법은 무궁무진하거든. 이 조직에서 부장 자리까지 올라간 인간 중에 헐랭이는 별로 없더라. 김호열도 생각보다 훨씬 똑똑하고 집요해. 나 그 인간 이번 기회에 다시 봤어. 쪼잔한 인간이긴 하지만 말야."

"그러게. 이번에 내가 그 새끼한테 완전히 졌다. 인정!"

서희철이 잔을 들어 이형규에게 건배를 청했다. 이형규는 서희철과 잔을 부딪치며 탄식했다.

"와이프가 이혼하자더라, 씨발."

서희철이 숟가락으로 선짓국을 게걸스럽게 떠먹으며 고소하다는 표정을 지었다.

"그래서 아까 내가 전화했을 때 튕긴 거야? 나는 언젠가 네가 여자 문제로 발목 잡힐 줄 알았어. 너 때문에 상처받아서 퇴사한 여자가 한둘이냐? 자업자득이다."

이형규는 서희철의 앞니에 낀 검은 선지 조각이 보여 눈살을 찌푸렸다.

"월급을 전부 유흥에 처바른 것도 모자라서 회삿돈까지 빼돌려 탕진해버린 놈이 할말은 아니지."

서희철이 노골적으로 이형규를 비웃었다.

"그래서 지금 너랑 내 처지가 뭐가 다른데? 너도 곧 내 꼴 난다. 잘난 척하지 마."

이형규는 속으로 발끈했지만 대꾸할 말을 찾지 못했다. 서희철은 말없이 술잔을 기울이며 바쁘게 젓가락질했다. 곱창 타는 소리가 침묵 사이로 끼어들었다. 내가 징계 중에 김호열의 지시에 따라 서희철의 뒤를 캤다는 사실이 징계위원회를 통해 알려진 만큼, 다시 회사로 복귀해 제자리를 찾을 가능성은 거의 없어졌다고 볼 수 있다. 이대로 버티면 자택대기발령 상태로 조금 더 머물다가 권고사직이나 해고로 조용히 처리되고, 평판 때문에 동종 업계 취업이 어렵겠지. 그렇다고 무기력하게 이혼 서류에 도장을 찍을 수는 없다. 방긋 웃는 예림이의 얼굴이 이형규의 눈앞에 아른거렸다. 차라리 내부고발자 흉내를 내 회사를 박살내버리면, 의인으로서 당당하게 예림이를 볼 명분이라도 챙길 수 있지 않을까. 이형규는 서희철이 조금 전에 흘린, 회사가 확 망해버리면 다 없던 일로 끝나지 않겠느냐는 말에 솔깃해졌다.

"이모님! 여기 막창도 2인분 더 주세요! 소주도 한 병 추가요!"

불판에 올라온 막창을 보고 이빨을 드러내며 웃는 서희철에게 이형규가 넌지시 물었다.

"우리가 한번 회사를 확 망하게 만들어볼까?"

"아까는 아랫사람이 윗사람에게 덤벼 이기는 꼴을 본 일이 없다며?"

대수롭지 않다는 반응을 보이는 서희철에게 이형규가 조용히 말했다.

"어쩌면 가능할지도 모르겠다. 일단 너한테 회사 돌아가는 꼴에 대해 해줄 말이 많다."

*

박훈은 이형규의 갑작스러운 연락에 당혹했지만, 이형규가 카페에 자리를 잡자마자 특종거리라며 쏟아내는 폭로에 더 당혹했다. 이형규가 들려주는 폭로가 사실이라면, 이는 기자 인생 20년을 통틀어 최고의 특종이 될 수도 있는 기삿거리다. 하지만 정황증거만 여럿 존재할 뿐이다. 정황증거만으로 내일전선을 건드리는 일은 부담스럽다. 박훈은 고민에 빠져들었다. 몸이 단 이형규가 박훈을 재촉했다.

"박 부장님, 기사화 가능할까요?"

"이 차장 말대로라면 이건 무조건 특종이야. 그런데 말이야. 확실한 한 방이 없어."

이형규는 답답한 듯 한숨을 내쉬고 눈을 깜빡였다.

"제가 부장님께 말씀드린 내용이라면, 내일전선이 새빛원전에 공급한 케이블에 문제가 있다는 의혹을 충분히 제기할 수 있지 않겠습니까? 여기 넥스트케미칼 법인등기에도 나오듯이 대한원자력과 내일전선의 유착 정황도 충분하고요."

넥스트케미칼 법인등기를 들여다보던 박훈이 고개를 갸웃거렸다.

"이 차장 말처럼 의혹을 제기할 만큼 정황증거가 풍부하긴 해. 그런데 상대는 고진시를 대표하는 기업인 내일전선이야. 케이블 시험성적서 위조를 입증할 만한 확실한 증거 자료 없이 내일전선을 건드리면 오히려 고진일보가 타격을 입을 수도 있어. 이게 이 차장 말처럼 간단한 문제가 아냐. 알 만한 사람이 왜 이렇게 성질이 급해?"

박훈은 내일전선 내부자인 이형규가 왜 이런 특종거리를 자신에게 던지는지 의문이 들었다. 오랫동안 수많은 사람을 취재원으로 만나온 터라, 사람 보는 눈만큼은 반 점쟁이 수준이라고 자부한다. 그런데 이형규의 태도에선 내부고발을 하려는 느낌보다는 기사를 거래하려는 느낌이 더 강하게 든다. 경계해야 한다. 우선 이형규가 왜 나를 찾아왔는지 그 이유부터 파악하자. 커피를 한 모금 마시고 숨을 고르자 머리가 맑아지는 기분이 들었다.

"이걸 내게 들고 온 이유가 뭐야?"

"뭐긴요. 국민의 안전에 심각한 문제를 일으킬지도 모를 사안 아닙니까. 잘못된 일은 알리고 바로잡아야죠."

"그러니까 그 일을 왜 이 차장이 하느냐고. 우리나라에서 내부고발자의 삶은 지독하게 고달파. 언론이 아무리 익명으로 보도해도 결국 어떻게든 신원이 드러나 고초를 겪게 돼. 그 가시밭길을 본인이 걷고자 하는 이유가 뭐냐고. 나라면 절대로 그런 짓 안 해."

잠시 고민하던 이형규가 짧게 답했다.

"제 딸에게 부끄럽지 않은 아빠가 되고 싶습니다."

이건 진심이 엿보이는 대답이다. 박훈은 고개를 끄덕이며 경계를 조금 풀었다.

"이 차장이 언론홍보를 맡았던 때니까 기억하지? 1년 전 내일전선이 모든 광고비와 협찬을 중단해서 고진시 전 언론사들이 난리가 났잖아."

"네. 저도 그때 기자님들께 회사 입장을 설명하느라 정말 힘들었습니다."

"당시 언론사 입장에선 아랍에미리트 원전 케이블 사업 수주에서 실패한 내일전선의 기술력에 문제가 있는 것 아니냐는 의혹을 충분히 제기할 수 있었어. 그런데 결과는 어떻게 됐지?"

내일전선의 완승. 이형규가 신음을 흘렸다.

"내일전선은 고진시 언론계의 최대 광고주야. 이 차장의 제보로 기사를 쓰려면 내일전선과 인연 끊을 각오를 해야 해. 긴 법정싸움으로 이어질 수도 있지. 특종도 좋지만, 기사 한 번 폼 나게 쓰고 최대 광고주를 날려버릴 거야? 솔직히 고진시에 그런

강단을 가진 언론사는 없어. 내일전선이 절대로 반박하지 못할 확실한 증거가 없는 한, 이건 누가 와도 못 건드린다. 아까도 말했듯이, 무언가 숫자로 딱 떨어지는 자료나 문서화된 증거가 필요해. 그런 증거를 확보하면 내게 다시 연락해. 이걸로는 어렵다."

모난 돌이 정 맞는다. 확실하지도 않은데 굳이 먼저 나서서 고진매일 꼴이 날 필요는 없다. 자리에서 먼저 일어난 박훈은 카페에서 나오며 한선우에게 전화를 걸었다.

"한 차장, 나야 박훈. 갑자기 궁금한 게 생겨서 전화했어. 한 차장 전에 언론 담당했던 이형규 차장은 어느 부서로 갔어? 제대로 인사도 못하고 갑자기 헤어진 게 아쉬워서."

한선우의 설명을 듣던 박훈의 표정이 굳어졌다. 함부로 받아먹었으면 크게 탈이 날 뻔했다. 이형규 이 새끼, 나를 이용해 내일전선에 앙갚음할 생각이었구나. 박훈은 한선우에게 조만간 윤현종과 식사 자리를 잡아달라고 부탁하며 전화를 끊었다. 박훈은 뒤돌아서서 카페 안을 들여다봤다. 이형규가 초조한 표정으로 누군가와 전화 통화를 하는 모습이 보였다. 박훈은 이형규의 전화번호를 차단번호 목록에 등록했다.

＊

김진원은 한정식집 룸에 마주앉은 이형규와 서희철의 얼굴

을 번갈아 바라봤다. 둘 다 지친 기색이 역력했다. 왜 고진매일
만 광고를 주지 않느냐는 항의에 시종일관 성의 없이 대응하던
이형규, 무슨 생각을 하고 있는지 알 수 없는 서희철. 김진원은
뜬금없이 기삿거리를 제보하겠다는 이형규의 연락이 황당했지
만, 그 기삿거리가 자신이 파고 있는 주제와 연결돼 있다는 사
실에 흥미를 느꼈다. 이형규의 이야기를 모두 스마트폰에 녹음
한 김진원이 그에게 물었다.

"확실히 특종거리이긴 합니다. 그런데 왜 이걸 제게 제보하시
는 거죠?"

이형규가 김진원의 눈치를 보며 대답을 주저하자 서희철이
대신 입을 열었다.

"기자님께선 이미 비슷한 주제를 기사로 다루시지 않았습니
까. 아무래도 제보 내용에 가장 많은 관심을 가지고 계실 것 같
아서 연락을 드렸습니다."

김진원은 이형규에게 눈길을 주며 코웃음을 쳤다.

"두 분이 왜 저를 찾아오셨는지 관심법을 써서 알아맞혀볼까
요? 아마 두 분은 고진매일이 아닌 다른 매체의 기자들에게 먼
저 찾아가셨을 거예요. 여기 이형규 차장님은 저를 상대하기가
아주 껄끄러웠을 테니 말이죠. 맞죠?"

이형규는 말없이 얼굴만 붉혔다. 그동안 나를 하찮게 대했으
면, 이 정도 대우는 감수해야지. 김진원은 그런 이형규의 모습
을 보며 통쾌함을 느꼈다.

"큰 특종거리이니까 제보만 하면 기자들이 알아서 달려들 거라고 생각했겠죠. 그런데 다들 거부하니까 당황했을 겁니다. 기자들은 내일전선을 꼼짝 못하게 할 확실한 증거 없이는 건드릴 수 없는 사안이라고 말했겠죠. 최대 광고주인 내일전선과 함부로 척을 질 수 없다면서 말이죠. 어떤 기자도 제보에 반응을 보이지 않으니까 마지못해 저를 찾아왔을 거예요. 맞죠?"

이형규와 서희철이 나란히 똥 씹은 표정을 지었다.

"고진매일은 지금 어떻게든 내일전선과 관계를 회복하려고 노력 중입니다. 어쨌든 내일전선은 고진시 언론계에서 최대 광고주이니까요. 이런 상황에서 두 분의 제보가 고진매일에 기사화될 수 있으리라 기대하시는 건가요?"

이형규와 서희철은 김진원의 물음에 대답하지 못했다.

"제가 더 관심을 보이지 않으면, 두 분은 어떤 선택을 하실 겁니까?"

이형규가 참았던 말을 터트리며 발끈했다.

"고진시 언론사만 언론입니까? 중앙언론사에도 제보하고 청와대 국민청원 게시판에도 제보를 올릴 생각입니다."

김진원은 가방에서 자신의 노트북 컴퓨터를 꺼내 실행한 뒤 회사 메일 계정을 열어 이형규와 서희철에게 화면을 보여줬다.

"고작 조그만 지방지 기자인 제게 온 제보 메일이 이렇게 많아요. 해외 유명 차량 브랜드 결함 제보, 유명 정치인의 대형 부동산 강탈 제보, 고진시의 강압적인 행정 제보, 한 대학병원의 의료사고 제보, 검찰의 사건 축소 의혹 제보, 국회의원과 경찰의 유착 의혹 제보 등등. 이 국회의원은 차기 대선 후보인 거 아시죠? 그런데 저 이거 안 보고 다 지웁니다. 중앙언론사에 제보한다고요? 고작 지방 기업인 내일전선의 비리를 제보한다는 메일에 관심 가지는 기자가 있을 것 같습니까? 청와대 국민 청원에 제보를 올린다고요? 한번 올려보세요. 지금 이 시간에도 수많은 비리 제보가 청원 게시판에 올라오고 있는데, 관심이나 받을 수 있을까요? 조회 수 100건이나 넘길 수 있을지 모르겠네. 언론 담당하셨던 분이 그 정도 감도 없습니까?"

김진원은 반박하지 못하고 한숨만 내쉬는 이형규에게 회심의 미소를 지어 보였다.

"그런데 말이죠. 제가 확실한 증거를 가지고 있습니다. 내일전선이 절대 반박할 수 없는 확실한 증거."

이형규와 서희철이 눈을 크게 뜨며 서로를 바라봤다. 저 둘의 제보에 내가 확보한 증거자료를 더하면 내일전선을 완벽하게 옭아맬 수 있다. 확신에 찬 김진원은 둘에게 자신의 취재 내용과 기사화로 예상되는 파장에 관해 설명하기 시작했다.

김진원과 헤어진 뒤 이형규와 가까운 호프집에 들어온 서희철은 복잡해진 머릿속을 하나하나 정리해나갔다. 회사를 박살내는 건 좋은데, 굳이 내가 앞장설 필요가 있을까? 회사를 어떻게든 박살내고 싶어 안달인 놈은 이형규지 내가 아니다. 이제

와서 딸에게 정의로운 아빠의 모습을 보여주면서 가정으로 돌아가겠다고? 내가 저 웃기는 코스프레에 왜 장단을 맞춰야 하지? 내가 맞춰주지 않아도 저 녀석은 어차피 설칠 거다. 내가 한 일이라고는 저 녀석 옆에 액세서리처럼 붙어 있는 것밖에 없지 않나. 저 녀석 때문에 회사가 박살나면 좋은 거고, 아니면…… 그건 그때 가서 생각해보지 뭐. 그리고 김 기자 말을 들어보니 뭔가 촉이 온다. 깊이 끼어들면 삶이 아주 피곤해질 거라는 촉이. 위험하다. 그것도 아주 많이. 서희철은 반쯤 충동적으로 시작한 이형규와의 동행을 멈추기로 했다.

"나는 빠진다. 나는 이거 감당할 자신이 없다."

서희철의 갑작스러운 선언에 이형규가 마시던 맥주를 뿜었다. 이형규는 물수건으로 테이블에 흘린 맥주를 닦으며 서희철에게 따졌다.

"이제 와서 빠진다는 게 말이 되냐? 김 기자 말 못 들었어? 저 정도 증거면 회사 박살내는 건 시간 문제야. 너도 회사 박살내고 싶다며?"

"지금 삶도 피곤한데 더 피곤해지기 싫다. 솔직히 나 없어도 되는 일이잖아. 내가 한 일이 뭐가 있냐? 그냥 너 따라다닌 게 전부지. 안 그래?"

"야! 솔직히 나도 네가 같이한다니까 용기 낸 거야. 나라고 이런 결심 하기 쉬웠겠냐? 이제 와서 네가 빠지면…… 그땐 나도 정말 힘들다."

서희철은 이형규의 간절한 눈빛을 외면했다.

"누가 보면 서로 죽고 못 사는 절친인 줄 알겠네. 나 담배 피우고 온다."

빨리 발을 빼는 게 상책이다. 서희철은 잠시 밖으로 나와서 김진원에게 전화를 걸었다.

"기자님, 아까 뵈었던 서희철입니다. 저는 솔직히 겁이 나서 더 끼어들지 못하겠습니다. 어차피 제가 한 일도 없고요. 나중에 기사 쓰실 때 익명으로 처리하시겠지만, 제 신원이 드러날 수 있는 어떤 언급도 해주시지 않기를 부탁드립니다. 저는 처음부터 그 자리에 없던 사람인 겁니다. 죄송합니다."

전화를 끊고 돌아서던 서희철은 이형규가 자신의 뒤에 서 있는 모습을 보고 흠칫했다.

"다 들었냐?"

"담배 얻어 피우려고 따라 나왔다."

"끊지 않았어?"

"오늘부터 다시 피우려고."

이형규가 서희철에게서 담배 한 개비를 받아 입에 물었다. 서희철이 라이터를 켜 담배에 불을 붙였다. 담배 연기를 들이마시던 이형규가 격하게 기침했다.

"오랜만에 피우니 몸에 안 받나봐?"

이형규는 담배 연기를 내뿜으며 넋두리를 했다.

"윤현종 그 새끼는 자기가 먼저 이나라를 건드렸으면서 입을 닦고, 이나라 그년은 자기도 좋았으면서 입 다물고 있고, 강영초 그 쌍년은 치사하게 몰카나 찍어대고, 한선우 그 새끼는 내 자리 차지하겠다고 나를 조지고, 서상범 그 새끼는 나를 못 본 체하고, 서희철 이 씨발 새끼는 이제 와서 뒤통수를 치고. 세상 진짜 좆같다. 그치?"

어이가 없네. 심사가 뒤틀린 서희철이 헛웃음을 흘렸다.

"이 새끼는 세상을 지 꼴리는 대로 사네? 이나라가 너를 좋아했는지 네가 어떻게 알아? 물어나 봤어? 이십대 아가씨가 왜 늙수그레한 사십대 중년 아저씨를 좋아해? 그리고 한선우는 네 등에 칼 안 꽂은 게 다행인 줄 알아. 그 새끼랑 사귄다는 소문이 돌던 동기 여자애 건드려서 퇴사까지 하게 만든 네가 무슨 할 말이 있냐? 윤현종 부장은 술 취해서 이나라한테 택시비 쥐여 준 게 전부라며? 임원 인사 앞둔 윤 부장을 곤란하게 만든 새끼가 적반하장도 유분수지. 그리고 몰래 내 뒤를 캐서 권고사직에 일조한 새끼가 이제 와서 뒤통수를 운운해? 솔직히 회사 망하게 한다고 네가 좋은 아빠가 될 수 있다고 보냐? 동정할 가치도 없는 새끼. 그러니까 네가 동기들 사이에서 재수 없다는 소리를 듣는 거야. 누가 나한테 그러더라. 인생은 절대 한 방에 꼬이지 않는다고. 서서히 잔잔하게 꼬이지. 그게 지금 우리 눈앞의 결과야. 알았냐 씹새야?"

서희철은 담배꽁초를 신경질적으로 밟아 껐다. 호프집 안으로 들어가 계산을 마친 서희철은 이형규에게 빈 담뱃갑을 구겨서 던졌다.

"계산은 내가 했다. 네 헛소리 덕분에 마음 편하게 발 빼고 간다. 알아서 잘해봐라, 개새끼야."

*

김진원의 보고를 들은 이한성은 내일전선을 무너뜨릴 수 있는 완벽한 취재라며 반색했다. 이한성은 김진원에게 당장 기사를 준비하라고 지시했다. 편집회의 결과, 주말에 지면을 발행하지 않는 다른 경쟁 신문이 바로 대응할 수 없도록 기사 게재 요일을 금요일로 정했다. 김진원은 이형규에게 게재 일자를 문자메시지로 알려주고 추가 취재를 하는 등 기사 작성에 집중했다.

기사 게재 일자를 하루 앞두고 갑자기 금요일 자 지면 기사 계획이 바뀌었다. 이한성은 김진원에게 기사 작성을 멈추고 이상균 편집국장과 함께하는 저녁 만찬에 참석하라는 지시를 내렸다. 장소는 고진시에서 유일하게 미슐랭 가이드 별점을 받은 고급 일식집이었다. 뒤늦게 저녁 만찬 장소에 도착한 김진원은 금세 상황을 파악했다. 이상균, 이한성 맞은편에 조일동과 윤현종, 오십대 후반으로 짐작되는 처음 보는 남자가 앉아 있었다. 기사를 엿으로 바꿔 먹었구나. 김진원은 끓어오르는 화를 억누르며 이상균의 옆자리에 앉았다. 처음 보는 남자가 김진원에게 명함을 건네며 인사했다.

"김 기자님, 처음 뵙겠습니다. 저는 넥스트케미칼의 김규환이라고 합니다."

넥스트케미칼의 등기 이사 중 끝까지 정체를 알 수 없었던 김규환이 바로 이 사람이구나. 김진원은 이형규의 제보 내용을 복기하며 자신의 명함을 김규환에게 건넸다. 김규환이 술병을 꺼내 테이블 위에 올려놓았다. 이상균이 술병을 보고 감탄사를 쏟아냈다.

"산토리 히비키 위스키 30년산! 이거 정말 귀한 물건인데!"

"역시! 국장님께선 바로 알아보시네요. 이보다 비싸고 훌륭한 위스키도 많은데, 아무래도 장소가 일식집인 터라 일본 위스키를 준비해봤습니다. 이해 부탁드립니다. 우선 스트레이트로 한 잔 드셔보시죠."

김규환은 스트레이트 글라스 여섯 잔에 위스키를 각각 반쯤 채웠다. 잔에 담긴 위스키는 조명을 받아 밝은 금빛을 발했다. 조일동이 고진매일을 찬양하는 미사여구를 건배사에 담았다. 김진원은 잔에 든 위스키를 한입에 털어넣었다. 바닐라향이 나는 달짝지근한 향기, 벌꿀과 초콜릿의 농후한 단맛이 느껴졌다. 돈이 좋긴 좋네. 김진원은 씁쓸한 표정을 지었다. 김규환이 김진원에게 물었다.

"김 기자님 입맛에는 안 맞나요? 이번에는 온더록으로 드셔보시죠."

종업원이 보냉용기에 얼음을 가득 담아왔다. 김규환은 익숙한 손놀림으로 잔에 얼음을 깔고 위스키를 부었다. 이번에는 이상균이 내일전선을 찬양하는 미사여구를 건배사에 담았다. 김진원은 이상균의 건배사를 한 귀로 듣고 흘리며 위스키 온더록을 한 모금 마셨다. 스트레이트로 마실 때와 달리 달콤한 향기와 맛이 줄어들고 꽃향기가 도드라졌다. 돈이 진짜 좋긴 좋네. 김진원은 밋밋하게 웃었다. 김규환이 김진원에게 다시 물었다.

"김 기자님 어떠세요?"

"둘 다 괜찮습니다. 비싼 술 아닙니까. 기자 월급으로는 마시기 힘든."

김규환이 폭소했다. 내 말이 웃긴가? 김진원은 김규환을 날카롭게 쏘아봤다.

"원래 플라스틱 업계에 계셨던 분은 아닌 듯한데, 어떻게 넥스트케미칼을 인수하고 내일전선과 인연을 맺게 되셨죠?"

이상균이 그만하라는 듯 김진원의 무릎을 두드렸다. 조일동이 김규환 대신 대답했다.

"산업통상자원부 차관을 지내셨다가 지금은 자유당 소속으로 계신 김대환 의원님 아시죠? 김 대표는 그분 동생이십니다."

김규환이 조일동의 말을 받았다.

"원래 저는 전국에서 부동산 임대 사업을 하던 사람입니다. 정계로 진출하신 형님께서는 공직에 계셨을 때 늘 원전의 안전성을 강조하셨습니다. 형님의 뜻을 이어받아 부동산 사업을 정리하고 이 업계에 뛰어들었습니다. 국내 최고 수준이지만 개점휴업 중인 다음폴리콤의 원전 케이블 컴파운드 공장을 정상화해보고 싶은 욕심도 있었고요."

전국에서 부동산 임대 사업을 했다면 투명성이 낮은 업계 특성상 불법과 탈법을 많이 저질렀을 것이다. 이는 김대환이 정계에 진출할 때 부담이 됐겠지. 동생이 지나치게 많은 부동산을 소유하고 있다는 사실 또한 부담됐을 테고. 그렇다고 김규환이 형 말을 듣고 순순히 사업을 정리했을 리가 없다. 대한원자력주식회사는 산업통상자원부 산하 공공기관이고, 김대환은 그 부처의 차관을 지냈다. 김규환은 넥스트케미칼을 인수하고 내일전선에 사실상 독점적으로 원전 케이블 컴파운드를 공급하고 있다. 그 사이에 김대환이 모종의 역할을 했을 가능성이 크다. 씨발. 썩어도 너무 썩었네. 김진원은 위스키 온더록을 한입에 마신 뒤 얼음까지 씹어 먹었다. 얼음을 씹어 먹는 소리가 룸 내에 크게 울렸다. 조일동이 그 모습을 보고 너털웃음을 지으며 손뼉을 쳤다.

"역시 김 기자님은 젊으십니다. 저는 이가 시려서 어림도 없어요."

김진원을 제외한 모두가 조일동을 따라 웃었다. 김진원도 억지로 따라 웃었다. 술잔이 여러 차례 돌자 웃음소리는 더욱 커졌다.

룸살롱에서 2차 술자리가 이어졌다. 홀복*을 입은 젊은 백인 여성 여섯 명이 룸으로 들어와 각각의 옆자리에 앉았다. 이한성이 백마 여섯 마리가 들어왔다며 환호성을 질렀다. 윤현종이 위스키를 맥주에 말아 폭탄주를 만들어 건배를 청했다. 김규환은 익숙한 손길로 파트너의 허리를 휘감으며 노래를 불렀다. 이상균은 자신의 입술을 파트너의 입술에 비볐다. 조일동은 파트너의 가슴을 주물럭거렸다. 김진원은 노골적으로 자신에게 몸을 비비는 파트너의 행동에 처음에는 당황했으나 곧 익숙해졌다. 룸 안을 현란하게 비추는 미러볼 조명과 고막을 자극하는 시끄러운 노래방 반주. 반주에 맞춰 요염하게 몸을 흔드는 여자들. 여기는 천국일까 지옥일까. 이상균의 강권에 못 이긴 김진원은 억지로 노래를 부르며 자조했다.

술자리가 끝난 후, 김진원은 이한성과 함께 이상균을 택시에 태워 집으로 보냈다. 이어서 택시를 잡으려던 이한성이 구역질하며 토사물을 바닥에 쏟아냈다. 김진원은 이한성의 등을 두드렸다. 한숨 돌린 이한성이 힘겨운 목소리로 말했다.

"진원아, 미안하다."

"상의도 없이 일을 이렇게 만든 건 너무하지 않습니까?"

이한성이 충혈된 눈으로 김진원을 올려다봤다.

"네가 국장이었어도 아마 똑같은 선택을 했을 거야. 나도 마

---

* 유흥업소 등에서 일하는 여성이 입는 원피스 형태의 옷.

찬가지이고."

"그래서 얼마나 챙겨준다던가요?"

"일단 내일 자 신문 백면* 전면광고로 10퍼센트 부가세 포함
해 5500만 원. 내일 바로 광고비를 집행하기로 했어. 덕분에 급
한 불 껐다."

김진원의 눈가에서 눈물이 땀과 뒤섞여 흘러내렸다.

"진짜 너무하네요……. 평생 다시 만나지 못할 특종일지도 모
르는데."

이한성이 딸꾹질을 하며 김진원의 어깨를 두드렸다. 김진원
은 이한성의 입에서 토사물 냄새가 짙게 풍겨나와 표정을 찡그
렸다.

"너무 서운해하지 마라. 국장이 인센티브로 너 500만 원 챙겨
준다더라. 이번 기회에 좋은 옷도 사고, 맛있는 것도 많이 사먹
어. 어쨌든 내일전선과 불편했던 관계를 이렇게 한 방에 해결했
잖아. 좋게 좋게 생각하자."

*

이형규는 새벽 일찍 일어나 노트북컴퓨터를 열고 고진매일
홈페이지에 접속했다. 이날 보도될 거라던 기사가 홈페이지 어

* 신문 맨 뒷면.

디에도 보이지 않았다. 업데이트가 늦어지는 것 아닌가 해서 몇 시간을 더 기다렸지만 소용없었다.

이형규는 대충 씻은 뒤 모텔 밖으로 나가 편의점 가판대를 뒤졌다. 가판대에는 중앙지밖에 없었다. 다른 편의점 가판대 역시 마찬가지였다. 이형규는 고진역까지 나온 뒤에야 역내 편의점 가판대에서 고진매일 지면을 발견해 구입할 수 있었다. 이형규는 역전 벤치에 앉아 지면을 살폈다. 1면부터 19면까지 어디에도 자신이 제보한 내용을 다룬 기사가 보이지 않았다. 이형규는 신문을 덮을 때가 돼서야 그 이유를 알아차렸다. 백면 전면광고라……. 이것들이 기사를 엿으로 바꿔먹었구나. 그것도 아주 큰 엿으로. 김진원에게 전화를 걸어봤으나, 통화 연결이 되지 않았다. 이형규는 서지혜에게도 몇 차례 전화를 걸어봤으나, 받지 않기는 마찬가지였다. 그는 고진매일 지면을 휴지통에 구겨넣으며 하늘을 바라봤다. 내 평생 본 하늘 중 가장 맑은 하늘이네. 어딘가에서 썩은 내가 풀풀 났다. 이형규는 자신의 옷소매로 코를 막으려다 멈칫했다. 썩은 내를 풍기는 곳이 자신의 옷소매였기 때문이다. 고진매일 지면을 버릴 때 쓰레기통에 묻어 있던 오물이 옷소매에도 묻은 모양이었다. 모두 다 태워버리고 싶다. 이형규의 허탈한 웃음이 공중으로 흩어졌다.

파국

    고진동부경찰서 비양지구대 앞에 도착한 서지혜는 불안한 마음으로 간판을 올려다봤다. 서지혜는 지금까지 살아오면서 경찰서 지구대에 방문한 일이 처음이었고, 그곳을 방문하는 이유가 남편의 갑작스러운 죽음 때문일 거라고는 단 한 번도 상상해본 적이 없었다. 경찰은 서지혜에게 이형규의 지갑과 신분증을 보여주며 유족인지를 확인했다. 이형규의 물건이 맞았다. 하지만 그것만으로는 남편의 죽음을 실감할 수 없었다.

    "그 사람은 지금 어디에 있나요?"

    "검시를 마친 후 고진중앙병원으로 옮겼습니다."

    "지금 확인할 수 있나요?"

    "확인할 수는 있는데, 시신의 상태가 그리 좋지 않아서."

    이형규는 이날 오전 자신의 차량 운전석에서 숨진 채로 발견됐다. 차량 조수석 바닥에는 번개탄을 피운 흔적이 선명했고, 이형규가 작성한 유서로 보이는 A4용지 여러 장이 서류 봉투에 담긴 채 뒷좌석에 놓여 있었다. 정확한 사인은 부검을 해봐야 밝혀지겠지만 일산화탄소 중독으로 보이며, 타살의 흔적은 보이지 않는다는 게 경찰의 설명이었다.

"시신의 상태와 유서에 적힌 날짜로 보아 고인의 사망 일자는 약 일주일 전으로 추정됩니다. 남편이 귀가하지 않는데, 이상하다는 생각이 들지 않았나요?"

"별거한 지 두 달이 넘었고, 그사이에 한 번도 얼굴을 보지 못했습니다."

"왜 별거를 하게 됐죠?"

서지혜는 이형규가 회사에서 신입사원에게 성추행을 저질러 징계를 받은 게 별거의 원인이라는 말을 차마 자기 입으로 할 수가 없었다.

"서로 성격이 잘 맞지 않았습니다. 그 사람이 유서를 남겼다고 하셨죠? 볼 수 있을까요?"

"자필 유언장은 아닙니다. 워드로 작성해 A4용지로 뽑았더군요."

내일전선이 만든 불량 원전 케이블이 국민의 삶을 위협하고 있다.

최근에 나는 제대로 안전성을 검증받지 못한 원전용 특수 케이블이 새빛원전에 설치돼 있다는 사실을 알게 됐다.

새빛원전 납기일을 맞추기 위해 안전성 검증을 소홀히 한 내일전선 경영진과 제때 새빛원전을 건설하지 못하면 인사상 불이익을 받을까 염려한 대한원자력주식회사 관계자들이 이 어처구니없는 사태를 일으킨 주범이다.

새빛원전 주변 지역 인구는 후쿠시마 원전 주변 지역보다도 많다. 새빛원전에서 대형 사고가 발생하면 후쿠시마 원전 참사보다 더 큰 참사가 일어날 수도 있다.

나는 내 딸이 위험한 환경에서 자라나기를 원하지 않아 이 사실을 외부에 폭로하기로 결심하고 정보를 수집했다. 이 같은 나의 행보를 눈치챈 내일전선은 나를 파렴치한 인간으로 만들고자 나와 신입사원 사이의 가벼운 신체 접촉을 성추행이라고 몰아붙였다. 이를 구실로 삼아 내일전선은 징계위원회를 열어 내게 자택대기발령 징계를 내렸다. 내 아내와 딸은 성추행범의 가족이라는 오명을 썼다. 나는 그 상황이 괴로워 가정을 떠났지만, 가족의 고통은 여전히 끝나지 않고 있다.

나는 내가 수집한 정보를 고진 지역 언론 곳곳에 제보했으나, 고진시의 최대 광고주 중 하나인 내일전선의 눈치를 보는 고진 지역 언론은 모두 내 제보를 외면했다. 중앙언론사들은 지역에서 벌어지는 비상식적인 상황에는 관심을 보이지 않았다. 나는 마지막이라는 심정으로 청와대 국민청원 게시판에도 제보를 올렸지만, 지역에서 벌어지는 흔한 비리라고 여기는 건지 관심을 보이는 사람이 거의 없었다.

이제 나는 어디에도 기댈 곳이 없다. 나는 죽음으로써 내 결백과 제보의 진정성을 밝히려고 한다. 내가 수집한 정보를 유서 뒤에 첨부한다.

지혜야, 사랑한다. 먼저 떠나 정말 미안하다.

예림아, 아빠는 옳은 일을 했단다. 그러니까 절대 기죽지 말고. 사랑한다.

유서를 모두 읽은 서지혜는 오열했다. 경찰은 서지혜를 달래며 다음 절차를 설명했다.

"의사가 고인의 시신을 검안해 사망원인을 확인하면 사망진단서를 작성하고, 사망원인이 명확하지 않으면 사체검안서를 작성합니다. 검안 결과, 사망원인이 파악되지 않으면 부검단계로 넘어갑니다. 타살일 경우에는 거의 무조건 부검을 하는데, 타살이 아니어도 재판에 대비해 부검을 하기도 합니다."

서지혜는 딸과 함께 고진시에서 떠나겠다는 계획을 접었다. 이대로 떠나면 나와 예림이는 평생 성추행범의 가족이란 오명에서 벗어나기가 어렵다. 유서의 내용대로라면 내일전선 측에 남편의 죽음이 직장 내 괴롭힘으로 인한 자살이라고 충분히 주장할 수 있다. 서지혜는 이형규에게 신입 여직원을 성추행한 게 사실이냐고 추궁했을 때 사실이라고 인정하던 이형규의 모습을 떠올리며 괴로워하다가 이내 마음을 다잡았다. 진실이 어떻든 간에 유서의 힘은 세다. 유서에 거짓을 남긴다고 생각하는 사람은 거의 없으니까. 서지혜는 경찰에게 힘줘 말했다.

"부검해주세요. 남편의 억울한 죽음을 꼭 밝혀야 해요."

김진원은 고진동부경찰서 비양지구대에 출석해 이형규 사망 사건 관련 참고인 조사를 마친 후 통화 목록을 살폈다. 8일 전 이형규가 남긴 부재중 통화 기록 3건이 보였다. 경찰에 따르면 이형규가 사망 전에 마지막으로 전화를 건 사람은 김진원과 서지혜 두 명이었으며, 두 명 모두 이형규의 전화를 받지 않았다. 외로웠겠구나. 김진원의 마음속에서 죄책감이 스멀스멀 일어났다.

그날 만약 기사가 보도됐다면 이형규가 그런 선택을 하지 않았을지도 모른다는 생각이 김진원을 괴롭혔다. 그와 동시에 김진원은 그날 이형규의 전화를 일부러 피한 게 다행이었다며 안도했다. 그 덕에 참고인 조사에서 당시 일이 바빠 전화를 받지 못했다고 간단히 진술할 수 있었기 때문이다. 기사를 내보내지 않은 건 회사의 선택이지 내 선택이 아니다. 김진원은 죄책감을 억누르며 지구대를 빠져나왔다.

차량에서 숨진 채 발견된 40대 남성…극단적 선택 추정

[고진=매일한국] 지난 11일 숨진 채 발견된 이 모(40) 씨의 사망원인이 일산화탄소 중독이라는 부검 소견이 나왔다.

이 씨의 변사사건을 수사 중인 고진동부경찰서 관계자는 13일 고진중앙병원에서 국립과학수사연구소 주관으로 진행된 사체 부검에 참관해 위와 같은 소견을 전했다. 이 관계자는 "혈액 일산화탄소 농도가 높고,

시신에서 특별한 외상이나 질병은 관찰되지 않았다"고 밝혔다.

경찰은 이 씨의 사망 당일 행적을 대부분 확인했다. 이 씨는 사망 당일 번개탄을 직접 구입한 것으로 드러났다. 경찰은 지난 4일 오전 5시께 이 씨가 고진 시내 한 편의점에서 번개탄을 현금으로 구입한 사실을 CCTV를 통해 확인했다. 이후 이 씨가 오전 6시 10분께 자신의 쏘나타 차량을 몰고 변사 현장으로부터 500m가량 떨어진 마을 입구에 진입하는 장면이 마지막으로 CCTV에 잡혔다.

경찰은 이 씨가 극단적인 선택을 했을 가능성이 크다고 판단하고 있다. 차량 조수석에는 호일 도시락 위에 번개탄이 타다 만 흔적이 남아 있었고, 뒷좌석에선 서류 봉투에 담긴 유서가 발견됐기 때문이다. 유서에는 이 씨가 재직 중인 전선업체 N사와 관련한 비리를 고발하는 내용이 적혀 있다고 경찰은 전했다.

한편, 유족 측은 이 씨가 직장 내 괴롭힘으로 인해 극단적 선택을 했다며 N사에 손해배상청구소송을 제기하겠다는 입장이다. 박대혁 기자 pth@maeilhankook.co.kr

이형규의 사망 소식 때문에 사내 분위기가 어수선한 가운데, 느닷없이 중앙일간지에 관련 기사가 보도돼 내일전선이 발칵 뒤집혔다. 기사에는 업체 이름이 영문 이니셜로 처리됐지만, 고진 내 전선업체 중 알파벳 N을 이니셜로 사용하는 업체는 내일전선뿐이기 때문이다. 윤현종은 한선우를 회의실로 불러 대책을 논의했다.

"박대혁 기자는 도대체 누구야? 처음 듣는 이름인데."

한선우는 기사를 뽑은 A4용지 몇 장을 윤현종에게 건넸다.

"최근 기사를 살펴보니까 매일한국 서울 본사 사회부에서 일하는 기자입니다. 고진청소년수련원에서 벌어진 화재 사건 취재 때문에 고진으로 출장을 왔다가 경찰서에서 기삿거리를 얻은 모양입니다."

"며칠 전에 유치원 아이들 수십 명이 죽은 사건 말이지?"

"네. 그렇습니다."

"고진시에서 벌어진 사건을 다른 곳도 아닌 중앙언론사가 작지 않게 보도했어. 게다가 유서에 우리 회사의 비리를 고발하는 내용이 담겨 있다고 기사화된 상황이야. 고진시 언론사들도 체면상 가만히 앉아 있기는 어려울 거야."

기사를 살피던 윤현종은 마지막 문장에 시선을 고정하며 인상을 구겼다.

"유족 측은 이 씨가 직장 내 괴롭힘으로 인해 극단적 선택을 했다며 N사에 손해배상청구소송을 제기하겠다는 입장이다……. 이건 또 무슨 말도 안 되는 개소리야! 기사에 나온 유족은 아마 이형규의 와이프일 거야. 일이 더 시끄러워지지 않게 하려면 이 여자부터 만나야 해."

이나라가 급하게 회의실 문을 열고 들어왔다.

"부장님. 회의를 방해해서 죄송한데, 찾아오신 분이 있습니다."

"누군데?"

이나라가 난처한 표정을 지었다.

"이형규 차장님의 부인이시라고……."

서지혜가 이나라를 옆으로 살짝 밀치고 회의실로 들어왔다. 호랑이도 제 말 하면 온다더니만. 윤현종은 서지혜에게 고개를 숙이며 위로를 전했다.

"저희가 먼저 찾아뵈었어야 했는데 송구합니다."

윤현종과 마주앉은 서지혜는 윤현종을 쏘아보며 따져 물었다.

"형규 씨가 정말 신입사원을 성추행해 징계를 받은 게 확실한가요?"

"그게 말입니다……."

"저는 확실한지 아닌지를 물었습니다."

말을 아끼는 윤현종을 대신해 한선우가 대답했다.

"드리기 어려운 말씀이지만 맞습니다. 증거도 확실하고요."

서지혜는 가방에서 서류 한 장을 꺼내 윤현종에게 들이밀었다. 서류는 이형규의 유서 사본이었다. 회사가 자신과 신입사원 사이의 가벼운 신체 접촉을 성추행이라고 몰아붙였다고? 동의 없는 키스가 가벼운 신체접촉인가? 죽음으로써 내 결백과 제보의 진정성을 밝히려고 한다? 어떻게 사람이 죽어가면서도 이렇게 뻔뻔하게 거짓말을 할 수 있지? 유서의 내용을 확인한 윤현종은 경악했다. 서지혜는 가방에서 서류 뭉치를 꺼내 윤현종 앞으로 던지며 언성을 높였다.

"설마 제 남편이 유서에 거짓을 남겼다는 말인가요? 그렇다면 이 서류는 도대체 뭐죠?"

서류 내용을 살피던 윤현종은 눈을 질끈 감았다. 큰일났다. 서류 뭉치에는 내일전선이 새빛원전에 납품한 케이블이 불량하다는 사실을 보여주는 다양한 정보가 일목요연하게 기록돼 있었다. 절대 외부로 유출되면 안 된다. 유출되면 내일전선의 앞날을 장담할 수 없다. 나도 위험해진다. 윤현종은 서류뭉치를 슬쩍 한선우에게 넘겼다. 서지혜는 그 모습을 보고 비웃었다.

"챙기셔도 상관없어요. 어차피 원본은 따로 있으니까. 이것 때문에 이 회사가 제 남편을 파렴치한 인간으로 만들어 쫓아내 죽음으로 내몬 건가요?"

유서만 읽으면 이 새끼는 영락없이 불의에 맞서다 회사의 농간에 희생당한 내부고발자다. 윤현종은 밥을 먹다가 벌레라도 씹은 듯 표정을 일그러뜨렸다. 서지혜가 자리를 박차고 일어나 회의실 밖으로 나갔다. 윤현종과 한선우가 다급하게 그 뒤를 쫓았다. 서지혜는 경영지원팀 앞에 멈춰 직원들에게 물었다.

"이 부서 신입사원이 누구죠?"

이나라가 눈치를 보다가 쭈뼛거리며 자리에서 일어났다.

"저, 전데요."

서지혜가 빠른 걸음으로 이나라의 코앞까지 다가왔다. 이나라는 그 기세에 눌려 움찔했다. 서지혜가 이나라의 눈을 노려보며 나지막하게 물었다.

"형규 씨가 정말 그쪽을 성추행한 게 맞나요?"

"네?"

이나라는 갑작스러운 서지혜의 질문에 당황해 대답을 제대로 하지 못했다. 서지혜가 격분해 소리쳤다.

"형규 씨가 정말로 너한테 엉뚱한 짓을 했냐고!"

서지혜가 주위 눈치를 보며 말을 얼버무리는 이나라의 뺨을 세게 쳤다. 이나라는 뺨을 손으로 감싸며 바닥에 쓰러졌다. 직원들이 급히 서지혜를 사무실 바깥으로 끌어냈다. 서지혜는 사무실에서 멀어지며 소리쳤다.

"당신들 결코 가만히 두지 않을 거야! 내 손으로 내일전선을 고진에서 지워버릴 거야!"

*

김진원은 고진매일에 입사한 이후 김수연 사장과 단 둘이 마주앉은 일이 처음이라 긴장했다. 자리가 사람을 만든다는 말이 사실이긴 하구나. 김진원은 자신보다 고작 네 살 더 많은 김수연에게서 느껴지는 아우라에 숨이 막힐 것 같았다. 김수연은 김진원에게 편하게 차를 마시라고 권했다. 김진원은 무심코 고개를 옆으로 돌려 차를 한 모금 마시다가 민망해져 다시 고개를 앞으로 돌렸다.

김수연은 3년 전 갑작스러운 심장마비로 별세한 아버지의 자리를 물려받아 사장이 됐다. 김수연은 사장 자리에 오르기 전까지 언론계에 종사한 경험이 전혀 없었다. 고진매일의 오너였던 전임 사장에게 자식은 외동딸인 김수연뿐이었다. 국내 명문 음대에서 피아노를 전공한 후 해외 유학 중이던 김수연이 중도 귀국할 수밖에 없던 이유였다.

김수연이 사장 자리에 오른 이후 고진매일의 사세는 매년 기울었다. 이 같은 상황이 계속되자 사내에서 김수연의 경영 능력에 관해 의구심을 품는 분위기가 팽배해졌다. 최대 광고주인 내일전선이 유료 부수를 핑계로 광고비 집행과 협찬을 거부한 이후, 김수연이 편집국에 내린 무리한 부수 확장 지시는 가뜩이나 꺾여버린 기자들의 사기를 더 꺾었다. 분위기를 반전할 승부수가 김수연에게 절실했다.

"내일전선을 치려고 하는데, 김 기자의 솔직한 생각을 듣고 싶어서 불렀어요."

김진원은 김수연이 던진 예상치 못한 승부수에 충격을 받았다. 스트라이크! 함부로 받아칠 공이 아니다. 김진원은 자신의 의견을 제시하는 대신 김수연에게 그런 승부수를 던진 이유를 조심스레 물었다.

"죄송하지만, 사장님께서 그런 말씀을 하시는 이유가 무엇인지 여쭤봐도 되겠습니까?"

김수연은 김진원이 던진 공을 여유 있게 받았다.

"이상균 국장과 이한성 부장에게서 김 기자가 취재한 내용을 보고받았어요. 그 정도 취재 내용이면 내일전선을 치기에 충분하겠던데요. 그렇지 않나요? 현장 기자의 의견을 들어보고 싶어요."

김진원은 조심스레 변화구를 던졌다.

"사장님 말씀이 옳습니다. 내일전선이 다급하게 기사를 막고 우리와 관계를 개선하려고 발 빠르게 나선 걸 보면 말입니다."

"매일한국에 보도된 기사 보셨죠?"

박대혁. 김진원은 언론사 준비 스터디에서 자신을 가장 집요하게 공격했던 얼굴을 떠올리며 어금니를 꽉 물었다.

"내일전선 직원이 자살했다는 기사 말씀이시죠? 제 취재원이었습니다."

김수연이 한쪽 손으로 턱을 괴며 김진원의 눈을 응시했다.

"기사 내용을 보니까 유족이 내일전선에 손해배상청구 소송을 제기하면 일이 시끄러워지겠던데요. 그렇게 되면 김 기자가 어렵게 취재한 노력이 물거품이 되지 않나요?"

적어도 박대혁 같은 놈에게 다 된 밥을 내줄 수는 없다. 김진원은 가슴이 뛰었다.

"유족이 소송을 제기해 시끄러워지면, 내일전선이 새빛원전에 납품한 불량 케이블 문제가 드러나는 건 시간문제입니다."

"김 기자가 취재한 내용이 기사로 보도되면, 내일전선은 어떻게 될 거라고 예상하시죠?"

김진원은 불량 원전 케이블로 인한 피해 추산액이 최소 수천억 원에 달할 것이며, 간접적인 피해액까지 추산하면 조 단위를 넘어갈 수도 있다던 백효진의 설명을 복기했다. 잠시 뜸을 들인 김진원은 김수연에게 승부수를 던졌다.

"무너집니다. 100퍼센트."

"왜 그렇게 예상하시죠?"

"내일전선은 수천억 원이 될지도 모를 피해액을 감당할 덩치가 안 됩니다. 본사인 미래전선 또한 계열사의 책임으로 인한 막대한 피해 보상을 감수할 리가 없습니다. 아마 내일전선을 정리하는 선에서 꼬리를 자를 겁니다. 제 소견입니다."

김수연이 흡족한 미소를 지었다.

"그 부분에 관한 예상은 저와 김 기자가 일치하네요. 이 국장은 지레 겁부터 먹던데, 현장 기자의 생각은 확실히 다르네요. 어차피 무너질 곳이라면 우리가 먼저 나서서 치는 게 낫겠죠? 나중에 뒤따라 나서봐야 폼도 살지 않을 테니. 내일전선이 우리에게 광고비 집행을 마쳤으니 우리도 더 아쉬운 것 없고."

광고비를 다 받았으니 먹고 버리시겠다? 이거 완전히 양아치 마인드네. 김수연 사장, 보기보다 약았구나. 상관없다. 이 기사를 통해 나는 고진시 대표 기업이자 국내 굴지의 전선업체를 무너뜨린 기자가 돼 고진시를 넘어 전국에 이름을 각인할지도 모른다. 이번 기회에 고진매일도 확실하게 고진시에 존재감을 과시할 테니 일석이조다. 각오해라. 1년 전의 내가 아니다. 김진원은 미소를 감추지 못했다. 김수연이 편집국장실에 전화를 걸었다.

"이 국장. 내일 자 지면으로 내일전선 기사를 서둘러 준비하세요. 혹시라도 다른 매체에 관련 기사가 나올지도 모르니, 기사가 완성되면 온라인으로 먼저 송고해 이슈를 선점하시고요."

김수연의 제가가 떨어지자 편집국은 일사불란하게 움직이기 시작했다. 이상균은 총력전을 선언했다. 이상균의 지시에 따라 경제부 기자 전원에 사회부, 정치부까지 김진원에게 달라붙었다. 1면 톱기사를 맡은 김진원은 예전에 작성하고 내보내지 못한 기사를 보완한 뒤, 이형규의 제보 녹취를 풀어서 인터뷰 기사를 작성해나갔다. 나머지 경제부 기자들은 김진원의 취재 내용을 바탕으로 향후 파장을 예상하는 박스 기사 작성에 매달렸다. 사회부는 서지혜의 인터뷰를 따기 위해 연락처를 수소문하는 등 추가 취재에 들어갔다. 정치부는 넥스트케미칼, 내일전선, 대한원자력주식회사로 이어지는 커넥션의 실체를 조명하기 위해 김대환 의원 측과 접촉에 나섰다.

[단독] 내일전선, 새빛원전에 불량 케이블 공급···후쿠시마보다 위험

[고진매일] 국내 굴지의 전선업체인 내일전선이 새빛원전 1·2호기에 납품한 케이블이 불량 제품인 것으로 밝혀졌다. 당장 새빛원전 가동을 중단하지 않으면, 후쿠시마 원전 참사보다 더 큰 참사가 벌어질 수도 있

다는 우려가 나오고 있다.

13일 고진매일이 단독으로 입수한 아랍에미리트(UAE) 원자력공사(이하 공사)의 자료에 따르면 내일전선의 원전 케이블은 1년 전 UAE 원전 케이블 사업 입찰 과정에서 치러진 안전성 시험을 통과하지 못한 것으로 드러났다. 공사 측은 방사선과 장시간 고열에 노출한 케이블(노화시편)과 그렇지 않은 케이블(비노화시편)로 난연 성능을 세 차례에 걸쳐 검증했다. 검증 결과 비노화시편은 화염시험을 통과했지만, 노화시편은 세 차례 화염시험 중 두 차례 시험에서 통과하지 못했다. 당시 내일전선은 "해외 원전 사업에 참여한 경험이 없어서 현지 기후에 적합한 케이블을 개발하지 못했기 때문에 수주에 실패했다"며 "국내 원전에 납품한 케이블의 안전성에는 아무런 문제가 없다"고 해명한 바 있다.

원전에 쓰이는 수많은 전기 공급 장치는 원전용으로 제작된 특수 케이블을 통해 신호를 주고받는다. 케이블이 불량하면 원전 내부 온도가 갑자기 치솟을 때 냉각장치가 즉시 작동하지 않아 원자로가 녹아내려 방사능이 누출되는 대형 사고로 이어질 수도 있다. 원자로 내에 설치해 방사능을 직접 받는 안전등급 케이블은 섭씨 50도 이상 온도에서 원전의 가동 연한인 60년 이상 기능과 품질을 유지해야 한다.

문제는 이 케이블이 내일전선이 2년 전 새빛원전에 납품한 케이블과 동일한 제품이라는 사실이다. 지난 11일 극단적인 선택을 한 채로 발견된 내일전선 직원 이 모(40) 씨의 제보에 따르면 대한원자력주식회사(이하 대원) 관계자가 새빛원전 공기 지연에 따른 인사상 불이익을 우려해 내일전선에 안전성 검증이 제대로 되지 않은 케이블이라도 공급하라고

종용했다. 그로부터 1년 후 UAE 원전 케이블 사업 입찰 과정에서 케이블의 안전성에 문제가 있다는 점이 드러나 내일전선과 대원은 은밀하게 케이블 교체 공사를 추진해왔다.

더 큰 문제는 새빛원전 주변 방사선비상계획 구역(원전 반경 30㎞ 내)에 거주하는 인구가 250만 명에 달한다는 사실이다. 후쿠시마 원전 주변 방사선비상계획 구역에 거주하는 인구 14만 명보다 18배나 많다. 최근 들어 이 지역에선 크고 작은 지진이 자주 발생하고 있다. 큰 지진이 발생해 케이블 불량으로 냉각장치가 제대로 작동하지 않으면, 후쿠시마 원전 사고와 비교도 할 수 없는 참사가 벌어질 가능성이 크다.

안전성 확보를 위해 케이블을 교체하려면 원전 가동 중단이 불가피하다. 케이블 전체를 교체하는 데 소요되는 기간은 최소 수개월에서 길면 1년이다. 이 기간에 대체 전력을 확보하기 위한 화력발전에 추가로 들어가는 비용이 최소 수천억 원 이상으로 추산된다는 게 전문가의 의견이다. 김진원 기자 *jinwon@gojinmaeil.co.kr*

고종석은 사내 모든 간부급 직원을 소집해 비상 회의를 열었다. 고진매일 지면에 실린 기사를 침통한 표정으로 읽던 고종석이 조일동에게 물었다.

"조 상무, 며칠 전 고진매일에 전면광고 주지 않았나?"

"네. 그렇습니다."

조일동은 손수건으로 이마에 흐르는 땀을 닦았다. 고종석은 고진매일 지면을 반으로 접어 흔들어 보였다.

"그런데 오늘 여기에 나온 기사는 도대체 어떻게 받아들여야 하지?"

"보도 경위를 확인하고 있긴 한데…….."

조일동은 말끝을 흐렸다. 윤현종이 조일동 대신 조심스럽게 말했다.

"우선 우리의 공식입장을 정리해야 합니다. 책임을 회피하는 인상을 주면 역풍을 맞습니다. 지금으로선 정공법으로 대응하는 게 옳습니다. 가능한 한 빨리 문제를 해결하겠다고 입장을 밝히면서 사과해야 합니다. 당장은 큰 타격을 입겠지만, 그래야 다음을 도모할 수 있습니다."

신상윤이 뒤이어 다른 의견을 보탰다.

"그동안 관리해온 고진시 언론사들을 통해 어떻게든 대한원자력에 더 책임이 있다는 점을 강조해야 합니다. 을인 내일전선 입장에선 어떻게든 납기를 맞춰달라는 갑인 대한원자력의 요구를 따를 수밖에 없었다는 점을 말입니다. 프레임을 갑을 관계로 몰고 가야 합니다. 중요한 거래처를 잃는 게 문제가 아닙니다. 일단 살아야 합니다."

신상윤이 말을 마치자마자 서상범이 끼어들었다.

"이형규 차장이 사내 성추행으로 징계를 받았다는 사실을 강조하는 건 부적절하다고 봅니다. 우리로선 황당한 부분이지만, 기사를 접한 사람들은 이형규를 내일전선의 핍박을 받아 억울하게 죽은 내부고발자로 믿고 있습니다. 그 부분에 관한 진실은 다투면 다툴수록 우리가 불리합니다. 고인의 갑작스러운 죽음을 애도하며 성실하게 대책을 마련하겠다는 정도로만 입장을 밝히면 족합니다."

고종석이 깊은 한숨을 내쉬며 힘없이 말했다.

"문제는 본사야. 본사가 외면하면 우리는 끝이야."

아무도 고종석의 말에 대꾸하지 못했다. 회의실 내에 잠시 정적이 흘렀다. 신상윤이 좌중을 둘러보며 침묵을 깼다.

"내일전선 창사 이후 가장 심각한 비상사태를 맞았습니다. 지금 가장 중요한 건 내부단속입니다. 우선 우리부터 흔들림 없이 하나로 뭉쳐야 합니다. 외부에 우리가 동요하고 있다는 인상을 주면 안 됩니다. 그러니까……"

이해완이 목소리를 높여 신상윤의 말을 끊었다.

"신상윤 상무! 말은 바로 하지? 우리가 언제부터 하나였어?"

좌중의 시선이 이해완에게 집중됐다. 이해완은 신상윤에게 노골적으로 비웃는 눈빛을 보냈다.

"로열패밀리니 성골이니 하며 자기들끼리 뭉쳐서 이 자리 저 자리 나눠 먹을 때는 언제고, 이제 와서 우리는 하나라고? 어이가 없어. 양심은 어디다 팔아먹었냐? 그게 무슨 말도 안 되는 개소리야?"

"뭐? 개소리? 이 새끼가! 사장님 앞에서 너 미쳤어?"

신상윤이 이해완에게 삿대질하며 소리를 질렀지만, 이해완은 신상윤을 무시하고 고종석에게 쓴소리를 퍼부었다.

"며칠 전 광고비를 잔뜩 먹인 고진매일이 왜 뒤통수를 친 건지 궁금하십니까? 그놈들은 아는 겁니다. 내일전선이 곧 무너질 거라는 걸! 어차피 무너질 곳이니까 앞뒤 재지 않고 기사를 쓴 겁니다. 저처럼 뒷방에 처박혀 있는 놈도 돌아가는 상황을 훤히 파악하는데, 그 자리에 계시는 분은 눈과 귀가 멀었습니까? 그렇게도 감이 없습니까?"

몇몇 간부들이 이해완의 말에 동의한다는 듯 고개를 끄덕이며 서로 불안한 눈빛을 교환했다. 이해완이 자리에서 일어나 좌중을 둘러보며 말했다.

"똥 싸는 놈 따로 있고, 치우는 놈 따로 있습니까? 똥은 싼 놈들끼리 모여 알아서 치우십시오. 뭐, 너무 많이 싸질러서 치우지도 못하겠지만. 저는 퇴청합니다."

이해완이 자리를 비우고 떠나자 분위기가 술렁였다. 김호열도 자리에서 일어났다.

"이 선배 말에 틀린 게 있습니까? 촌동네 회사에서 촌것들끼리 모여 성골이니 로열패밀리니 하며 서로 물고 빨 때는 언제고. 우리가 언제부터 하나였습니까? 저도 퇴청합니다."

김호열이 떠나자 성골이 아닌 몇몇 간부들도 눈치를 보다가 그 뒤를 따랐다. 회의실 자리 중 절반 가까이가 비었다. 고종석은 그 빈자리를 바라보며 망연자실했다.

윤회

'원전 비리' 내일전선 대표 구속

[고진신문] 고진지방법원은 불량 케이블 30억 원 상당을 새빛원전 1·2호기에 납품한 혐의로 내일전선 대표 고 모(64) 씨의 구속영장을 발부했다고 10일 밝혔다. 재판부는 사건의 중대성 등을 고려해 영장을 발부했다고 설명했다.

내일전선은 지난 2018년부터 2019년 사이에 부적격 제어 케이블을 원전에 납품했고, 지난 2월 원자력안전위원회가 해당 원전 부품이 제대로 검증을 거치지 않았다고 발표하면서 원전 비리에 대한 검찰의 대대적인 수사가 시작됐다.

앞서 지난달 내일전선 신 모(57) 상무·윤 모(52) 부장·서 모(52) 부장, 전 새빛 제1건설소 건설소장(59·현 넥스트케미칼 이사) 등이 케이블 시험

성적서 위조를 공모한 혐의로 구속된 바 있다.

고진지검 동부지청 원전비리 수사단은 구속영장 재청구 방침을 세운 이터널엔지니어링 지 모(53) 대표를 보강 조사했다. 검찰은 대한원자력 관계자 5명을 참고인 신분으로 소환해 조사를 벌이는 것으로 알려졌다. 아울러 검찰은 내일전선, 대한원자력, 대한전력기술, 이터널엔지니어링, 넥스트케미칼 사무실과 임직원 자택에서 압수한 다량의 서류, 컴퓨터 파일, 회계 장부 분석 작업에도 속도를 높이고 있다. 정병희 기자 byung@gojinnews.co.kr

내일전선 원전 비리가 기사화된 이후 서지혜는 한동안 눈코 뜰 새 없는 바쁜 나날을 보냈다. 고진시 지역 언론사는 물론 중앙언론사로부터도 인터뷰 요청이 쇄도했다. 전국 곳곳에서 이형규를 추모하는 행사가 이어졌고, 서지혜는 그 자리에 참석해 더 이상 내부고발자가 희생당하는 사태가 벌어져서는 안 된다고 역설했다.

이형규의 죽음을 계기로 정부는 가동 중인 원전 부품의 품질 서류에 대한 전수조사를 벌였다. 그 결과 약 400여 건의 품질 서류 위조가 확인됐고, 서류 위조와 납품 계약 비리 등의 혐의로 150명 이상이 검찰에 기소됐다. 제2, 제3의 내일전선과 같은 사례가 드러날 때마다 이형규를 향한 추모 분위기는 더욱 거세졌다. 이형규는 곳곳에서 열사 칭호를 받기에 이르렀다. 온라인상에서 가끔 이형규가 사내 성추행 가해자가 아니냐는 의혹이 제기되기도 했지만, 유서와 증거를 보고도 믿지 못하느냐는 다수의 성난 반발 앞에서 의혹은 힘을 잃었다. 서지혜는 기회가 있을 때마다 이형규가 가정적이면서도 따뜻한 사람이었다며 보고 싶다고 눈시울을 붉혔다.

서지혜는 딸 예림과 함께 서울로 올라와 광화문광장에서 열린 내부고발자 보호를 촉구하는 집회에 참석했다. 집회 리허설 중 무대 중앙에 설치된 대형 LED 스크린에 스스로 목숨을 끊은 내부고발자의 사진이 한 명씩 스쳐지나갔다. 이형규의 얼굴도 그 가운데에 있었다. 추위에 빨개진 손을 녹이려고 비비는 서지혜에게 누군가가 핫팩을 건넸다. 내일전선 원전 비리가 사회적 이슈로 불거졌을 때부터 서지혜의 법률자문을 도왔던 이강우 변호사였다.

"뭐 하러 여기까지 오셨어요?"

"날이 쌀쌀한데 멀리서 잘 오셨는지 걱정이 되더라고요. 예림이도 같이 왔네요?"

예림은 많은 사람이 오가는 광장이 신기한 듯 혼자 집회 장소 이곳저곳을 돌아다녔다. 이강우는 예림의 움직임을 시선으로 쫓으며 흐뭇한 미소를 지어 보였다. 정말 괜찮은 사람인데, 왜 부인이 떠나버린 걸까. 변호사라는 사람이 돈이 안 되는 일에만 매달려서 지쳐버린 걸까. 서지혜는 이강우의 옆모습을 힐끗 쳐다보며 왠지 모를 아쉬움을 느꼈다. 이강우가 LED 스크린으로 시선을 돌리며 혼잣말을 했다.

"오늘 많이 춥네."

서지혜는 핫팩을 코트 주머니에서 꺼내 도로 이강우에게 건넸다. 이강우는 괜찮다며 손사래를 쳤다. 서지혜와 이강우가 핫팩을 두고 실랑이를 벌이는 사이에, 이강우의 코트 주머니에서 장지갑이 빠져나와 바닥에 떨어졌다. 서지혜는 지갑을 주워들어 살폈다. 모서리가 터지고 곳곳이 탈색돼 있었다.

"지갑이 너무 낡고 오래됐네요."

이강우는 서지혜에게서 지갑을 건네받으며 어색하게 웃었다.

"딱히 불편한 건 없어서."

전처가 사준 지갑인가. 변호사씩이나 되는 사람이 지갑이 저게 뭐야. 검은색보다는 갈색이 나중에 낡은 티가 덜 나지 않을까. 서지혜는 스마트폰으로 가까운 백화점의 위치를 검색했다. 광화문광장에서 멀지 않은 곳에 백화점 여러 곳이 있었다. 서지혜는 며칠 전 통장에 입금된 이형규의 자살재해사망보험금 500만 원을 떠올렸다. LED 스크린에 이형규의 얼굴이 다시 스쳐지나갔다. 예림이 멈춰 서서 서지혜와 LED 스크린을 번갈아 바라보며 헤죽거렸다.

대원, 내일전선에 1000억 원대 손해배상 소송

[고진매일] 대한원자력주식회사(대원)가 4일 새빛원전에 불량 케이블을 납품한 내일전선을 상대로 1000억 원이 넘는 거액의 손해배상 청구

소송을 내기로 했다고 밝혔다.

대원에 따르면 새빛원전 1·2호기 케이블 교체에 드는 비용은 신규 케이블 구매 금액 40억 원, 교체에 필요한 제반 비용 900억 원 등이다. 여기에 대원은 새빛원전 3호기 준공 지연으로 발생하게 되는 손실액 일부 역시 이번 소송에 포함할 계획이다. 다만 내일전선의 지난 반기 말 기준 순자산액이 1150억 원인 만큼 대원의 이번 손해배상 청구금 역시 이 수준을 넘지는 않을 것으로 보인다.

새빛원전 1·2호기에 설치된 내일전선의 케이블은 지난달에 이뤄진 성능 재시험에서 결국 불합격 판정을 받았다. 이에 따라 대원은 총 850km에 이르는 케이블을 전량 교체해야 한다. 당초 내년 7월 준공 예정이었던 새빛 3호기는 빨라야 내년 연말에야 준공이 가능하게 됐다. 김진원 기자 jinwon@gojinmaeil.co.kr

삼겹살집에서 이해완과 마주앉은 김호열은 서로 멋쩍은 미소를 교환하며 술잔을 기울였다. 이해완이 김호열에게 놀리듯이 물었다.

"그렇게 달고 싶었던 별을 단 소감이 어때?"

"선배는 뒤늦게 별 다니까 기분이 어때요?"

"좆같지. 이게 별이냐? 낙인이지. 나치가 유대인의 가슴팍에 강제로 달아놓은 다윗의 별과 다를 게 뭐야?"

"이하동문입니다."

김호열은 어색한 미소를 지으며 이해완과 잔을 부딪쳤다. 검찰의 원전 비리 사건 조사가 이뤄진 이후 고종석 이하 로열패밀리들이 대거 구속됐다. 미래전선은 내일전선에 뒤처리를 맡길 낙하산 사장을 보냈으나, 임원까지 모두 낙하산 인사로 채우지는 못했다. 그 결과 김호열은 경영지원부문장, 이해완은 전력사업본부장으로 승진해 자리를 차지하는 우스운 상황이 연출됐다. 미래전선은 내일전선의 사업을 정리하겠다는 의지를 보여 둘의 자리는 시한부나 다름없었다. 둘의 업무는 기존에 주문받은 물량을 처리하고, 지금보다 상황이 더 나빠지지 않게 관리하는 일뿐이었다. 사실상 이름뿐인 임원 자리였다.

"선배, 미래전선이 우리까지 고용 승계를 하지는 않겠죠?"

"너라면 해주겠냐? 바랄 걸 바라. 늘그막에 별이라도 달았으니 영광으로 알아라. 다른 동기들은 달지도 못한 별 아니냐."

"아니죠. 그놈들도 빵에 갔으니 별을 단 건 마찬가지죠. 그 별이나 이 별이나."

김호열과 이해완은 서로를 바라보며 이죽거렸다. 불판에서 삼겹살을 뒤집던 김호열이 이해완의 얼굴을 빤히 바라봤다.

"뭘 빤히 바라봐? 눈깔 저리 안 치워?"

"선배 앞머리가 예전보다 더 뒤로 물러났네요."

"지들이 떠나고 싶은가보지. 붙잡을 생각 없다."

"선배 예전에는 정말 멋있었는데."

이해완이 김호열의 정강이를 살짝 발로 찼다. 김호열이 짧게 비명을 지르며 인상을 구겼다. 손님들의 시선이 둘에게 잠시 집중됐다가 흩어졌다. 이해완이 돼지기름에 구운 김치에 삼겹살을 싸먹으며 귀찮다는 듯이 말했다.

"네 사수 노릇도 이제 지겹다."

김호열은 정강이를 문지르며 삼겹살에 젓가락질했다.

"혹시 알아요? 둘 다 고용 승계가 돼서 같은 곳에서 만날지. 우리가 이렇게 임원으로 승진할 줄은 꿈에도 몰랐잖아요? 뭐 껍데기이긴 하지만 말입니다. 끝날 때까지 끝난 게 아닙니다. 어쩌면 오늘의 만남이 새로운 시작이 될지도 모르죠."

*

김대환 의원, '원전 비리' 관련 거액 수수 포착

[매일한국] 김대환 자유당 의원이 원전 비리와 관련해 금품을 수수한 혐의로 다음 주 초 검찰에 소환된다.

고진지검 동부지청 원전 비리 수사단은 9일 "김 의원이 지난 2018년 산업통상자원부 차관으로 재직하던 시절에 내일전선의 아랍에미리트(UAE) 원전 케이블 수주를 위한 로비에 관여했는지를 조사할 예정"이라고 밝혔다.

검찰은 김 의원의 동생인 김규환(59) 넥스트케미칼 대표가 2018년 4월께 내일전선 고 모(64·구속) 사장에게 "UAE 원전에 케이블을 공급하려면 대한원자력주식회사에 청탁하고 김 차관에게도 성의를 표현해야 한다"며 로비 자금을 요구한 단서를 포착했다.

검찰은 이에 따라 김 대표에게 전달된 돈이 대한원자력과 김 의원을 상대로 한 로비자금으로 실제 사용됐는지 집중적으로 추궁하고 있다. 박 대혁 기자 pth@maeilhankook.co.kr

김진원이 고진매일 수습기자를 대상으로 한 명사 강의에 강연자 자격으로 들어오자 박수 소리와 환호성이 쏟아져나왔다. 쑥스러워진 김진원은 조용히 하라고 손을 흔들었지만, 오히려 박수 소리와 환호성은 더 커졌다.

원전 비리 보도 이후 김진원은 고진의 스타 기자로 떠올랐다. 김진원의 기사는 고진 지역 언론사뿐만 아니라 전국 모든 언론사의 관심을 집중시켰다. 중앙언론사도 앞다퉈 김진원의 기사를 인용 보도했고, 외신 기자까지 김진원에게 연락해 취재 과정을 물었다. 취재원이 김진원을 대하는 태도가 완전히 달라졌을 뿐만 아니라, 양질의 제보 메일까지 쏟아지기 시작했다. 이 기사로 김진원은 고진매일 소속 기자로는 10년 만에 이달의 기자상을 받은 데 이어, 며칠 전 한국기자상*까지 수상하는 쾌거를 거뒀다. 특히 김진원의 한국기자상 수상은 고진 지역 언론사 중 최초의 수상이어서 더 많은 주목을 받았다. 한국기자상 수상 후

---

* 대한민국 언론인에게 수여하는 상으로, 한국기자협회가 협회 회원을 대상으로 그해에 신문·방송·통신에 게재된 기사 중 가장 좋은 기사를 선별해 매년 2·3월에 시상하며 최고의 권위를 인정받는다.

에는 언론사 준비 스터디의 팀원이었던 중앙언론사 기자들까지 김진원의 페이스북에 찾아와 친구 신청을 하고 수상을 축하하는 댓글을 남겼다. 그중에는 박대혁도 있었다. 내가 비록 고진에 처박혀 있지만, 한국기자상을 받지 못하는 한 너희들은 영원히 나보다 한 수 아래다. 김진원은 화이트보드에 '기자에게 지역의 한계란 없다'라는 주제를 적으며 득의양양했다.

"안녕하세요. 김진원입니다. 저는 여러분께 원전 비리 취재 과정을 바탕으로 기자의 역할에 관해 이야기해보고자 합니다. 원전 비리 사건의 취재는 이보다 1년 전에 제가 쓴 실패한 기사에서 시작됐습니다."

김진원은 처음 쓴 기사 때문에 내일전선으로부터 고초를 겪었던 사연을 시작으로 아랍에미리트 원자력공사의 시험 자료를 입수했던 과정, 고진의 다른 언론사들이 내일전선의 눈치를 보는 사이에 과감히 먼저 치고 나왔던 일들을 차분하게 미화해서 전했다. 수습기자들은 김진원의 말을 단 하나도 놓치지 않겠다는 듯 강연에 집중했다.

"요즘 같은 온라인 세상에서 지역은 한계로 작용하지 않습니다. 저의 사례를 보시면 알겠지만, 노력만 하면 앉아서 지구 반대편 아랍에미리트까지 취재할 수 있는 세상입니다. 제가 쓴 기사는 지역의 기사이지만, 전국 모든 언론에 반향을 일으켰습니다. 내일전선은 고진 지역의 대표 기업이지만, 그 안에서 벌어진 비리의 양상은 내일전선만의 문제가 아니었기 때문입니다.

제 기사를 계기로 전국적으로 비슷한 형태의 비리가 더 많이 드러났고, 수많은 관련자가 비리 혐의로 구속됐습니다. 거시적으로 보면 대한민국이라는 국가는 수도권과 지방이 유기적으로 연결돼 돌아가는 조직입니다. 지역의 일과 서울의 일이 무관하지 않다는 말입니다. 여러분 중에 처음부터 고진매일을 지망한 분은 없을 겁니다. 하지만 고진매일은 여러분이 어떤 마음가짐으로 일하느냐에 따라 충분히 자부심을 가질 수 있는 언론사입니다. 서울만 바라보고 중앙지만 부러워하기에는 여러분의 시간이 너무 아깝지 않나요? 고진매일에서 여러분의 브랜드를 만들어보세요. 10분만 쉬었다가 남은 강연을 진행하겠습니다."

음료수를 마시며 시간을 확인하던 김진원에게 전화가 걸려왔다. 전화번호부에 저장돼 있지 않은 번호였다. 통화 버튼을 누르자 다소 무뚝뚝한 목소리가 들렸다.

"김진원 기자 전화가 맞습니까?"

"네. 맞습니다만 누구신지."

"저는 매일한국의 경제부장입니다. 통화 괜찮으신가요?"

"잠시만 기다려주십시오."

놀란 김진원은 빠르게 밖으로 나가서 조용한 장소를 찾았다.

"네. 말씀하십시오."

"한국기자상 수상 축하드립니다. 저희도 그 기사를 많이 참고했습니다. 취재를 정말 깊이 있게 제대로 하셨더군요. 대단한 기사였습니다."

"과찬이십니다."

"시간 되면 우리 서울에서 잠시 만날 수 있을까요? 드리고 싶은 말씀이 있어서 말입니다."

이건 스카우트 제안이다. 김진원은 흥분했다. 매일한국 경제부장과 주말에 만나기로 약속을 잡은 김진원은 상기된 얼굴로 강연장으로 돌아왔다. 박대혁과 같은 편집국에서 재회하는 건가? 그렇다면 한국기자상을 손에 쥔 나의 승리다. 김진원은 매일한국 편집국 경제부에 앉아 있는 자신의 모습을 상상하며 화이트보드에 '지역지 기자만이 가질 수 있는 강점'이라는 강의 주제를 적었다.

*

미래전선, '원전 비리' 내일전선 사업 정리

[고진일보] 미래전선이 원전에 불량 케이블을 납품해 파문을 일으킨 계열사 내일전선의 사업을 모두 정리한다.

박준면 미래전선 회장은 "지난 1990년 선박과 해양 특수케이블 분야에 강점을 가진 내일전선을 인수했지만, 내일전선이 최근 원전에 케이블을 납품하는 사업을 진행하는 과정에서 케이블 품질 불량 문제가 발생했다"며 "내일전선의 모든 사업을 정리해 원전에 대한 불안감을 해소하고 위법행위에 대해 국민에게 용서를 구하고자 한다"고 13일 밝혔다.

이에 따라 내일전선은 민·형사 소송이 끝날 때까지만 존속하고 이후에는 상장 폐지절차를 거쳐 청산된다. 이를 위해 박 회장 등 미래전선 오너 일가는 사재 130억 원을 털어 소액주주들이 가진 주식 200만 주(전체 지분의 25%)를 공개 매수할 예정이다.

내일전선 직원 350여 명은 미래전선 각 계열사에서 고용을 승계한다. 이미 수주받은 물량은 내일전선이 남은 기간에 모두 납품하고 물품대금도 지급할 계획이며, 향후 케이블 업무는 미래전선이 담당한다. 박훈 기자 hoon@gojindaily.co.kr

미래전선이 내일전선 직원의 고용을 승계하는 과정에서 이나라는 미래전선 서울 본사 홍보팀으로 오게 됐다. 이나라는 내일전선 직원 중 계열사가 아닌 본사로 고용 승계가 된 유일한 직원이었다. 내일전선 동기들은 이나라를 대놓고 질시했다. 이형규의 갑작스러운 키스로 시작해 뺨을 때린 서지혜로 끝난 내일전선의 시간은 이나라에게 씻기 어려운 상처만 남겼다. 하루빨리 고진에서 벗어나고 싶었던 이나라는 미래전선의 내일전선 사업 정리가 자신에게 전화위복이 됐다며 기뻐했다.

기쁨은 잠시뿐이었다. 미래전선에서 일하기 시작한 지 한 달 만에 이나라는 극도로 지쳐버렸다. 미래전선 내부에서 벌어지는 차별은 내일전선보다 덜 노골적일 뿐이었다. 미래전선은 내일전선 이상으로 공채 출신 직원들의 힘이 센 조직이었다. 경력직은 당장 사람이 급할 때 채우는 땜빵 이상의 취급을 받지 못했다. 그 때문에 경력직이 간부나 요직에 오르는 경우는 드물었다. 이나라가 홍보팀에 오게 된 이유 역시 기존 직원이 대거 출산휴가를 떠나거나 퇴사했기 때문이었다. 급히 홍보팀에 투입할 직원을 찾던 미래전선 인사담당자의 눈에 어차피 계열사로 고용 승계를 해야 할 이나라가 들어왔다. 하필 그 시점에 이나라도 내일전선의 홍보 담당으로 일하고 있었다는 게 본사의 선택을 받은 이유였다.

이나라의 홍보팀 배치는 사내에 수많은 억측을 낳았다. 홍보는 사내 여성 직원들이 가장 선호하는 직군으로 꼽혔다. 그런데 그 자리 중 하나를 외부인, 그것도 미래전선의 얼굴에 먹칠을 한 내일전선 출신 직원이 차지하자 든든한 뒷배가 있는 것 아니냐는 의혹이 이나라의 뒤를 따라다녔다. 여기에 홍보팀 부장까지 이나라를 유난히 챙기는 모습을 보여줘 이 같은 의혹을 부채질했다. 이나라로서는 억울하고 환장할 노릇이었다.

사내에 이나라와 같은 윤성대 동문인 직원이 많았지만, 자기들끼리 어울리기도 바빠 이나라를 챙기는 동문은 없었다. 더 큰 문제는 이나라가 미래전선에 온 지 한 달이 되도록 기수를 부여받지 못했다는 사실이었다. 경력직이어도 일단 공식적으로 기수를 받으면 해당 기수 사원들이 챙겨주는 분위기가 사내에 조성돼 있는데, 기수 없는 이나라는 어디에도 낄 수 없는 섬 같은 존재였다. 상황이 이렇다 보니 이나라는 차라리 내일전선에 다니던 시절이 더 마음 편했다는 생각까지 할 지경에 이르렀다.

　회식을 유독 자주 즐기는 편인 홍보팀 부장의 성격도 이나라를 지치게 했다. 홍보팀 여직원들은 평소와 달리 회식 날만 되면 이나라에게 유난히 살갑게 굴었다. 여차저차 하다 보면 부장 옆자리는 항상 이나라의 차지가 됐다. 처음에 이나라는 그들의 행동을 부장과 빨리 친해지라는 배려로 받아들였다. 술에 취하면 신체 접촉이 잦아지는 부장의 습관을 경험하고 나서야 이나라는 그들의 행동이 부장 옆자리를 자신에게 미루려는 꼼수임을 알아챘다. 회식 자리가 되풀이될 때마다 부장의 신체 접촉도 더 잦아졌다. 실수인지 의도인지 파악하기 어려운 신체접촉을 경험하며 이나라는 언젠가 한선우가 자신에게 해준 이야기를 곱씹었다.

　"내 여동생이 예전에 해준 말인데, 성추행이란 게 말이야. 이형규처럼 어느 날 갑자기 훅 들어오는 경우는 많지 않다더라. 굉장히 애매한 수위로 들어온다는 거야. 친절인지, 호감을 표시하는 건지, 무심결에 한 실수인지 모르게. 그렇게 애매한 수위로 들어오면 기분이 나쁜데, 내가 너무 예민한 사람인지 자기검열부터 하게 된다더라. 처음에 별 반응을 보이지 않으면 상대방은 아주 조금씩 수위를 올린대. 마치 간을 보듯이 말이야. 그러면 기분이 더 나빠지는데, 또 자기검열을 하는 거야. 당찬 사람이면 명확히 거부 의사를 표현해 상대방의 행동을 멈추게 할 텐데, 소심한 사람은 타이밍을 놓쳐요. 그러면 가해자는 얘는 나를 거부하지 않는다고 생각해 선을 넘어. 웃긴 게 가해자는 그런 소심한 여자를 잘도 찾아낸다더라. 이 여자 저 여자 간을 보다가 센 여자는 무시하고 소심한 여자를 찍어서 호의를 가장한 줄타기를 즐긴다는 거야. 그런 과정을 통해 가해자는 자신을 합리화하지. 이건 서로 친해지는 과정일 뿐이라고."

생각해보니 한선우 차장이 살갑지는 않아도 괜찮은 선배였네. 이나라는 자신의 허벅지에 슬쩍 올라온 부장의 손을 스마트폰 카메라로 촬영했다. 카메라 셔터음이 울리자 부장을 포함한 모두가 얼어붙었다. 세상에는 서로 모양이 다른 지옥만 존재하는 걸까. 이나라는 언젠가 자신이 다시 펜을 잡게 된다면 정말 대단한 소설을 쓸 수 있겠다고 자조했다.

*

서희철은 고진시에서 약 200킬로미터 떨어진 신주시에 있는 미래전선의 계열사로 고용승계가 됐다. 서희철은 군말 없이 결정에 따랐다. 이형규의 죽음 이후 사회적 이슈로 떠오른 원전 비리로 인해 회사가 오늘내일하는 상황에 이르자, 서희철의 업무상 횡령 징계 건은 흐지부지됐다. 서희철은 이형규에게 무심코 던진, 회사가 망해야 내가 산다는 말이 현실이 됐다는 게 우스웠다. 그때 재빨리 발을 뺀 게 현명한 선택이었지. 서희철은 바다가 눈앞에 보이는 항구도시 신주시의 풍경을 상상하며 흐

못한 미소를 지었다.

신주시로 거처와 직장을 옮기려면 차량을 구입해야 했다. 고진시보다 면적이 크지만, 인구는 훨씬 적은 신주시는 대중교통으로 다니기에는 불편한 도시였기 때문이다. 서희철은 인터넷 중고차 매매 사이트를 돌아다니며 매물을 찾았다. 쏘나타 더 브릴리언트 CVVL 모던 2012년 7월식 모델이 서희철의 눈을 사로잡았다. 주행거리는 연식에 비해 짧은 6만 5211킬로미터인데, 가격은 시세보다 300만 원이나 저렴한 650만 원이고 심지어 무사고 차량이었다. 서희철은 허위 매물이라고 생각하면서도, 혹시나 하는 마음에 매장에 전화를 걸어 매물을 확인했다. 매장 측은 절대 허위매물이 아니라며 서희철을 안심시켰다. 서희철은 속는 셈 치고 물건이나 살펴보자는 생각으로 매장을 찾았다.

놀랍게도 서희철이 찾은 차량은 허위 매물이 아니었다. 외관과 내부는 물론 엔진룸까지 깔끔한 차량이었다. 시운전을 해보니 가속 및 제동에도 아무런 문제가 없었다. 업자는 서희철이 운이 좋아 아주 저렴한 가격에 나온 급매물을 구한 거라며, 지금 당장 사지 않으면 더 기회는 없다고 호들갑을 떨었다. 서희철은 이 정도 차량이면 사고 차량이어도 속아줄 만하다는 생각으로 그 자리에서 즉시 업자의 계좌로 현금을 이체했다.

이날 밤 서희철은 꿈에서 이형규를 만났다. 서희철이 구입한 중고차 운전석에 이형규가 앉아 있었다. 조수석에 앉은 서희철은 이형규와 이런저런 이야기를 나누며 드라이브를 즐겼다. 전면 차창 밖으로 푸른 바다가 넓게 펼쳐진 풍경이 보였다. 이형규는 신이 난 듯 바다를 보고 속도를 높였다. 속도가 지나치게 높아지자, 서희철은 이형규에게 속도를 늦추라고 말했다. 이형규는 그 말을 못 들은 듯 가속 페달을 깊게 밟았다. 겁에 질린 서희철은 이형규를 말리기 위해 운전석으로 고개를 돌렸지만, 운전석에는 아무도 없었다. 그사이 도로 밖으로 벗어난 차는 바다로 추락하기 시작했다. 서희철은 비명을 지르며 잠에서 깨어났다. 마치 물에 빠진 듯 온몸이 땀으로 축축했다. 꿈이었구나. 서희철은 가슴을 쓸어내리며 다시 잠에 빠져들었다.

다음날 오전, 서희철은 카센터에 들러 차 엔진오일을 교체한 뒤 주유소에 들러 기름을 채웠다. 마침 주유소 안에 자동 세차 기계가 있어서 서희철은 추가 요금을 지불하고 세차를 했다. 세차를 마치고 나오니 매트 청소기가 보였다. 서희철은 청소기를 이용하기 위해 앞좌석과 뒷좌석 매트를 빼다가 조수석 바닥에서 동그란 모양으로 무언가가 탄 흔적을 발견했다. 이거 설마 누군가 번개탄으로 자살 시도한 흔적 아닌가? 서희철은 혹시나 하는 마음에 이형규에 관한 기사를 검색해봤다. 기사로 보도된 이형규의 사망 원인은 번개탄으로 인한 일산화탄소 중독이었고. 시신이 발견된 차량은 쏘나타였다. 서희철은 간밤에 꾼 꿈을 떠올리며 온몸을 부들부들 떨었다.

서희철은 차를 구입한 매장에 전화를 걸어 환불을 요청했으나 단칼에 거절당했다. 이어서 서희철은 시청에 민원을 제기했지만, 사고 차량이 아니면 환불받기 어렵다는 대답만 돌아왔다. 경찰서에도 전화를 걸어 문의해봤지만, 성능에 문제가 없으면 사기죄 성립이 되지 않는다는 답변뿐이었다. 당장 신주시로 가는 일정이 급해 차를 두고 갈 수도 없는 노릇이었다. 서희철은 다른 방법이 없어 매트를 다시 차에 깔고 시동을 걸었다. 서희철은 운전하는 내내 조수석을 힐끗 쳐다보며 긴장했다. 긴장을 풀기 위해 서희철은 담배를 계속 피워 물었지만, 얼마 지나지 않아 담배가 모두 떨어졌다. 어디선가 생선 썩은 냄새와 비슷한 악취가 풍겼다. 서희철은 신경질적으로 빈 담뱃갑을 구겨 조수석 창밖으로 던져버렸다.

*

미래전선의 고용승계를 거부한 강영초는 고진시의 한 환경단체에 활동가 선발 면접을 보러 가기 위해 정류장 벤치에 앉아 버스를 기다리고 있었다. 정류장 옆을 스쳐지나가던 차량의 운전자가 조수석 바깥으로 담뱃갑을 구겨 던지는 모습이 강영초의 눈에 띄었다. 강영초는 구겨진 담뱃갑을 줍기 위해 벤치에서 일어났다. 정류장 벤치에 앉아 그 모습을 지켜보던 할머니가 툴툴거렸다.

"버리는 놈 따로 있고, 치우는 놈 따로 있어. 세상은 참 불공

평해. 그치?"

강영초는 정류장 옆에 설치된 쓰레기통에 담뱃갑을 집어넣으며 엷은 미소를 지었다.

"버리는 놈 따로 있지만, 치우는 놈도 따로 있어서 굴러가는 게 세상이잖아요. 안 그래요, 어르신?"

지난 2월 말, 나는 스스로 밥그릇을 걷어찼다. 4년 전에도 소설을 쓰겠다고 밥그릇을 걷어찼다가 바닥난 통장 잔고 때문에 두 달 반 만에 백기투항한 일이 있다. 그런데도 정신을 못 차리고 다시 밥그릇을 걷어찬 이유는 새해를 맞이하자마자 겪은 교통사고 때문이다. 타고 다니던 차를 폐차할 정도로 큰 사고였다. 밥벌이하러 가다가 갑자기 사고로 죽는 일보다 밥벌이를 걱정하며 소설을 쓰는 일이 훨씬 나아 보였다. 그렇게 11년 기자 경력이 싱겁게 끝났다.

퇴사 후 나는 유랑하듯 이곳저곳을 떠돌아다니며 원 없이 소설을 썼다. 봄에는 원주에서 오랜만에 새 장편소설을 쓰며 매화 향기를 맡았다. 여름에는 바닷바람을 맞으며 제주에서 자전거를 타고 독자를 만났다. 가을에는 또 다른 장편소설을 쓰기 위해 정읍에 머물며 벼가 익어가는 모습을 느리게 지켜봤다. 직장에 매여 있을 때보다 바쁜 날이 많았는데, 벌이는 거의 없었다. 얼마 되지 않는 퇴직금과 전작으로 받은 문학상 상금을 부지런히 까먹었지만, 그 어느 때보다 자유로웠다. 그런 기분을 오래 느끼고 싶어 로또를 매주 구입했으나 기쁜 소식은 들려오지 않았다.

직장과 집을 오가는 일상에서 벗어나니 오히려 일상이 더 투명하게 보이기 시작했다. 일상을 지키는 힘은 예측 가능성으로부터 나온다고 생각한다. 예측 가능성조차 없다면, 우리는 다가올 미래를 향한 불안감을 견디지 못해 자포자기하게 될지도 모르니 말이다. 코로나19 팬데믹은 예측 가능성에 중요한 변수를 더했다. 내 이웃이 안전해야 나도 안전할 수 있다는 사실. 우리는 원하든 원치 않든 일상을 지키려면 연대해야 하는 시대를 살고 있다.

황야에 홀로 선 개인의 운명은 위태롭다. 우리가 조직을 만들어 협력하는 이유는 예측 가능성을 높여 일상을 지키기 위함이 아닐까. 그렇다면 조직 논리는 공공의 이익과 선을 추구하는 공동체 의식에 바탕을 둬야 할 것이다. 과연 대한민국의 조직 논리가 그런 공동체 의식에 바탕을 두고 있는가. 대한민국이라는 거대한 조직 안에서 우리는 연대하고 일상을 지킬 힘을 얻을 수 있는가. 그에 관한 의문이 이 소설을 쓰게 된 이유다.

때 되면 들어오던 월급이 끊긴 상황 속에서 소설을 쓰며 많은 이들의 도움을 받았다. 전작을 출간할 때 멋있어 보이고 싶어 작가의 말을 지나치게 아꼈는데 별로 멋이 없었다. 이번에는 작정하고 연말 시상식에서 수상한 배우들처럼 기억나는 이들의 이름을 다 풀어내겠다.

강영초, 강인실, 고종석, 김규환, 김대환, 김성대, 김원용, 김정웅, 김진원, 김호열, 박훈, 백효진, 서상범, 서지혜, 서희철, 신상윤, 윤현종, 윤호준, 이나라, 이상균, 이한성, 이해완, 이형규, 조일동, 한선우, 황정민은 소설에 이름을 빌려주며 집필을 응원해준 귀인들이다. 고혜선 권번문화예술원 예가인 원장은 낯선 내게 기꺼이 집필 공간을 내주고 끼니때마다 따뜻한 정을 느끼게 해준 고마운 분이다. 은행나무출판사는 아무런 기약 없이 소설을 쓰던 '듣보잡'인 내게 과감히 먼저 손을 내밀어줬다. 김서해 편집자는 거칠었던 원고를 섬세하게 매만져줬다. 장강명 선배는 퇴사해도 살길을 찾을 수 있다는 용기를 준 데 이어 추천사까지 보태줬다. 오래전 방황하던 내게 소설을 써도 되는 사람이라는 확신을 준 서경석 한양대 국문과 교수님의 격려도 다시금 떠오른다. 그리고, 첫 번째 독자이자 훌륭한 조언자인 아내 박준면 배우의 응원이 없었다면 감히 또 밥그릇을 걷어차지 못했을 것이다. 이들 모두에게 깊은 감사를 전한다.

앞으로도 올해처럼 많은 사람과 부대끼며 오랫동안 소설을 쓰고 싶다. 그러니까 사람들아, 책 좀 사가라.

2020년 겨울
김포 양촌에서 정진영

참고문헌

— 부산고등법원 2013노694 판결(2014)

—「기술검토보고서: 신고리 3·4호기 안전등급 중전압(MV) 전력케이블 기기검증 수행 결과」(한국원자력안전기술원, 2014)

—「안전관련 케이블 상태 감시 방법에 관한 연구」(김철환 외 10명, 성균관대학교·한국원자력안전기술원, 2013)

—「원자력 발전소의 화재안전정지능력 확보를 위한 케이블의 내화성능에 대한 비교 연구」,

—『2001 춘계학술발표회 논문집』(정창기 외 5명, 한국원자력학회, 2001)

—「원자력성능검증체계 구축사업 보고서」(주포국 외 15명, 한국원자력연구소·한국과학재단, 2003)

— 한국원자력안전기술원「원전 안전등급 기기에 대한 기기검증 위·변조 사례」(장홍석, 제5회 원전계측제어 심포지엄, 2013)

—「컴파운드 산업 분석 보고서」(김영진·유승진, 한화증권, 2001)

—「케이블 난연등급 분류」(홍성호, 방재시험연구원, 2010)

—「케이블 화재의 발화원인 및 케이블 난연성능 시험방법에 대한 고찰」『방재기술 제51권』(홍성호, 한국화재보험협회, 2011)

젠가

1판 1쇄 발행 2020년 12월 9일
1판 2쇄 발행 2023년 7월 7일

지은이 · 정진영
펴낸이 · 주연선

총괄이사 · 이진희
책임편집 · 김서해
편집 · 백다흠 박연빈
표지 및 본문 디자인 · 이다은
마케팅 · 장병수 김진겸 이선행 강원모
관리 · 김두만 유효정 박초희

(주)은행나무
04035 서울특별시 마포구 양화로11길 54
전화 · 02)3143-0651~3 ｜ 팩스 · 02)3143-0654
신고번호 · 제 1997—000168호(1997. 12. 12)
www.ehbook.co.kr
ehbook@ehbook.co.kr

ISBN 979-11-91071-26-9 (03810)